莊子寓言在讀者劇場中的應用

用戲劇表現文化　用文化豐富生命

林桂楨・著

Reader's Theater

【序】

擔任國小教職至今已邁入第六個年頭，這六年中我不僅自己投身於國語演說競賽中，也負責學校口語表達相關競賽的選手培訓。訓練過程中我清楚看見學生因為說話能力的進步，也帶動了寫作、閱讀上的提升，在獲獎的喜悅背後，我也一次次思索著，什麼樣的方式可以讓所有班級中的孩童也從說話教學中獲益？

說話教學在語文教學的範疇中，聽說讀寫佔有同樣重要的地位。但是一直以來，教師們多半認為將課堂時數用來強化讀寫教育似乎更為重要，因此少有人願意投身鑽研說話教學創新和應用的探討，但是人類學習多是從口語轉進書面語，透過說話來教與學更是在人類學習歷程中最常使用的方式，其重要性實在不該被荒廢。翻閱坊間眾多書籍，針對團體性說話能力提升的論述極少，更別說是以完整理論架構專論說話教學了。因此當我有機會著手研究時，說話教學自然成了我的研究核心。

在設定的理論架構中，我針對不同場域特性設定不同的學習目標，除了強化學習者的說話能力外，也透過理論架構的運作聯繫教與學雙方的情感聯繫，並達到高層次的文化學習。研究主軸分為兩部分：一部分是為說話教學開啟新的契機，透過讀者劇場的呈現方式，讓學童在知識、情意、技能上得到統整學習；另一部分則是以莊子寓言作為素材，將內容加以改編、應用，透過豐富有趣且寓意多變的呈現，提升孩童的學習興趣。

本書所採用的寓言文本是莊子寓言，目的在凸顯氣化觀型文化的特徵與對後世的影響層面，讓學習者能夠在認識了解自我文化之餘，也能觀察到生活中的文化痕跡，進而欣賞或沿習固有的傳統文化。莊子寓言讀者劇場化的應用，將可以兼具語文能力提升和文化學習的雙重效能。而在論述的場域上，我從學校場域擴大到坊間的表演場域以及家庭場域，分別提供學校教學、專業表演以及家庭情感交流的另一項選擇，也讓語文和文化的學習持續、不中斷。

回首來時路，因為有著好多貴人在身旁不斷提攜、指導和協助，今日我才得以完成這本著作。感謝恩師周慶華博士以無比的耐心及豐富的學經歷給予我悉心的指導，更不惜舟車勞頓的多次北上，陪我討論內容、進度和走向，讓我在理論建構的學海中，正確而平穩的航行。對我而言，周老師不只是認真、有愛心的學者，更是腹有詩書、才華洋溢的詩人。周老師在時間和精神上的無私奉獻，是砥礪我前進的最大動力，這本書的完成，周老師是最重要的推手；當然，在研究所期間所有老師的引導和啟發，也讓我有更穩固的基礎前進；鍾屏蘭教授和溫宏悅教授對書中內容的詳盡審閱、斧正及寶貴建議，也讓我的論述得以更完備。

此外，感謝暑碩班的同窗作為我最有力的後盾，真摯友誼的付出與實務經驗的無私分享，是我在靈感凍結、思緒乾涸的最佳補品。同學們共同為了教育而努力的熱情和活力，也成了一波波陪伴我前進的助力。最後還要感謝一路關懷、包容我的外子、公婆和學校同事，因為你們的體諒和鼓勵，才能讓我無後顧之憂的追求夢想。

林桂楨　謹識
國立臺東大學語文教育研究所
中華民國九十八年八月

目　次

第一章　緒論

第一節　研究動機與問題

隨著每年九月份舉辦的語文競賽到來，都會讓我回想起那段難忘的往事。

小時候的我，是一個性格活潑、外向，常常話說個不停的孩子，每天回到家的第一件「要事」，就是鉅細靡遺的告訴母親當天從第一節課到放學回家這段時光裡，我在學校發生的大小事。而母親張羅全家用餐的廚房，也成了我最佳的談天室！與其說是談天室，不如說是個人學校生活的發表會，因為我在「分享」每日學校生活的過程中，陪伴我最多的聲音其實是母親的炒菜聲！但我絲毫不以為意，因為我知道母親的手雖然忙個不停，但耳朵卻仔細的聽著我述說的內容，當然前面這句敘述是我自己想的，我一直沒有向母親求證過！

如果有人認為我當時只是回家才會滔滔不絕說著的小孩，那可就大錯特錯了！因為在學校裡，我也常忘情的說到被導師要求把「我以後不再愛說話」這句話在紙上寫上百回千回，並伴隨著那落下的一滴滴眼淚。從此，我愛說話的毛病終於改掉了嗎？答案是否定的！因為小孩子忘的很快，隔天愛說話的我就又復活了。

梁老師帶了我四年（小三到小六），她在班級的經營和教學的管理上，採權威且嚴格的管理方式，這樣的模式在二十世紀八〇年代很常見。不過導師在嚴肅的面容背後卻有著細膩的觀察力，更能激發孩子的潛能讓學生有發揮表現的機會。而我，就是當時其中一個幸運兒。還記得小學四年級梁老師藉故說我太愛說話而要我代表參加校內的「國語演說」比賽，當時小小心靈中只覺得這是一種可怕懲罰。直到成為導師培訓的國語演講選手時，才知道原來老師用心良苦。

從小學到國中階段，只要有校外的演說比賽，我就一定是那個「中獎者」，在物資不那樣富裕的年代，比賽後領到「餐盒」比領到獎狀更令我興奮；每每打開餐盒看見那一個個柔軟可口的蛋糕、麵包，心中真有說不出的感動。儘管這段期間我常有不錯的成績，但是對餐盒的印象仍是最深刻的部分，因此一直到國中畢業我都還是感受不到會「演講」到底有什麼好處！

2005 年的夏天，我終於考上了夢寐以求的工作——教師。擔任教職後的我，意外又回到「國語演說」行列中，而這次不但自己是選手，也成了指導學生參賽的老師。多年前有句廣告詞「我是在當了爸爸之後，才學習怎麼當爸爸的」，這句話也透露出我現階段的心情！在工作的這些年，常會感受到他人對我的特殊印象，其中尤以口語表達能力不錯、思路清晰、資料統整速度快最多。此時我終於知道從小受到口語表達訓練最大的好處是什麼了。在有限的時間裡（每年度舉辦的語文競賽「國語演說」項目中，小學學生組時間是四到五分鐘、教師組七到八分鐘），如何把想說的內容清楚的論述，讓人一聽就懂？如何把語言中的情意傳遞出去，讓別人也能融入其中進而感同身受？原來這些能力，竟然是小學老師在訓練過程中為我紮下的基礎。

在教學現場中我發現有不少家長甚至是教師認為，說話是基本生活能力不需要特別指導，讓學童在環境中潛移默化中自然習得就好。可見得「能說話」和「說的清楚」、「說的好」之間的差距，在目前的教育環境中並不受到重視。在人與人互動過程中，相較於肢體表達、書面表達來說，口語表達是最簡單、最快速的方式，但是如何依據人事時地物的需求，決定該說什麼？該怎麼說？則是一門藝術。說話技巧不是憑空得來，透過說話教學來指導說話技巧學習，可以讓學習者從基本的溝通需求晉升情意體驗甚至到達藝術層次的欣賞，說話教學的重要性不容小覷！但諷刺的是說話教學在現行教育體制中，根本是被忽視的一環。

雖然現況令人灰心，但是在任教的這幾年中，我仍堅持在語文課中帶入說話教學，並進行常態性的全班朗讀教學。在這樣的堅持之下，我發現孩童變得自信、說話的詞彙變得多元、表達自我思想或情意的部分更加明確。以下是節錄班級中的家長和孩童曾對我說過的話：

> 禹臻媽媽：「以前要禹臻念故事書給爸爸媽媽聽，她都不願意。可是她現在竟然會主動要我們聽她朗讀」。
> 柔安媽媽：「有一天我聽見廁所有聲音，一聽之下才知道原來是孩子在洗澡時，正自得其樂的大聲朗讀」。
> 琮霖媽媽：「琮霖一回家，就自己拿出板凳站到上面去，要伯伯、叔叔、爸爸、媽媽都『乖乖』聽他朗讀」。
> 翌菁：「老師，我的夢想是將來當一位優秀的新聞主播。」
> 婉彤：「我很喜歡聽自己朗讀的聲音，因為好好聽。」
> 宇成：「老師，我覺得我這次去演講比賽應該會得名。」

正因為自己親身經歷過，深深感受「說話」訓練對我和小朋友的幫助是如此之大，更從許多的研究中證實，人們的學習歷程中都是由口說語過渡到書面語。現階段我在班級中的朗讀指導並無一套規範可言，自己是在不斷嘗試中學習，因此建構一套簡單實用的說話教學模式除了讓自己受益外，也期盼讓教學者、表演工作者、甚至是家長都能應用，成了我研究的主要動機。

近代美國詩人佛洛斯特從說話的角度把人分成兩類：第一類人是滿腹經綸卻說不出來；第二類人是胸無點墨卻滔滔不絕。（洪恩（Sam Horn），2008：236）這段文字除了會讓人忍不住會心一笑之外，也讓人注意到只重說話的技巧而沒有內涵無法說服他人；飽讀詩書、深具內涵但欠缺說話技巧的人，也可能無法依照自己的觀點、思維暢所欲言，而造成聽者了解字面意義卻不懂說者內蘊意義的窘境。

教育部決定從 2007 年起規畫「國民中小學閱讀五年中程計畫」，預計五年內投入新臺幣 13 億 8738 萬元在臺灣的中小學閱讀教育工作中。身為第一線教師的我，對於這樣的政策憂喜參半。喜的是政府正視了閱讀在語文教育中的重要性，讓孩子能夠透過閱讀提升知能、拓展視野、培養良好的情操。憂的是現階段九年一貫課程綱要中的語文領域中，涵蓋了三大語文的學習：國語文、鄉土語和英語。在這樣的安排下使得國語課程時數銳減，也讓很多第一線的教師們在面對國語文學習時數不足的困境時，捨棄了提升閱讀能力的重要推手——說話教學。

以現實面來談，大學指定考試、基本能力學測……等，在閱讀和寫作的部分都佔有相當的比重，使得指導閱讀和寫作能力成了親師生在語文學習當中最重視的部分！雖然語文學習應該統整聽說讀寫四大能力，但顯而易見的是「聽」「說」兩個能力在現行的體制下，成了可憐的犧牲者！

有一次下課時分，一位平時木訥害羞的孩子興奮的跑到我面前說：「老師！老師！竹節蟲的蛋孵出來了，有兩隻綠色的小竹節蟲寶寶好可愛喔！」這個內向孩子在興奮激動的當下，瞪大眼睛、手舞足蹈並拉高嗓門的叫喊著。這些語調、動作、表情的呈現，是許多研究者在進行說話教學探究時，著墨最多的部分！其實每個人都具有這些讓說話更有效果的潛能，只是沒有被開發而已。說話倘若只是情感表達溝通上的方式之一，那麼不需刻意強調語調、情感、抑揚頓挫、輕重緩急等說話技巧，也能達到溝通的目的。

但是從聆聽和說話教學是為了幫助學習者習得各種語文經驗的角度來看，眾多研究者的論述著重的無非是要教學習者仿效他們的方式「照著做」，但這些基本的語言溝通能力於日常相處的交流互動中，學習者在潛移默化下會自然習得，因此沒有其絕對必要性在反覆練習上（周慶華，2007a：58～59），而這就是一般人普遍覺得說話不需要教學的主要迷思。

由此可知，「說話」教學最重要的不是指導學生如何透過說話進行溝通，而是經由口語表達，激發對事物的深層感受。周慶華認為聆聽、說話和閱讀是「一體成型」的，聆聽和說話教學在閱讀教學中受到統攝和制約時可以發揮較大的功能，使學習者習得更深入的知識經驗、規範知識以及審美經驗。此外，語音聲調到了近於音樂的程度時，會因為具有節奏美感而讓人愉悅滿足；倘若還能加以

內範，就可以「自我轉化」為融合達到音樂審美和宗教咒術的精神療效。（周慶華，2007a：60～61）

綜觀現今耳熟能詳的說話教學法，如：演說、朗讀、辯論、廣播劇、戲劇表演、說故事、相聲、雙簧……等不勝枚舉，而「讀者劇場」是目前較為新穎的教學模式。它的入門門檻很低、卻具有戲劇表演的優勢，更有諸多研究指出它能有效降低學童心理恐懼，因此令我相當心動。

> 戲劇是結合聲、光、影的演出，融合文學、美術、音樂、舞蹈等藝術的綜合展現，孩童若能長期沉浸其中，將有助對藝術鑑賞能力的增長……對智力、語言、情緒、人格和社會發展，都能產生極大的助益。不過，如果真要付諸實行，對老師來說是很大的考驗。（柯秋桂，2003：5）

戲劇表演能有效統整聽說讀寫能力，但是實施前的籌備常得勞師動眾、費盡思量，所以一般課堂實施相當困難。反觀「讀者劇場」它操作簡便，效果卻出奇的好，所以在近幾年深受英語文教學者喜愛。目前有關讀者劇場的教學模式、運用技巧都有不少資源可蒐集，因此我決定採用讀者劇場作為本論述中提升基礎語文能力、提升藝術、情意學習，並達到文化習得及藝術提昇的輔佐工具。

目前九年一貫國語文能力指標中，說話能力的指標內涵為：

C-1-1　能正確發音並說標準國語。

C-1-2　能有禮貌的表達意見。

C-1-3　能生動活潑敘述故事。

C-1-4　能把握說話主題。

C-2-1　能充分表達意見。

C-2-2　能合適的表現語言。

C-2-3　能表現良好的言談。

C-2-4　能把握說話重點，充分溝通。

C-3-1　能發揮說話技巧。

C-3-2　能運用多種溝通方式。

C-3-3　能以優雅語言表達意見。

C-3-4　能自然從容發表、討論和演說。

（教育部，2004）

現有的能力指標中，對於提升口語表達的基本知識和技能習得相當重視，不過在提升情意、藝術、文化認識的部分卻相形缺乏。語言和文化二者具有密不可分的關聯，語言和文化視為同一而彼此的表面分別為文化是語言的別一解釋。文化在不說它是文化時，本身就是語言。（周慶華，1997，4）能力指標中缺乏文化層次探索的標示，最終只能增進表層知識或技巧的學習。

文化對社會的影響無所不在，不同的文化觀中衍生的社會、心理、語文、族群、信仰價值……都具有顯著差異。本論述的理論建構，正是希望解決學習者情意以至於文化學習不足的問題，進而開啟對不同文化的敏感度。周慶華在《語用符號學》一書中，對於目前世界上現存的三大文化系統，有以下的論述：

> 大體上，世界現存的創造觀型文化、氣化觀型文化和緣起觀型文化等三大文化系統，都可以依文化本身創發表現再細分

為「終極信仰」、「觀念系統」、「規範系統」、「表現系統」、「行動系統」五大次系統。而表列各自的特徵如下：

表 1-1-1　文化的五個次系統表（資料來源：周慶華，2006，46～47）

文化	創造觀型文化	終極信仰：神／上帝
		觀念系統：哲學（形上學、知識論、邏輯學等）、科學（基礎科學、科技學科、應用學科等）
		規範系統：以互不侵犯為原則
		表現系統：以述事／寫實為主，擴及新寫實、語言遊戲、網路超鏈結等
		行動系統：講究均權、制衡／役使萬物
	氣化觀型文化	終極信仰：道（自然氣化過程）
		觀念系統：道德形上學（重人倫／崇自然）
		規範系統：強調親疏遠近
		表現系統：以抒情／寫實為主
		行動系統：勞心勞力分職／諧和自然
	緣起觀型文化	終極信仰：佛／涅槃（絕對寂靜境界）
		觀念系統：緣起／性空觀
		規範系統：自求解脫／慈悲救渡
		表現系統：不棄文學藝術，但僅為荃蹄功能
		行動系統：去治戒殺

本論述研究重點在透過莊子寓言讀者劇場化的可能性探究，引導學習者以語言表達為基礎過渡到自身文化的認識。為了凸顯傳統文化的特質，我選擇了具有高度漢文化（氣化觀型文化）色彩的文本來和讀者劇場相結合。而文本的試煉體裁上，我認為「寓言」特別可行，寓言以簡單的內容包裝著充滿智慧的寓意、寫作取材上豐富多元、寓言以此喻彼的趣味中帶有哲思與文化思維，這些都讓孩

童產生高度的興趣。不具實際形體的文化要讓學童認識相當困難，選擇學生具有高度興趣的體裁進入，是引發學生學習文化的入門磚。漢文化中以寓言形式創作的作品不在少數，最初的寓言至今有兩千多年。在戰國百家爭鳴的時代中，「莊子寓言」正是為中國寓言界拉開序幕的經典之作。

莊子寓言是漢文化寓言中的濫觴，它的內容豐富、思維寬廣，還包含著至今仍影響著我們日常生活的氣化觀型文化特徵。整體而言，莊子寓言文字簡潔、立論明確、內容取材多樣化，如：以動物為主的〈朝三暮四〉、〈井底之蛙〉；以人物為主的〈庖丁解牛〉、〈莊周夢蝶〉；以神鬼為主角的〈渾沌之死〉、〈鯤與鵬〉……等，可說是一部相當精采的著作。藉由讀者劇場來呈現莊子寓言的豐富內容，能讓學習者從閱讀理解、表演欣賞、分析批判寓言內涵，相信是文化學習的創舉。

面對現行政策迫使中國語文教學時數銳減的窘境，我期盼能夠以「讀者劇場」的實施作為手段，「莊子寓言」的內容作為材料，透過莊子寓言讀者劇場化的運用，賦予說話教學新活水。以莊子寓言讀者劇場化的理論建構，將科目統整（如：藝文和國語文領域）、經驗統整（知識經驗、規範經驗、審美經驗）進而達到文化觀區辨（氣化觀、緣起觀、創造觀）的目的，為說話教學開創一番新氣象。

莊子寓言是氣化觀型文化下的中國經典著作，讀者劇場是近年西方創造觀型文化下衍生出來的教學方法。莊子寓言讀者劇場化所涉及問題，是本論述裡要處理的部分。至於莊子寓言和讀者劇場為什麼要結合？結合的途徑有哪些？這兩個次要問題，我將於第五章中個別處理。此外，莊子寓言讀者劇場化後要如何實施？這個部分也將在第六到第八章以不同場域以專論說明。

理論建構，講究創新。指的是從概念的設定開始，經由命題的建立到命題的演繹及其相關條件的配置等程序，而完成一套具體而有創意的論說。（周慶華，2004：329）將漢文化下的莊子寓言和西方的讀者劇場在製造差異的概念下，搭配設計出一套新論乃是一種語文教學上的創新，故我將研究的論述主體設定為理論建構。本論述的「概念設定」、「命題建立」、「命題演繹」的發展進程以圖示整理如下：

表 1-1-2　莊子寓言在讀者劇場中的應用理論建構示意表

<table>
<tr><td rowspan="8">莊子寓言在讀者劇場中的應用理論建構</td><td rowspan="2">概念設定</td><td>1. 寓言、莊子寓言、讀者劇場、語文教學　（概念一）</td></tr>
<tr><td>2. 寓言文化意涵、創造觀型文化、氣化觀型文化、緣起觀型文化、場域</td></tr>
<tr><td rowspan="3">命題建立</td><td>3. 說話教學在語文教育中有其重要性　（命題一）</td></tr>
<tr><td>4. 讀者劇場在語文教學中有其語文價值　（命題二）</td></tr>
<tr><td>5. 莊子寓言引進讀者劇場可強化教學作用　（命題三）</td></tr>
<tr><td rowspan="3">命題演繹</td><td>6. 這個研究所蘊含的價值：可以回饋給學校場域的教學者　（演繹一）</td></tr>
<tr><td>7. 這個研究所蘊含的價值：可以回饋給表演場域的教學者　（演繹二）</td></tr>
<tr><td>8. 這個研究所蘊含的價值：可以回饋給家庭場域中的使用者　（演繹三）</td></tr>
</table>

第二節　研究目的與方法

在探索語文教學方法的目的中，周慶華則以表列的方式呈現探索語文教學方法本身的目的和探索語文教學方法者的目的兩區塊來說明：

表 1-2-1　探索語文教學法的目的概念表
（資料來源：周慶華，2007a：17）

<table>
<tr><td rowspan="5">探索語文教學方法的目的</td><td rowspan="2">探索語文教學方法本身的目的</td><td>符應性的</td><td rowspan="2">對諍的關係</td><td rowspan="5">辨證的關係</td></tr>
<tr><td>建設性的</td></tr>
<tr><td rowspan="3">探索語文教學方法者的目的</td><td>謀取福利</td><td rowspan="3">互體的關係</td></tr>
<tr><td>樹立權威</td></tr>
<tr><td>行使教化</td></tr>
</table>

雖然教學方法的相關書籍數量眾多，但是專論語文教學方法的專書卻相當罕見，周慶華所著的《語文教學方法》內容，在基礎的聽說讀寫闡述之外，以三大知識主軸作為理論闡述架構，讓語文教學的層次再向上提升！這對於我在研究以莊子寓言在讀者劇場應用來凸顯文化性的特徵上助益甚大，本論述的目的設定便是參考周慶華的理論架構而成就的。

目前許多相關的語文教學研究偏重於探索語文教學方法者目的的達成，也就是期盼透過探討語文教學活動來謀取利益、樹立權威、行使教化。但本論述的重點除了希望達到探索語文教學方法者的目的外，更希望能在探索語文教學方法本身的目的上，建構出更高層次的理論模式，讓實際教學者能在穩固的理論下使用所建議的教學方法。以下分別說明本論述中各項目的內容：

一、探索語文教學方法本身的目的

(一) 主要目的：以莊子寓言和讀者劇場的結合，建構出創新的理論架構。

(二) 次要目的：1.透過莊子寓言讀者劇場化使學習者習得寓言中所蘊含的三大經驗（知識經驗、規範經驗、審美經驗）。2.透過莊子寓言讀者劇場化的模式，帶領學習者體悟自身文化，並了解莊子寓言背後的氣化型文化觀與不同文化系統間的關係。

二、探索語文教學方法者的目的

(一) 設計一套合於現實社會使用的理論架構，提供學校、表演場域的教學使用，也作為家庭娛樂應用的參考。

(二) 透過莊子寓言讀者劇場化的應用，提生學習者聽說讀寫語文能力的統整。

有開車經驗的人都知道在寒冷的季節裡，引擎蓋中常會躲進不速之客，如：貓、蛇、鼠……等。所以發動之前最好先行檢查，否則發動後緊接著可能就聞到一股股奇特的怪味道了。自然界的動物們為了求生存，會在寒冷的時節裡為自己找一個溫暖的區域禦寒，讓自己不至於被凍死。為了達到「取暖禦寒」的目的，自然界可以應用的方式可能不只一種，如何因地致宜、隨機處理並善用身邊現有資源就是一門大學問了。同樣的，使學生的語文能力提升的方法比比皆是，在報章雜誌、學術期刊、專書作品中，都可以找到！教學方法沒有最好，卻可以更好，因此接下來要談的就是研究方法了。

理論建構和實證研究其中一項差別在於取樣數量，實證研究是透過大量的資料歸納分析之後，提出結論作為研究最終的成果，這種是歸納式的研究導向。但本理論建構乃是在於提供一個新的語文統整教學參考模式，並挑出能充分體現三大文化體系五大子系統（詳見圖 1-1-2）特質的文本為範例則是屬於演繹式的研究導向。在資料的選擇中，礙於自身經驗與能力，無法將所有的寓言故事納入；但我相信讀者在理解本論述之後，將可以自由依照理論選擇不同文化下的寓言文本進行教學、表演訓練或家庭娛樂活動。

當研究問題和目的的確定後，我將需要使用的研究方法接著說明。本論述中所使用的研究方法在周慶華《語文研究法》中，多是屬於「詮釋性語文研究法」和「評價性語文研究法」。其中「心理學方法」、「社會學方法」是詮釋性語文研究法，而「文化學方法」、「美學方法」、「比較文化學方法」則是評價性語文研究法的範疇。我將處理本論述時採用的研究方法及應用章節整理如下：

> 現象主義的現象觀指的是「凡是一切出現者，一切顯示於意識者，無論它的方式如何」。這種凡是顯現於意識中或為意識所及的對象都稱為現象的說法，特別常見。（周慶華，2007a：95、99～100）

第二章「文獻探討」，是我透過現行的資料如：期刊、學術論文、專書……等，檢視目前莊子寓言和讀者劇場議題被討論的情況，並企圖找出可以輔助本論述寫作的內容、概念、資料，作為用來協助莊子寓言讀者劇場化建構的素材，因此這一部分得藉助現象主義方法。

> 社會學方法，特指研究語文現象或以語文形式存在之事物所內蘊的社會背景的方法。這種內蘊社會背景的解析方式大體有兩個層面：一個是解析語文現象或以語文形式存在的事物是如何的被社會現實所促成；一個是解析語文現象或以語文形式存在的事物又是如何的反映了社會現實（因為語文現象或以語文形式存在的事物也無從脫離社會而自行存在）。（周慶華，2007a：80～83）

第五章第四節論及莊子寓言讀者劇場的改編應用，本節內容著重在將莊子寓言的文體改編為劇本，以供讀者劇場呈現使用的部分。改編的劇本需在社會學範疇下進行處理。此外，本論述的六到八章是我依據建構的理論在不同的場域中，依照不同的屬性定位（教學或娛樂）來談論應用的內容。一套理論建構要使人樂意使用的關鍵在於「合用」！因此，我將以詮釋性語文教學法中的「社會學方法」針對臺灣教學或家庭娛樂的現況，設計一套適合在實際場域裡操作的理論架構。這三個章節涉及莊子寓言讀者劇場化理論在現實社會中實踐的部分，所以將從該方法的運用，進一步說明撰述莊子寓言讀者劇場化在被社會影響及未來可能影響社會的情況。

> 心理學方法，特指研究語文現象或以語文形式存在的事物所內蘊的心理因素。這種方式可以擴及到一併關照該心理因素的社會「向度」，也就是說在個體行為之中，可透過「角色理論」、「強化理論」、「認知理論」解釋個體的社會行為。（周慶華，2007a：87～89）

第四章「讀者劇場和語言教學」中，著重在教學部分的探討分析，因此關切的焦點為教學對象的想法、行動模式、態度、情感等，所以要採用詮釋性語文研究法中的心理學方法切入教學的部分，進行本章的寫作鋪展。

> 美學方法，是評估語文現象或以語文形式存在的事物所具有美感成分的方法。語文可以成就一個美的形式，它的目的乃在求「美」。語文成品凡是藝術化後，都具備一定的形式，這種一定形式的構成，一般稱它為美的形式。如：文學作品中的風格、特殊技巧或表達方法……等。（周慶華，2007a：132～133）

第五章的第三節談論莊子寓言讀者劇場化的美感特徵，以致必須採用美學方法為莊子寓言讀者劇場化的美感特徵作條陳和詮解。

> 比較文化學方法，是比較語文現象或以語文形式存在的事物所具有的影響對比情況。主要談論的是跨系統文學間的相互影響情況或平行對比情況為研究對象所展衍的學問。（周慶華，2007a：145）

第三章談論主軸是寓言和莊子寓言，第一節與第二節為統攝整體理論架構中的文化意涵，因此要用到詮釋性語文研究法中的比較文化學方法。第五章是理論建構的核心，也就是談論莊子寓言和讀者劇場進行結合的部分。本章第一、二節採用詮釋性語文研究法中的比較文化學方法，搭配不同文化系統的寓言作品（如：氣化觀型文化下的莊子寓言、創造觀型文化下的《伊索寓言》、緣起觀型文化下的佛經寓言）來進行比較。

以上各種研究方法都採周慶華在《語文研究法》一書中所列舉。由於不同的研究方法間各有其解決的對象、功能和侷限，因此依據不同章節的需求，應用不同研究方法則可以讓本論述更臻完美。

第三節　研究範圍及其限制

依前兩節的論述，可以了解本研究的範圍包含了莊子寓言和讀者劇場兩大面向；當中又涉及莊子寓言的現代轉化、莊子寓言文體類型的改編（寓言改為劇本）、讀者劇場在語文教學中的重要性以及在說話教學上的意義和價值評估等問題。這些在目前現有資料中較常被論及的部分，我將加以分析歸納後，作為莊子寓言和讀者劇場理論建構的基石，並將依據場域特性上的不同，設計三個應用模式。以下是我就依照莊子寓言、讀者劇場、莊子寓言讀者劇場化的範圍所做的說明：

一、莊子寓言的研究範圍

顏崑陽在《莊子的寓言世界》一書中，將莊子寓言析分為五類：（一）譬喻式寓言；（二）設問式寓言；（三）藉敘事以說理的寓言；（四）藉敘事以寓理的寓言；（五）造境式寓言者等。（顏崑陽，2005：

165～181）本論述在莊子寓言的取材範圍上，不加以分類，而將以《莊子》全書內容為參考。儘管內篇、外篇、雜篇是否由莊子所作的問題，現有不同的看法，但莊子整體呈現出的氣化觀型文化特質相當一致，所以不同的分類方式不足以影響本論述的建構。此外，莊子寓言中僅有一小部分符合現代寓言的故事結構，因此在劇本的設計上需要額外填入的資料較多，論述的範圍雖然是現有的莊子寓言，但在劇本安排設計上，得對故事性不強的寓言內容增加情節，使其內蘊的文化精神可以讓讀者劇場的唸讀者或欣賞者更輕易感受到。

二、讀者劇場的研究範圍

以唸讀到舞臺讀劇的教學設計、文本改為劇本的技巧、讀者劇場給語文教育的刺激、讀者劇場在說話教學中的意義和價值、讀者劇場背後蘊含的文化性為主要的研究範圍。

三、莊子寓言讀者劇場化的研究範圍

倘若只是單純一個文本和一種教學方式的結合，本身並不具有高度的研究價值。因此本論述將其價值定位在不同文化的創意結合，也就是透過創造觀型文化中的教學方法與蘊含氣化觀型文化的文學著作相搭配，讓兩個看似南轅北轍的素材在差異中找到創意！

創意可以從無到有，也可以用舊瓶裝新酒來製造差異！2008年在英國為了耶誕節舉辦的玩具博覽會中，溜直排輪的芭比娃娃受到不少孩童的喜愛。直排輪、芭比娃娃都不是新的產品，但是製造商發揮創意後，竟然造成一股新的流行風潮。莊子寓言和讀者劇場就如同直排輪和芭比娃娃一樣，兩者都是文學界和藝術界中為人所熟知的內容，但還沒人想過將其作中西融合的嘗試。因此，我試著將二者結合並衍生出一套理論建構，企圖帶來一股跨文化「對話」的新潮流。

世界現存的三大文化系統中，有著系統別意的問題，不論是文學創作或教學方式的設計，背後其實都蘊含有文化的影子。換句話說，不論是文體類型還是抽象類型或是學科類型，它在「跨系統」交流或汲引後都會在發生變化（周慶華，2007a：163），本論述的研究重點其實就在呈現跨系統（創造觀型文化與氣化觀型文化的整合）的巧妙之處！以多語（多人合說）的讀者劇場來說，它是西方創造觀型文化下的產物；在讀者劇場的呈現過程中，孩童可以從莊子寓言篇目選擇、劇本擬定、彩排到正式表演都親自參與。而這種以個人為主體的做法和西方創造觀型文化的行動系統講求均權的意涵不謀而合。

> 中國傳統所見這種世界觀既然以宇宙萬物為陰陽精氣所化生，那麼宇宙萬物的起源演變就在「自然」中進行；人該體會「自然」的價值，不必做出違反自然之理的事。（周慶華，2007a：166）

有別於西方創造觀要役使萬物的概念，中國傳統氣化觀則強調和自然諧和。莊子寓言中蘊含著豐富「自然氣化宇宙萬物」的氣化觀型文化特徵，在文字之間流轉透顯的正是這種講求人與自然和平共處的思維；而這樣的思維也對其後的中國哲學、宗教、文學、藝術等方面產生相當深遠的影響，而這正是我將它選為研究對象的主因。此外，為了能夠讓讀者更清楚氣化觀型文化下寓言的獨特性以及與異系統的不同，我會在第五章的第一節加入西方創造觀型文化傳統意識下創作的重要作品《伊索寓言》和緣起觀型文化的佛教寓言來和莊子寓言作比較。

四、取為試煉的對象方面

本論述雖然涉及不同場域的應用，但擔任主要表演的對象仍是以國小學童為主。其餘如青少年、甚至於成人的莊子寓言讀者劇場化應用，則不在討論的範圍之內。

任何研究都有其無法兼顧的部分，而它也就成了研究本身的限制；在本論述中也有這樣的問題，以下便是本論述的限制：

一、莊子寓言的研究限制

莊子思想的時空背景、以寓言為主要情感抒發的創作動機、語言藝術、寓言類型、生死觀、政治觀、人生哲學、修養功夫、與戰國諸子間創作上的差異、甚至於莊子寓言體例安排方式……等，目前有大量資源可以參考，我僅採可以呈現氣化觀型文化的部分來論述，其餘不深入探討。

另外，要特別聲明的一點是莊子寓言寓意的部分。莊子寓言幾千年來有許多人透過不同角度的解讀後，對於莊子所欲傳達的旨意都有不同的看法。從現象主義的角度來看，莊子個人想表達的寓意在經由不同人解讀後，原本就可能具備多元性，因此在莊子寓言改編為適合兒童操作的讀者劇場劇本時，不會硬性要求學童找出特定的寓意，而會讓兒童自己感受並統整出氣化觀型文化的特性。

至於莊子寓言內容文轉白的部分，不是本論述的重點。因此，改編為劇本用的白話譯本主要以張松輝的《新譯莊子讀本》、陳鼓應的《莊子今註今譯》與傅佩榮的《傅佩榮解讀莊子》等為主要參考對象。

二、讀者劇場的研究限制

讀者劇場與其他劇場形式的差異比較、讀者劇場的成果評量方式、結合其他資源（如：融入行政資源、社區資源）的使用方法、特殊領域（如：第二語言學習、回歸主流孩童教學）的用法這幾個部分，因與論旨相關性較低而暫時予以摒除在本論述之外。

三、莊子寓言讀者劇場化的研究限制

礙於有限的時間心力與現實經驗，因此將主軸設定在莊子寓言讀者劇場化的跨系統理論建構，並依理論設計三個不同場域的教學或表演。除此之外，衍生出其他可再延伸探究的應用場域，只能等以後有機會或有興趣的研究者繼續深入。

四、文本原文的選用與限制

本論述是以中文撰寫，所探及的作品都是以現代的語譯本和中譯本為主，原始語文（如、藏文、英文、文言文……等）不便多舉為理論建構的材料。因此在文本的翻譯上，除非有重大的錯誤，否則在本論述中將不特別提出討論。

論述中我只針對不同寓言故事進行比較，在比較過程中將著重在寓言的文化內涵探討、取材差異為比較重點，試為釐清三大文化系統的差異並以淺顯易懂的方式呈現在讀者眼前，至於文學本身寫作技巧的不同，則不在論述的範圍之內。

第二章　文獻探討

第一節　寓言

寓言是本論述的研究對象，因此在針對莊子寓言予以發微之前，先將「寓言」可能涉及到的幾個問題，如：定義、分類方式、特色、體系等加以說明；再將寓言運用在教育上的相關文獻作檢視。

一、中西寓言定義的差異

中西方對於寓言一詞在定義有所不同。以莊子而言，他在自述內容裡寫到「寓言十九、重言十七、卮言日出」，此時莊子本人對於寓言並沒有明確的定義，只以「借外論之」輕描淡寫帶過。後來在《莊子注疏》、《莊子口義》中才指出寓言的概念是立言者將自己的思想概念，假託其他人物的口齒敘說出來，而這些觀點人物可以是真實也可以是虛構。（顏崑陽，2005：151～152）

在《辭源》中對於寓言一詞只有所寄託或比喻之言……後稱先秦諸子中短篇諷諭故事為寓言，因為文體得名。而依據《現代漢語詞典》第五版的記載，「寓言」一詞的意義如下：

（一）有所寄託的話；（二）用假託的故事或自然物的擬人手法來說明某個道理或教訓的文學作品，常常帶有諷刺或勸

> 戒的性質。(中國社會科學院語言研究所詞典編輯室,2005:1670)

1985 年出版的《簡明不列顛百科全書》中對寓言一詞有三種不同特徵上的描述:

> parable 的特徵是寓意的宗教性,而 fable 的特徵是故事情節的非現實性,它們都比較短小;allegory 以現實中可能發生的事為題材而暗示另外事理與道理,篇幅可以很長。這三個名詞,漢語都譯為「寓言」(陳蒲清,1992:2)

吳鼎先生所定義的寓言,是以英文一詞的解釋加以說明,認為寓言是一種寓有教訓或含有新的啟示的故事,內容常常把動物或無生物「擬人化」,使之成為主角。因此寓言是一種不基於事實,而是超自然的故事;林守為先生則是認為寓言 fable 是寄寓著高深意思的一種故事。在文體上屬於敘述文,每篇文章都是敘述著一個故事,目的不在故事本身,而是透過故事表達另一個高深的意思;許義宗先生認為對兒童來說,寓言是用淺近假託的故事,隱射另一事件,來闡述人生哲理,表達道德教化。是具有啟發性、積極性和教育性的簡短故事。(林文寶,1994:191~192)

總結各家的定義上來看,中國古代對於寓言的定義範圍和形式要求較為自由;反觀西方社會下的寓言定義則較為嚴謹。但這樣的認知乃是到了 1919 年沈德鴻(矛盾)《中國寓言》出版,中國人才系統的以寓言的名義整理古代寓言遺產,糾正了國人認為《伊索寓言》才是世界寓言唯一祖師的自悲的錯誤認識(陳蒲清,1992:2)。

其實中西方二者寓言定義並沒有對錯更無所謂好壞的分別，全然是因為文化背景不同所導致！顏崑陽認為：

> 一切有關民俗文化的研究工作，儘管可以運用不同的判斷方式，而作出各種不同的詮釋，而得到不同結論。但他們卻必定都遵守一個先決條件，那就是了解並承認民族既有的文化事實，並以之作為研究素材。（顏崑陽，1985：71）

本研究以莊子對寓言的廣泛定義——「藉外論之」為主，也就不是從立論者本身直接論述，而是假託其他的人事物以間接示諭傳達的思想作為參考的定義。因此，用西方寓言的定義中相當強調的故事性不適用於本論述之中。「寓言」一詞的定義會因為時代背景、地區和信仰等因素而有所差異，因此在寓言的定義上不能跨文化混用！在本論述中對於莊子寓言在讀者劇場中應用的「寓言」定義，採用莊子本人的說詞最為貼切。

二、寓言的分類方式

寓言包含的內容和取用的素材多元豐富，因此為它進行分類的論述也不在少數；它們依照使用目的或論述上的便利性，而有不同的分類模式。譚達先從有無生命的特點將寓言分成了四類：第一類是動物寓言、第二類是植物寓言、第三類是人物寓言；第四類為其他寓言。第四類的寓言主角為自然物或生活用品、人體器官等無法歸入前面三類的寓言。（譚達先，1988：4～5）

陳蒲清也提出多種分類方式，第一種是依寓體分類；一類為人物寓言，如：《莊子》的〈河伯海若〉、〈愚公移山〉均屬之。另一類是擬人寓言，如：中國的〈鷸蚌相爭〉、西方《伊索寓言》中的〈狐狸和葡萄〉、印度的〈猴子撈月〉等。（陳蒲清，1992：69）

第二種是按本體分類：本體分類就是寓意分類，實質上是按作品的目的和作用分類。在這個分類下可細分為三部分：解釋型寓言（如：澳大利亞土著寓言〈蒼蠅和蜜蜂〉）、說理型寓言（如：中國的〈杞人憂天〉）、批評型寓言（如：《莊子》的〈畏影惡跡〉、〈曹商使秦〉）。（同上：75）此外，還有第三種是按本寓體間的關係分類，在這類之下分為比況和象徵。由此可知，寓言分類沒有絕對性，在不同的目的下會有不同的區辨方式。（同上：84）

葛林女士在《兒童文學——創作與欣賞》的書中，將寓言分為印度寓言、中國寓言和希臘寓言三類。而薄卡秀（Giovanni Boccaccio）將寓言分為四類，第一類「當我們描寫野獸或甚至於非動物相互談話時」、第二類「表面上看起來混含有虛構與事實」、第三類「比較像歷史事實而不像寓言」、第四類「絕對不含表面或隱藏的事實」（林文寶，1994：194～196）

在寓言的分類上，依據向度不同或研究者研究方便（如：林安德在〈《莊子》寓言及其譬喻概念〉的碩士論文中就因為研究需要，而依據「角色」和「主題」作分類）都可能有不同的分類方式，因此第五章談論莊子寓言和讀者劇場結合時，針對分類方式進行詳述。

三、寓言與其他文體的關聯

寓言的出現在神話、傳說之後，於是它在內容上、寫作藝術上，就自然會受到不同方面和不同程度的影響。寓言受到神話、傳說的影響，最明顯的例子是直接採用了神話、傳說的題材；同時也受到神話、傳說藝術上的擬人化、誇張手法的影響。動物故事的主角是動物，寓言的主角也大多是動物！笑話具有健康積極的娛樂性、但也具有諷諭性。因此神話、傳說、笑話、動物故事和寓言間，彼此相互交錯，相互轉化。（譚達先，1988：15～16）

寓言的兩大本質屬性是它區別於其他文體或非文體的根本依據。首先，它的寄託性，使它區別於其他的敘事文體（神話、童話、故事、小說、戲劇等）；其次，它的故事性，又使它區別於一切非敘事的東西（議論、詠物、比喻、格言諺語等）。但是這一切作品又跟寓言有千絲萬縷的聯繫。（顏崑陽，1994：156～157）

寓言本身具有神話、傳說、笑話、動物故事等文體取材和性質的特徵，卻又能夠透過寄託性和故事性來和不同文體對比差異凸顯寓言的獨特性！寓言本身的藝術價值極高，用來指導國小學童時不但可以強化學童認識寓意，也可以間接對自身文化產生認同感，進而拓展文學藝術欣賞的視野。也因為這樣的特性使然，讓寓言這種文體對學童有高度的吸引力可以寄予厚望。

四、寓言融入課程教育的相關文獻

許多的寓言是由故事組成、大量擬人化的用法也使內容感覺更加生動活潑，對於專注力較成人低的孩童而言，寓言不失為一種極佳的教學素材。我接著將以寓言融入課程教育的相關文獻作簡要的討論：

(一) 楊振良（1994）在〈傳統文化與國小語文教學：以民俗、笑話、寓言、清言為例〉一文中談到因為傳統民俗與國小語文教學息息相關，因此國小語文教學應以認識傳統為主要目標，而教師也應浸潤於傳統，方可為學生表率。並建議教師鼓勵學生從研閱古典笑話、寓言、清言中，突破學生對於文化學習缺乏興致的教學困境，並為其未來銜接國中語文教育而預作準備。該文強調了傳統文化融入語文教學的重要性，但沒有提供具體的教學方式。

(二) 蔡尚志（1990）在〈一九五〇年代以來臺灣「兒童寓言讀物」寫作的衍化〉一文中，論述臺灣兒童寓言讀物的發展情形。從五〇年代古典寓言的傳承與實踐、七〇年代本土現代新寓言的嘗試、八〇年代全面改寫中國古典寓言，一直到九〇年代寓言運用於思考訓練的衍化過程。從該文中可以知道現代寓言的創作仍較缺乏，多半還是以改寫古代寓言為主。

(三) 杜榮琛（1992）在〈國小教科書寓言研究〉一文中，針對國小課本十二冊，探究課文內容中有關寓言作品的表現技巧、中心思想、改進意見等，提出闡述與賞析的建議。從該文中可以知道目前教科書中寓言被使用的情形，但教科書取材可能會因為學年度而有所調整，因此該文可能會有時間上的侷限。

(四) 陸又新（1995）在發表的論文〈臺港及大陸小學國語科寓言教材比較研究〉中發現臺灣、香港及大陸三種教材有以下共同處：1.寓言故事在教材中都有相當的比例，取材來源兼及中國古典寓言、外國寓言及現代寓言；2.在改寫技巧方面，呈現寓意的方式多樣化，並增加細節的描繪，傾向童話式的風格。陸又新並提出國語教材的編寫的四項建議：1.增加寓言篇數；2.酌量選用寓意具有警示性的寓言故事；3.選用中國古典寓言原文，作為簡易文言文教材；4.大陸教材口語化的文字風格可作為指導兒童說故事的參考。

(五) 顏瑞芳（1997）在〈國中國文寓言教學探討〉一文中研究重點放在從篇數、篇序及選材三方面省思國中國文寓言教材的問題。接著就範文教學、作文教學及課外閱讀教學三個層面，說明寓言的教學。顏瑞芳認為中國寓言不僅具有生動的故事，更有高度的文學性和思想性，對於屬於青少年階段可塑性高但叛逆強的國中生應該更能發揮教育功能。

寓言在教育中的應用上，以目前蒐集到的期刊論文中可以發現論述內容所能統攝的範疇較小，大部分的寓言教學仍是在狹隘的教學範圍中。思索教學流程中的細節，儘管是跨學科統整運用，例如：有的僅談教科書未提及課外書籍、有的只針對自身所處的寓言進行沿革考察、有的雖然涉及到不同文體的比較，卻未能進入教育應用的層次；最令人覺得可惜的是有過半的研究者，因為缺乏跨文化比較的思維，而無法讓研究內容與應用的廣度大幅開展。

在具備跨文化思想的前提下，任何寓言作品在抽絲剝繭的分析後，都可以看見文化進入作品的痕跡。以周慶華（2007b）所提出的三大文化體系來看，中國寓言中蘊含著很強的氣化觀型文化特質。在西方社會中，也可以找到創造觀型文化下的寓言代表作品，如：《伊索寓言》。不同文化觀下的寓言所透露的文化訊息也不同，透過比較文化學的比較，能讓我在進行莊子寓言在讀者劇場中的應用論述鋪展時，不至於偏離氣化觀型文化的中心思想，也讓可應用的範圍更廣泛。

第二節　莊子寓言

一、《莊子》創作與歷史背景

在探究莊子寓言的文獻之前，我先簡述中國寓言的源流、寫作動機、取材、及寓言這種文體在中國文學上的地位等。中國的古典作品中，具有寓言體裁的創作不少，如：戰國時期前後，是寓言寫作高峰，如：《墨子》、《孟子》、《韓非子》、《荀子》、《呂氏春秋》……等書中，都可以找到不少的寓言作品，《莊子》也是當時廣藉寓言寄意的重要著作之一。但是當儒家思想在中國嶄露頭角，「子不語怪力亂神」的思想便深深影響之後的中華文化。因而造成寓言這種文體原被重視的情況在戰國時期風光創作之後，受到漢代獨尊儒術的無形制約而逐漸式微。雖然戰國之後的寓言創作不如戰國時期多，卻也還是有零星的作品出現。如：漢代劉向的《說苑》、《新序》、魏邯鄲淳的《笑林》，以至於佛教傳入中國後翻譯的《百喻經》、宋朝蘇軾的《艾子雜說》、明朝的《鬱離子》《燕說》《笑得好》、清代的《俏皮話》……等。

以創作寓言者的「動機」來說，有些是當代的士大夫向國君諫言時所創作；有些是對當時社會荒亂的現況加以描寫；有些是為了增強自我理念論述的說服力。以「題材」的選用而言，有些人偏好以歷史故事呈現（如《說苑》）；有些以動物的特性衍生出寓言主角（如：《俏皮話》）。不過這些漢代之後所創作的零星作品，在中國文學史上的重要性卻無法和先秦諸子時期相比擬。當中只有魏晉南北朝時期，由於獨尊儒術的觀念被打破，而佛教與道教思想逐漸被世人所重視，一些志怪和志人小說創作達到高峰之餘，才又稍微出現了詼諧諷刺的寓言。（許麗雯，2005：11～18）

莊子，是先秦時期的人物，他跟當時的文人相比在生活上相對貧困，但莊子的心靈世界卻是無比的富裕與寬廣；他已然超脫了世俗人們追求的名利、轉而晉身到精神層面的生命意涵探索，並達到自我「逍遙」的境界。至於莊子的思維，自然也大都透過的寓言形式表現出來了。在中國世代流轉當中，體現傳承中國文化精神最重要的兩個向度為「儒」、「道」兩家；而這兩個向度經由互補的作用，也確實鞏固了中國文化在世界文化上的特殊地位。因此，要讓學生了解自己的文化，就得有好的教材和方法。「寓言」對孩童的吸引力很高，陳蒲清認為寓言能夠促進人類文化交流的原因有四：

（一）寓言是一種滲透性強的邊緣文體，各種著作都喜歡利用它作載體。

(二) 寓言形制一般體小而思想雋永，既以形象感人又以理服人，容易傳播，容易接受。

(三) 寓言體制的民族性差異性不是很大，容易在不同的民族間交流。

(四) 與接受者的民族傳統有關。

（陳蒲清，1992：13）

莊子寓言是氣化觀型文化中道家思想的代表作品。顏崑陽在《莊子的寓言世界》一書中，對於《莊子》的作品所以能夠有別於其他先秦諸子而被長久流傳的原因，有過「形上」或「內在質性」的解釋：

> 文學家在表現對宇宙人生的體悟時，並不作直接的剖析、論斷、表述，而是選擇一種適當的事象或物象加以表徵出來。因此他所傳達給聽者讀者，往往不是一個抽象的概念，而是一片境界。聽者讀者去接受它時，必須有想像的參與、追溯作者內在的經驗。這種語言，已超越「辭達而已」的實用層次，而進入藝術層次了。（顏崑陽，2005：132）

因為《莊子》一書色彩鮮明，因此在現代仍被廣泛研究討論，從思維特徵、藝術精神、文化意涵、寫作形式、寓言文體特徵、內容取材選用、語言藝術等幾乎無所不談。而依據其內容衍生出來的教育性也很高，如：生命教育、道德教育、語文教育、輔導諮商、美學欣賞等這些目前也都可見不少論述資料。莊子自由無侍的藝術精神境界大為影響後世詩詞歌賦上的創作，雖然漢代以後道家思想的重要性不如儒家，但是莊子寓言蘊含的文化特性卻能充分體現氣化觀型文化的特徵，並持續影響後世，因此我認為莊子寓言是用來教育學童認識並詮釋文化的不二選擇。

二、莊子寓言在載體上的轉變

《莊子》流傳至今，大多是以書本作為傳述載體，但是哲學思想透過文字進行閱讀理解對國小學童來說有相當的困難性，於是莊子在載體上也有了創意性的變化，如：《自然的簫聲——莊子說》，是蔡志忠以漫畫的手法將莊子寓言呈現出來的作品。他認為漫畫是一種最具親和力，最容易侵略讀者的武器，因此選擇以漫畫形式呈現莊子寓言。（蔡志忠，1986：11）後來蔡志忠的莊子漫畫內容，又有以電視卡通作為載體的模式出現。

莊子的中心思維不是一般所說的「為我，放任，避世、空談」，而是在忘我，順其自然，入世而超世，以及全由深刻體驗而來。（傅佩榮，2002：4）莊子寓言背後蘊含的思想兼具了高度的藝術精神，這點很值得指導學習者探索其中奧秘。因為不同的文化觀點下所衍生出來的信仰、觀念、社會規範、甚至於藝術的表現方式等，都會有所差異，如果單以文字形式呈現內容，對國小學童來說很難感受其魅力和影響力！所以本論述在載體的選擇上也有了突破性的創意，那就是將寓言文體化為劇本，以讀者劇場的方式提升文化認知。戲劇表演可以促進學生對文學作品重點的了解，也透過聲音肢體的呈現，將作者創作與作者欲傳達的思想、甚至背後傳達的價值觀內化到學童（表演者）心中。

三、《莊子》語言表徵的內涵與文化特色

（一）《中國古代思想中的氣論及身體觀》一書中，有以下的論述：

> 莊子學派以為人體的生命以氣為本，他說「氣變而有形，形變而有生」(《莊子・至樂》) 人以氣的集合，在這個世界生出形體。死則是相反的過程，亦即氣的分散。《莊子・知北遊篇》所說的這個思想，是形成中國古代自然哲學基底的基礎。(楊儒賓主編，1993：183)

可見莊子寓言的中心思想，和現存世界三大文化體系中的氣化觀型文化（人為精氣的化生）相互吻合。

（二）楊儒賓在《中國古代思想中的氣論及身體觀》序中，以先秦思想史中的氣——身體的觀念為主，以氣論及身體觀為副，分別從理論的個別思想家或學派的探討著手。(楊儒賓主編，1993：1）是一本藉以說明與解釋莊子寓言中氣化觀型文化所在的絕佳參考書籍。

（三）在呈現出文學的藝術精神上，顏崑陽《莊子藝術精神析論》一書對莊子藝術精神的整體內容和特殊性的表現，有周詳的考察。(顏崑陽，1985：1）書中談到莊子最大的藝術價值是對於主體精神與心靈的重視和發微：

> 莊子在思想的起點上，根本未將「藝術」當作知識對象，他只是針對宇宙人生，離遣一切虛妄造作，以將人生提升到理想的境界。然而，他所揭示的的人生修養功夫，卻正是一個偉大藝術家欲臻藝術極靜所須施為的修養功夫。他所揭示的特殊表意方式，卻正是一個偉大藝術家表現藝境的上乘妙法。（顏崑陽，1985：3）

這個藝術精神具備了無目的性、純粹主體性、內在境界性、完全自然性、經驗絕對性等五種特殊性格。爾後的中國傳統藝術創作受到莊子思想的影響，而以「養氣」、「凝神」為主體修養方法。莊子本人認為藝術本質不在物質客體的產品，而在於主體的精神心靈。莊子所揭示的人生最高境界——自由無待，也是藝術主體精神的臻極境界。（顏崑陽，1985：3～5）

在莊子語言的特色上，顏崑陽認為莊子使用的是一種意象語言。在先秦時期語言只是政治道德服務的工具時，莊子就已經將語言作了文學、藝術和哲思上的結合。莊子不使用概念性符號的語言，直接去論述一個抽象的概念；而是使用意象語言來描繪具體鮮明的景象，以為表徵內在的心靈經驗。（顏崑陽，2005：136）

四、莊子在教育上的應用文獻探究

從古至今，莊子寓言的終極思維、藝術價值、不但對後世的文學創作影響極大，也提供了現代人在儒家思維規範中自在修身養性的方法；加上《莊子》一書談論的範疇廣泛、以寓言的文體呈現在趣味中又充滿哲理，因此在中國文學的研究中，《莊子》一直備受重視。莊子內容的探究也就能夠找到相當多的專書、期刊、論文等資料。如：白宛仙（2003）的《《莊子》主體觀探究——「復性」與「氣化」為核心的存有論詮釋》；陳玉玲（2004）的《《莊子》寓言之生命價值觀研究》；林淑文（2001）的《《莊子》美學原理初探》；呂秀姮（2004）的《《莊子》人生哲學之現代運用》；林芳珍（2003）的《由環境倫理學的角度探討《莊子》人與自然環境的關係》；孫吉志（2000）的《《莊子》的生命體驗與倫理實踐》；余靜惠（1993）的《死亡的意義與《莊子》哲學的回應》；洪家榆（2004）的《《莊子・逍遙遊》生命境界觀析論》……等，可見《莊子》能應用的範圍極大！但我僅針對跟本論述需求性較高部分，也就是莊子與教育結合的相關性較高的文獻作為探究對象：

(一) 高君和（2004）在《論《莊子》的人物系譜》的研究中提到《莊子》在「人物」的形態、生活、與言行互動來呈顯哲學思維的論述方式上具有重要特色，因此在《論莊子的人物系譜》的碩士論文中藉由〈寓言〉篇所提示的「三言」，將莊書人物分為「重言人物」與「寓言人物」兩大類，並由此審視莊書人物在表述莊子思想上的作用。莊子常會利用角色對話來呈現寓意，同一個人可能在不同寓言中具有相同的個性、思維，因此本文可作為我在思考劇本人物撰寫改編時的參考。

(二) 張銀樹（1998）在〈《莊子・達生》幾則寓言故事所提示的教育訊息〉一文中，從哲學思想的角度來思索《莊子・達生》中幾則寓言故事的要義，並從藝術思想的立場加以探討。首先闡述設定教育目標及教育活動的基本精神；其次探討選擇教材的原則；繼而論述外在環境與教育的關係；最後探討教與學的方法、態度及教師的修養，這個部分可作為我在進行教案編寫時的參考。

(三) 謝春聘（2002）在〈從渾沌之死談子女的教育方式〉一文中，談到引用莊子中應帝王篇中最後一段渾沌之死的故事，並加入老子《道德經》第一章的一段話加以對照以說明其寓言的涵意。此觀點探討子女教育問題，說明父母忽略小孩的個體、獨立性而未能順應自然來進行教育；反而將一些父母自認為好的、重要的強加在孩子身上，無形中揠苗助長。這篇文章主要是用在家庭教育上，僅用一篇莊子寓言來凸顯父母應該順應子女特質予以教育的重要性。這篇文章在第八章節在家庭場域進行莊子寓言讀者劇場化時可成為參考的內容。

(四) 謝春聘（2001）在〈從《莊子・人間世》談問題學生的管教方式〉一文中，從「顏闔將傅衛靈公太子」的寓言內涵，應用在問題學生的管教上。取寓言中因勢利導先順應的概念加以引導。所以該文是專門探討莊子寓言的內涵在生活管教上的應用。

(五) 陳富容（2001）在〈莊子道德教育之基點與終點〉一文中，探討莊子道德教育的基點，及其道德教育所欲到達的終點，作為進入莊子道德教育世界的初步試煉。本文以莊子「相信宇宙之間必有真宰」與「為亂世提供安頓身心的良方」兩個重點為其道德教育的基點來討論。而莊子道德教育的終極目標則為成就聖人、真人、至人、神人，也是該文探討的重點所在。

在該文的論述中是以莊子寓言的內容來與道德教育作結合應用。

(六) 莊麗娟（1996）在〈莊子的齊物篇與教育〉一文中，論及莊子齊物論以宏觀的角度闡明了物論之齊與物類之齊，他的「齊」非整齊劃一、平均，而是尊重、肯定與均衡。莊子的思想是以尊重為起點，適性為重點，超越為精髓。用之於教育，將使我們更能廣容並蓄、肯定個人、適才適性。從文中可以知道，研究者分述：1.莊子認為教育不能偏執一方；2.莊子肯定適性與教育；3.莊周求知的觀念。

(七) 林安德（2007）在《莊子寓言及其譬喻概念》的碩士論文中，以莊子寓言中的角色、題材兩部分與譬喻概念的關聯性作研究開展。他認為以現今兒童的閱讀型態和趨勢，「以圖畫引領文字」是不錯的切入方式。而目前為人所津津樂道的成語典故中，有不少來自莊子寓言。林安德提到「成語」能結合《莊子》意念，而又具解釋性質的呈現，可以作為教學上的題材。

(八) 廖杞燕（2004）在《《莊子》兒童版寓言研究》的碩士論文中，分析了現有的十八個兒童寓言文本，並研究寓意、角色、情節組織和文字的改寫技巧。其中針對如何增加寓言的故事性，減低說理的教育性，也提出建議。論文裡歸納出了三十則最常被改寫的故事，並進行實驗性的改寫。這篇論文和本論述的相關性極高，因為同樣涉及到改寫莊子寓言的部分，但改寫後的文體卻不相同。該研究者是改編為故事，但本論述將改編為劇本，兩者在改編的原則上仍有所些許差異存在。這點我將在談論到改編應用的章節中加以說明。

歸納以上文獻，發覺莊子寓言能應用在不同的教育範疇中，從人物、主題、角色塑造的教材分析研究、家庭教育、道德教育、管教問題處理、道德教育、適性教育……更可看出莊子在教育應用上的無窮性！可是專門針對國小學童需求而進行設計的研究極少！利用莊子寓言提升語文基本能力（聽說讀寫）的研究報告也是少之又少，而以莊子寓言作為素材輔以創新的載體呈現，引導學童深入到中國文化的研究，則是完全找不到！因此，我將在第三章詳盡說明莊子寓言的文化性，以作為第五章改編應用的重要依據。

第三節　讀者劇場

讀者劇場是一個由讀者而非專業表演者來進行表演的形式。讀者本身就是表演者需要實際參與劇場演出。以下我將讀者劇場裡具備的創造性戲劇元素或功能，作一個簡單的探討。

為了配合不同的目的，戲劇本身的功能也不斷的演進與改變，而「創造性戲劇」就是因應教育需求而來。創造性戲劇的重點不是表演，而是透過戲劇活動進行「假裝」的遊戲，讓參與者共同去想像、體驗、且反省人類的生活經驗（林玫君：2002b），而讀者劇場是屬於創造性戲劇形式中的一項。

張曉華（2002）將創造性戲劇中的兒童劇場分成四類，分別為話劇（play）、偶戲（puppetry）、歌舞劇（musical）和默劇（mime）。而「讀者劇場」就是屬於其中的話劇類。那麼具備戲劇特質的讀者劇場在教育的目的上可以發揮什麼樣的功能？這可以從以下學者的相關論述看出端倪！

一、張曉華（2002）在〈國民中小學表演藝術戲劇課程與活動教學方法〉一文中提到，戲劇除了娛樂與藝術價值外，在國民教育中，更重要的是在教育使用上的價值。戲劇教學在教學上，基本技能之學習僅在於能夠運用語言與肢體適當的表達即可，但就社會化、知識化的學習卻有戲劇教學的無限的效益。

二、容淑華（2002）在〈教育劇場在國民教育階段實踐之研究〉一文中也提到，人與人的互動當中，經驗、表達和理解三者之間透過非語言及語言的對話可以產生新的認知，有助於不同文化的交流。此外，劇場可以提供一個認知與情感的體驗機會，讓我們有時間與空間去真正理解和突破，且嘗試去改變，它提供另一種學習自我成長與自我肯定的方式。

三、林玫君（2002b）更在〈戲劇教學之課程統整意涵與應用〉一文中談到，創造性戲劇強調對人類生活經驗的「想像、體驗與反省」，透過戲劇世界中的「替代情境」，兒童能夠有機會去統整舊經驗以面對戲劇中的困境，體會不同角色內心的矛盾，捕捉五官知覺的感受，容納他人的觀點，並創造方法以克服新的問題與挑戰（林玫君，1995）。

歸結上面論述後會發現，創造性戲劇的實施不僅能夠提升對劇中語言、表情、肢體動作的學習，也可以提供學童社會化、知識化的機會。此外，針對一般教學中最難指導的情意或文化等潛在內涵，也都能夠透過戲劇的演出而讓參與者體驗、感受、甚至內化。隸屬於創造性戲劇形式之中的「讀者劇場」，當然也就具備了這樣的先決條件。

然而，讀者劇場近年來在教育現場的使用較其他創造性戲劇形式更為頻繁的原因是什麼？我試圖從目前教育現況與讀者劇場特性中找出原因。就教育現況來說，近幾年來，以學生為教學主體的聲浪不斷升高，而學習者本位的讀者劇場恰巧符合這個條件。在讀者劇場中的教師角色具備了三項特色：示範者、引導者、學習環境營造者（林虹眉，2007：38）。這樣的角色定位顛覆了中國傳統以教師為主體而改著重以學生為主體的教學方式，學童從編劇、演出到檢討反省都得親自參與。而這樣的教學設計安排更無疑是增進了學生創造、想像與思考的機會。

此外，九年一貫的課程理念裡也一再強調學科內與各學科間的統整！在藝術與人文領域當中，更大幅提升了表演藝術的比例；綜合活動課程的安排上也有利用戲劇表演凸顯課文主題的部分。重視學童教育的思潮間接促進了臺灣兒童劇場或劇團的成長快速，也讓兒童戲劇的發展活絡了起來。

在校園中要演出一部完整的戲劇，需要花費大量的人力、物力與時間，一般教師在課程時數有限的情況下，儘管意識到戲劇對於孩童知識、情意、技能提升的教育功能，卻還是有所顧忌不願實施。此外，表演藝術的專業性也會讓非藝術與人文相關領域的老師擔心專業性不足而作罷。

雖然如此，讀者劇場的出現解決了第一線教師的疑慮。張曉華（2002）在〈國民中小學表演藝術戲劇課程與活動教學方法〉一文中提到，戲劇除了能夠統整視覺藝術、音樂、表演……外，也能和其他學習領域相結合。任何學科的教師只要利用少量的時間、簡單的引導，都可以將讀者劇場應用在不同學科之中。讀者劇場利用彈性的時間空間和操作上的簡便性就能達到創造性戲劇的多項功能，這也是讀者劇場在創造性戲劇眾多形式裡雀屏中選為本論述使用的原因。

目前市面上專論探討讀者劇場的中文書籍雖然不多，但其中由 Lois Walker 所著的《RT 如何教——讀者劇場》（Readers Theater in the classroom）、《動態閱讀聲歷其境——讀者劇場》以及由 Neill Dixon、Anne Davies、Colleen Politano 合著，由張文龍所編譯的《讀者劇場：建立戲劇與學習的連線舞臺》這幾本書，都是讀者劇場入門者實用的參考工具書。

> 在美國，「讀者劇場」有著多個不同的名稱，如：室內劇場（Chamber Theatre）、口述者劇場（Interpreters Theatre）、平臺劇場（Platform Theatre）、朗讀音樂會（Concert Reading）、集體朗讀（Group Reading）、多重朗讀（Multiple Reading）、舞臺朗讀（Staged Readings）……等。（張文龍，2007：II）

在這些不同的名稱之間，可以意識到讀者劇場與其他創造性戲劇表演的差異，也就是讀者劇場重視朗讀、口述的部分勝過於其他舞臺道具、燈光或走位等舞臺呈現要素。除此之外，還有一些和其他創造性戲劇的差異可以透過讀者劇場的定義裡找到。

對於讀者劇場的定義有多種說法，如：美國丹佛大學的 Johnnye Akin 認為，讀者劇場是「一種口述的表現方式，讓各種形式的文學，藉由具有劇場效果的特殊朗讀方式呈現。」俄亥俄州立大學的 Keith Books 表示「讀者劇場是一種集體的活動，讓最佳的文學作品藉由包含口語和肢體的口述表達，呈現在觀眾面前。」（吳琇玲，2005）

又如張文龍（2007）在〈戲劇技巧於英語教學之運用：以讀者劇場為例〉一文中，也對讀者劇場提出看法，他認為：讀者劇場是一種口述朗讀的劇場形式，由二位或以上的朗讀者手持劇本，在觀眾面前以聲音表情呈現劇本內涵。朗讀者們可以事先將詩、散文、新聞、故事、繪本、小說及戲劇等各種文學素材，改編為劇本型態；在練習後，不需使用戲服、布景或道具，直接以口述朗讀手持劇本之方式，讓觀眾藉由對劇本內涵的想像與朗讀者的聲音表情，欣賞文學劇場的表演。

鄒文莉也在 Lois Walker 所著的《RT 如何教——讀者劇場》一書的序中為讀者劇場一詞下了定義：

> 讀者劇場是一種以文學為主的發聲閱讀活動，讀者利用口語闡述故事，和文學及觀眾交流。在 RT 的展演中，演員使用劇本，故事情節是透過 RT 的旁白或是其他角色的發聲閱讀呈現出來。臺詞是被「唸出來」，而不是「背」出來。（Lois Walker，2005：10～18）

張文龍也在《讀者劇場：建立戲劇與學習的連線舞臺》的序言中提到：

> 美國讀者劇場協會（The Institute for Readers Theatre）認為「讀者劇場」（Readers Theatre）是透過兩個或兩個以上的口述者，利用念讀朗讀的方式，將文本內容中的知識、情感、審美等意義傳達給觀眾的一種劇場形式。（張文龍譯，2007：I）

綜合各家論述，歸納讀者劇場一詞的特性如下：

一、以朗讀劇本為主，重視以口述表達劇本所欲傳達的知識或情意，肢體動作或其他舞臺相關的燈光道具等為輔。

二、兩個或兩個以上表演者同時在舞臺上唸讀劇本，唸讀時可以獨朗、團朗或輪流唸讀方式交叉使用增加變化性。

三、表演者（就是學習者）可以參與表演劇本的改編，而劇本的原著可以在多元的文學素材中蒐集。

四、表現劇本內容時，表演者不需背誦劇本，只需透過聲韻調和臉部表情搭配強化劇本所欲傳達的意念。

五、讀者劇場不僅止於藝文領域中的應用，也能夠與不同學科相互結合使用。

第四節　讀者劇場與語文教學

Walker 認為讀者劇場的教育目的有六項，其中「增進語文表達與接受能力」和「建立閱讀基礎」、「增進情緒和心智上的發展」、「培養創造力和想像力」（林虹眉，2007：37）這四項都和語文教學有直接相關。無怪乎目前讀者劇場和語文領域的結合最為頻繁。

戲劇在語言教學扮演何種角色？Wessels 認為戲劇是一種可以被用來發展語言的技能。它可以用來統整聽、說、讀、寫技巧教學、語言溝通技巧教學……等，在一個有結構組織的設計中，學習到聲韻學及發音能力、對新的字彙及句型結構有全面性的了解。（陳永菁：2002）

雖然從上一節中知道讀者劇場可應用的領域相當廣泛，但就目前臺灣所見談論讀者劇場與教學關聯的文獻來看卻有所侷限，其中讀者劇場和語文領域相互搭配的資料最多，幾乎占了八成以上；而這裡面又以和英語文的相互搭配使用情況最為常見。

讀者劇場在這幾年出現的學位論文中，幾乎都是與語文領域相結合，而讀者劇場所呈現的劇本內容，多是以英語文為主，也是以提升英語文能力為最終目標。如：提升英文字彙學習、提升英語口語表達流暢度、降低外語學習焦慮、提升英語文閱讀與寫作能力為主。以下是我摘錄目前利用讀者劇場在「英語文」領域中進行教學的內容：

一、王瑋（2006）

作者透過行動研究探索英語教室戲劇活動對弱勢國小學童覺知的英語自主權與社交功能的影響。研究後發現弱勢國小學生能透過教室戲劇確實改善了對英語的自主權和社交功能的覺知，並縮短弱勢學生們自身家庭文化和英語文化間的鴻溝。王瑋也發現採用符合於他們的生活經驗和家庭背景的故事來作為教室戲劇活動的劇本時，對學生自主權和社交功能有所增強。

二、黃婉菁（2007）

這個研究實施的對象是六十八位國中七年級的學生。實施活動為期十二週。透過口說能力前後測的量化統計分析國中七年級學生應用英語讀者劇場的情況。研究結論發現讀者劇場活動能促進英語學習，減低學習焦慮，以及增進人際互動。在讀者劇場活動當中，學生最大的收穫和困難都是劇本中的英語生字。而實施讀者劇場活動前後，對於提升學生的英語閱讀能力沒有顯著差異，但是對提升學生的英語口說能力有顯著差異。

三、雲美雪（2007）

作者以行動研究了解英語讀者劇場教學應用於偏遠小學低年級學生的教學過程及實施成效。該研究結果為讀者劇場教學流程需依教材內容、學生人數、教學時間長短及學生學習狀況彈性調整，在有限的時間內作最有效率的呈現；英語讀者劇場教學熟讀劇本、合作演出及發揮創意的方法，在於充分且多變化的練習，融入學生學習參與感及主動性，同時倡導家長參與學生在家唸讀活動；英語讀者劇場教學效能顯示能增進偏遠地區學生英文閱讀能力，口語表達能力及提升學生學習英語的興趣。讀者劇場的演練能增進群體合作及互助學習；創意的改編能增進學生創造力的表現。

四、黃世杏（2006）

這個研究以新竹縣竹北市某所國小六年級的班級為對象，運用質化與量化的研究方法，進行為期八週的讀者劇場教學，探討讀者劇場對學生口語流暢度及學習動機的影響。結果發現學生的英語口語唸讀速度（English oral reading rate）有明顯的進步，而高成就學生和低成就學生進步的幅度並沒有太大的差別；以分組的方式練習劇本，不僅可以減輕負擔與焦慮，更能透過合作學習累積成功的經驗（Perceived self-competence），有助於自我信心（Self-efficacy）的提升，並增進學生學習的動機。

五、陳雅惠（2007）

作者是以行動研究的方式，探討讀者劇場融入國小英語低成就學童補救教學的教學歷程、在歷程中所發生的種種問題、解決方法和對兒童寫作能力上的影響，研究對象為國小二年級兒童。研究後發現教學執行過程中，教師需要逐步減少教學的鷹架作用、讀者劇場融入國語課的課程也須注意彈性化、透過合作的方式編寫劇本方能幫助兒童減少寫作焦慮。

六、洪雯琦（2007）

這個研究探討讀者劇場活動對國小學童外語學習焦慮的影響兼論不同成就學生外語學習焦慮的異同。以臺北市某國小三年級的四個班級為對象，進行為期八週的讀者劇場教學。研究結果發現，利用讀者劇場學習外語後英語高成就及低成就的學生的外語學習焦慮均顯著降低；但低成就生的焦慮還是高於高成就生。

七、張尹宣（2007）

該論文內容以花蓮市十位高年級英語社團學生為對象，探究實施讀者劇場教學後，對口語流暢度的影響。結果發現讀者劇場不但增加朗讀準確度、速度及正確聲調的成績，它也能增加學生對英語學習自我反省的態度。該研究同時也發現有效改善讀者劇場的教學策略有：（一）讓學生觀摩彼此的朗讀；（二）同學及教師對同學的讚美；（三）請學生每日練習劇本。

除了英語文的應用之外，還有少數幾篇研究探討讀者劇場在國語文上的應用。摘要如下：

一、林虹眉（2007）在《教室即舞臺——讀者劇場融入低年級國語文教學之行動研究》碩士論文中，論及以行動研究法探討國小二年級兒童進行讀者劇場融入國小低年級國語文的教學歷程，以及在歷程中所發生的種種問題和解決方法。結果發現教師需要在歷程中建立公平與融洽的小組合作模式、營造高品質的學習環境、在教學活動上著重在聲音與表情的詮釋、歷程中要逐步減少教學的鷹架作用，這幾種方式可以提高讀者劇場的教學效果。而寫作上，透過讀者劇場融入國語課，對兒童寫作也有正面幫助、合作編寫劇本的方式，則幫助兒童減少寫作焦慮。

二、黃國倫（2005）在其《讀者劇場融入國民小學六年級國語文課程教學之研究》碩士論文中，以行動研究為方法，以二十六位六年級學生為研究對象，透過觀察、訪談、問卷與文件分析等方式進行資料蒐集與分析，以了解讀者劇場融入國語文之流程與困難，並由學生的看法分析問題因應之道。結果發現有 58% 的同學喜歡用讀者劇場來學習國語文，有 75%的學生認為可以更了解課文結構，有 70%的學生認為可以更了解課文內容。讀者劇場最有趣的地方是朗讀劇本，其次是製作劇本大綱，最後是創造臺詞。

三、熊勤玉（2005）在《讀者劇場應用於國小中年級國語文課程之行動研究》碩士論文的研究中，發現使用讀者劇場應用於國語文時，教師需將焦點集中於聲音表情的詮釋及教具的簡化，並指導學生運用其聲音表情來詮釋劇本，朗讀呈現文學內涵。創造正向開放的學習氣氛及環境、善用小組領導者，以帶領小組合作學習、掌握學生學習動機與明瞭語文能力指標。而學生的自省回饋中也都認為自己在聲音表情以及聽說讀寫各方面都有進步。學生在教學之後的討論中，也能夠從空洞的讚美，變成具有批判性的建議。

以讀者劇場和國語文教學的論文看來，由於這三篇論文的指導教授均為張文龍，因此整體實施與結論建議上，都有不少雷同之處。不過從他們的研究內容中，發現讀者劇場的完美實施所要包含的角色不只是學生，連老師在班級經營、說話教學、小組討論模式的建立……等，也都需要一併考量。

綜觀現有的研究結果或相關文獻，在在顯示了讀者劇場對於劇本內容的統整性與各學科間具有高度的結合性。從生字新詞的字彙學習、口語表達能力的提升、閱讀流暢性的改善、降低外語學習焦慮、寫作能力的躍進，都有絕佳的成效。而我在這既有的基礎上，針對目前文獻中的不足處提出以下建議：

一、學習廣度需再擴展

現有的文獻中研究的主軸都是以基礎性的語文能力學習為主，如：提升生字認讀能力、提高閱讀流暢性、口語表達能力等。雖然談到了小組合作時的社會規範，如：社會互動提升、合作學習的經驗取得等，但卻不是研究主軸所在。學習本身能夠習得的部分不僅止於此，除了基礎性語文教學（聽說讀寫能力）的學習外，應該更全面的涵括經驗（知識經驗、規範經驗、審美經驗）學習。

二、行動研究方法的侷限使研究結果難以類化

行動研究是一種既具有行動實踐又具有理論批判的研究方法。在這個方法中研究者和研究對象是夥伴關係。但研究對象（學

生）的經驗可能因為到智識程度、意願、性別、階級、種族等優越感知有無，而造成研究對象告知的結果與現實有所差異。在這樣的情況下，行動研究最後一樣也不得不回歸功能性的範疇，完全為研究者的權力意志所發用定例。（周慶華，2004：208～215）在我蒐集到的相關論文中，有不少利用行動研究進行議題研究，在取樣的部分上顯得狹隘也很難具有代表性；加上前段論述有關行動研究本身的侷限，使得研究結果可以有效用來改善研究者本身面臨的困境，卻難以將經驗類化到其他讀者或研究者身上。

三、應善用讀者劇場，提升文化學習的效果

透過戲劇世界中的「替代情境」，兒童能夠有機會去體會角色的想法與個性，甚至藉由表演來體驗，體會不同角色內心的矛盾。透過親身的演出，可以提升眼睛以外的感官共同體驗作品的機會，讓潛在的意念或作品背後的文化價值得以提升。在人的生活當中，食衣住行育樂背後，其實都受到文化的影響。但文化層次的教學是一般教師認為難以教授或忽視的部分。學童如果能夠透過讀者劇場的參與，將深具文化內涵的故事改編為劇本，並以口語唸讀呈現，相信無形中也協助了學習者認識自身文化，進而在了解自身文化。更在這樣的前提下，進而去欣賞或比較其他文化，甚至懂得創作出富涵文化價值的作品。

四、跨學科、多領域的統整運用

在上述三篇研究讀者劇場與國語文相關內容的結論中，都談到了現有時數不足，無法完整進行讀者劇場流程的困境！以目前的課堂數配置而言，如果教師沒有統整各科或各單元的能力，幾乎很難加入任何教科書以外的教材。因此讀者劇場的實施上，除了可以彈性運用國語文課堂時間外，綜合活動領域、藝文領域相結合，作單元性統整的教學設計，也是可以讓教學時數不足的問題獲得解決的方式。利用主題教學的方式結合各科相關的內容後，以讀者劇場表現可以獲得事半功倍的效果。

第三章　寓言與莊子寓言

第一節　寓言的特徵與文化意涵

> 中國古代寓言以散文體為主，歐洲寓言則盛行詩體，印度寓言的體式常常是散文夾著詩歌。（陳蒲清，1992：58）

在寓言常用的創作手法中，有散文也有詩歌。詩的語言意象化後，它便具有譬喻/象徵性。詩最大的特色在於能以意象來曲為表意。詩的可教層次是在相關審美特徵的認知上，這些審美特徵都可以在範限知識經驗時予以貞定，並且透過傳授冀其廣為發揮「仿作」或「創新」的作用。詩不可教的部分是詩人各有的審美直覺、文化涵養、表述能力、甚至靈感等。（周慶華：2007b：1～5）

意象這種心中的「意」藉由外在的「象」予以表現而成就的語用符號，早已是詩人的特愛；而它的取譬寓意性也成了詩的藝術性本身最大的特徵。（周慶華：2007b：6）雖然中國寓言以散文體為主，但仍保有意象化語言的部分的使用，在某個程度上來說，寓言和詩歌是一體的。也因此詩中常見的象徵與譬喻手法，在寓言中也常為讀者所見，可教和不可教的部分也相同。除了從詩的象徵性中可以找到部分寓言的特徵之外，也有學者曾經針對西方文學下的「寓言」特徵作了說明。

如顏崑陽認為西方寓言包含：一、寓言必須是一則簡短的故事，有開端、發展、結尾，具備完整而有機的結構。二、其中角色包羅一切無生物、動物、植物、仙魔、鬼怪、虛構的人物。三、無生物與動植物可使擬人化，同樣能有屬人的語言動作。四、它的故事都屬虛構，且文體多採散文。五、偶爾亦用詩歌或戲劇，它的意義不在字面上直接的解說，而在故事情節中間接的暗示，透過寓言必使讀者得到教訓或啟示。（顏崑陽，2005：156～157）另一名學者譚達先則認為寓言的特徵是：一、含有比喻和諷喻，全篇貫串著一個極其明顯的寓意。二、含有教訓，在全篇中，教育性為最重要，趣味性次之。三、一般來說，作品形式比較簡短。（譚達先，1988：1）

根據第二章節參考文獻內容與顏崑陽、譚達先等人對寓言特徵的界定後，我大致歸納出較為大眾所認同的部分，包含：

一、每篇寓言都有其寓意。

二、文體不拘，但以散文為主。

三、常有教訓、諷刺或勸戒的目的。

四、除了人物外，擬人擬物的情形也相當常見。

談論寓言特徵之後，接著就得來探討寓言中寓意的文化問題。任何寓言作品從創作到完成，會因為創作者身處不同的文化，而在題材取用或內容鋪陳上產生差異，因此最終希望呈現的寓意自然也就有所不同。一般而言，創作者進行寓言創作，多是期望自身的理念能夠透過內蘊的寓意傳達、影響他人。當創作者身處的文化背景不同時，作品內容和呈現出來的式樣便會跟著不同，因此只要細心觀察，便可發現端倪。

著名的《伊索寓言》是一本世界名著，也可以說是西方寓言的始祖。作者伊索善用擬人的筆法透過動物言語的方式，引申出人性的善與惡。作品的文字簡單有趣，因此深受讀者喜愛；更讓人從中體會到所傳達出來的創造觀型文化的內涵與人生哲理啟示。當《伊索寓言》所蘊含的創造觀型文化思想進入到東方社會之後，一直肩負著西方哲學思維傳遞的重要使命。漢民族的人在接觸西方社會的文化後，很多人不清楚彼此觀念具有差異的情況下照單全收，因而產生想法或作法不合時宜或地點的窘境。

在現有的國小教科書中，也有部分寓言收錄其中，例如：翰林版三上國語課本第二單元的統整活動中，就談到了藏族民間故事寓言〈咕咚〉。文中只有將故事簡單描述完畢，沒有寓意的引導或說明文字。單就故事來說，學生接受度極高，並且能夠回答出要實事求是、不聽信謠言的答案。教師倘若沒有三大文化架構的基本素養，確實很難讓寓言的文化功能徹底發揮。這些問題的根本原因都是對民族性、文化不清楚所致。所以唯有了解各文化間的差異，才能真正讀懂語言背後的文化意涵。身為第一線教師如果也能將教學高度拉到文化層次，不但可以讓學童學到內容的寓意，也可以認識背後蘊含的文化特性。

根據陳玉玲在〈九年一貫課程國小國語教科書寓言教材研究〉一文的統計中可以知道，國小教科書中寓言取材上，中國古代寓言二十二篇、外國寓言十三篇、現代創作二十篇。可見中西歷史上的寓言仍是教科書編輯者較為青睞的部分。林淑貞對於歷史寓言的功能也有以下的看法：

> 從歷史借鏡中可以學到更多觀看事物的面向，如是，多方思考，則寓言故事不會僅是一則故事而已。（林淑貞，2006：125）

本論述的目的也正是希望透過莊子寓言讀者劇場化的探究，讓國小學童能夠透過寓言故事作為認識、欣賞自身文化的入門磚。因此，稍後提及的寓言故事將從三大文化中摘取，在著重氣化觀型文化的前提下與緣起觀型文化、創造觀型文化作比較，讓氣化觀型文化的特殊性凸顯出來。但是為了不使論述主題過度偏離，以致除了氣化觀型文化外的異系統陳述，將只是隨機取樣作比較，而不會如同氣化觀型文化般詳盡。

目前現存的三大文化系統中，寓言取材方式略有差異。舉例而言，氣化觀型文化下的寓言故事，向來就以人物為主述，先秦諸子到史傳散文，均指出一條「以人為主」的寓言表述方式，而《莊子》中的部分寓言如：〈鑿破渾沌〉，是當時極少數的非人物寓言；而創造觀型文化下的希臘的《伊索寓言》或俄國的《克羅若夫寓言》、萊辛的《拉封登》等乃以動物寓言為主；（林淑貞，2006：134）而緣起觀型文化中流傳最廣的寓言故事集可以《五卷書》作代表。它是古印度流傳最廣、影響最大的一部寓言故事集，五卷共有七十八則故事，其中寓言故事的題材以動物為主的佔了三分之一，另外人物故事佔了約三分之一。（陳蒲清，1992：174）取材模式，約介於上述二者之間。

此外，不同文化觀點下所創作的寓言作品，儘管文字內容可能極為相似，但背後的文化意涵卻有所分別。也就是說，不同文化系統之間可能會看見表層結構相同的寓言故事，如：藏族民間故事〈咕咚〉和《伊索寓言》的〈巨山分娩〉內容極為相似，主要原因就是三大系統雖然看似彼此獨立，但是在表現系統、規範系統和行動系統上仍有所交集，因此在交集的範圍裡就可能有極為相似的作品產生，以致想要藉由《莊子》談論氣化觀型文化的特徵，就絕對不能僅在表現系統這項創發表現上探討，而需要拉高到觀念系統和終極信仰上。

寓言是一種文學創作的藝術，而藝術作品的建構必然包括三個部分：作者、作品、讀者。而此三系都含納在「世界之中，包括了作者的世界觀、作品表現出來的世界觀、讀者預期下解讀出來的世界觀，三者間相互關涉，卻又有所不同。」（林淑貞，2006：119）能將三部分定位釐清後，對於民族大體上的文化特性將能更清楚的呈現給讀者。文學或藝術作品都是歷史的累積、文化的延續。寓言是一種透過語言傳遞文化的體裁，沈清松在《解除世界魔咒——科技對文化的衝擊與展望》中談及文化本身須符合幾個要素：

> 一、文化是由一個歷史性的生活團體所產生；二、文化是一個生活團體表現其創造力的歷程和結果；三、一個生活團體中的創造力必須經由終極信仰、觀念系統、規範系統、表現系統和行動系統五部分來表現，並在這五部分中經歷所謂的潛能和實現、傳承和創新的歷程。」（沈清松，1986：24）

文化在此被看作一個大系統，底下還分為五個子系統，分別為：一、終極信仰：指一個歷史性的生活團體的成員，由於對人生和世界究竟意義的終極關懷，並且將自己的生命所投向的最後根基。二、觀念系統：指一個歷史性的生活團體的成員，認識自己和世界的方式。並因此產生一套認知系統和延續發展該認知的方式。三、規範系統：指一個歷史性的生活團體的成員依照終極信仰和觀念系統而制定的行為規範模式。四、表現系統：指一個歷史性的生活團體的成員，用感性的方式呈現其隸屬的終極信仰、觀念系統和規範系統等，因此產生了各種文學和藝術作品。五、行動系統：指一個歷史性的生活團體的成員，對於自然和人群所採取的開發和管理方式。（沈清松，1986：24～29）

寓言屬於文學創作的一種，隸屬於「表現系統」中，而表現系統是用感性的方式呈現其隸屬的終極信仰、觀念系統和規範系統。首先談談終極信仰的部分：

一、創造觀型文化

創造觀型文化的終極信仰為「上帝」，也就是單一信仰中的神或上帝是全知全能全善的實體。信仰耶教上帝的人，關心的是人的「原罪」（人與生俱來的一種墮落趨勢和墮落潛能），透過懺悔、禱告、就能得到救贖。因此，脫離原罪回歸上帝身旁是創造觀型文化下的終極目標。創造觀型文化的知識建構根源於建構者相信宇宙萬物受造於某一主宰。（周慶華，2006：185）

二、緣起觀型文化

緣起觀型文化的終極信仰為佛或涅槃，也就是「絕對寂靜的境界」。信仰佛教涅槃境界的人，他所關懷的是人的「痛苦」，因此最後能滅絕一切痛苦、出離輪迴生死海、達到涅槃自在境界為終極目標。緣起觀型文化的知識建構者相信宇宙萬物為因緣和合而成（洞悉因緣和合道理而不為所縛就是佛）。（周慶華，2006：185）

三、氣化觀型文化

氣化觀型文化的終極信仰為「道」，而漢民族的所謂的神或上帝是天地精氣的別名，人本來就是精氣化生的，因此這裡的神或上帝被視為自然造化的抽象意志。氣化觀型文化下分為儒道二系。道家嚮往去除分別心和名利欲的逍遙境界而保持全然的精氣神，達到神的境界是道家的目標。儒家關懷的是倫常的「敗壞」，所以以人倫和諧、社會安定為努力達成的終極目標。（周慶華，2007a：240～241）氣化觀型文化的知識建構根源於建構者相信宇宙萬物為自然氣化而成（自然氣化就是一個天道流衍的過程）。（周慶華，2006：185）

再來，說明觀念系統間的差別：創造觀型文化重視真理的追求，因此造就了哲學和科學；氣化觀型文化中有儒道二系相互依存，儒家重視人倫、道家崇尚自然，二者雖然施行方式不同，但都是在追求道的境界，所以發展出道德形上學；緣起觀型文化認為萬物都是因緣和合而成不需執著，因此衍生出緣起、性空的觀念。

接著，談談規範系統的部分：創造觀型文化相互尊重、互不侵犯是創造觀型文化中所衍生出的規範模式；氣化觀型文化以儒家思想為政治管理的指標，以道家思想為個人開啟藝術精神的途徑，藉以管理個體間親疏遠近的關係以及出入世間自我安慰的憑藉；緣起

觀型文化：人生在世乃是一場空，不需汲汲營營追求功名利祿，重視痛苦解脫、慈悲救渡。（周慶華：2006：47）

清楚了影響表現系統的三個關鍵後，接著談受到不同終極信仰、觀念系統和規範系統的影響下寓言的創作內容上會有什麼差異：

一、創造觀型文化

創造觀型文化下的寓言，寓意多半是透過故事中的主角呈現出來。創造觀下的寓言，認定上帝是唯一的造物主，也相信人從出生就帶有原罪，因此彼此之間的信任感不如氣化觀型文化下的人；加上每個人天生帶有原罪，所以必須透過各種方式不斷告訴人要有所警惕，避免人犯罪，並且在有生之年努力贖罪，死後方有機會回到上帝身邊！正因為對人有高度的不信任感，所以寓言故事中讚揚人物作為或言語的篇幅極少；反倒是多以讓動物具備人性，並從事件中獲得教訓的寫作內容最為常見。

《伊索寓言》正是最佳的代表作品。《伊索寓言》中光是動物寓言就佔了百分之八十。（陳蒲清，1992：29）出現的人物多半沒有姓名，僅是一個角色，如：〈行人與熊〉、〈開玩笑的牧人〉、〈農夫和他的孩子們〉、〈小偷和他的母親〉。此外，《伊索寓言》以動物為主角的寓言，是每個文學史中為人熟知的一種形式，其主要的作用在於諷刺人類的愚昧和不智。（林文寶，1994：190）透過動物具備人性後的所作所為，呈現出人類的無知與不智，間接讚揚上帝的萬能和神聖。而這和創造觀型文化中，上帝是為造物主，具有至高無上力量的內涵不謀而合。

西方社會緣於上帝創造宇宙萬物，大家都是平等的，而且人的理解力有限，其的聰明才智也受到極大的限制，因此上帝才需要將啟示給予他所創造的子民；並且告訴其子民得到救贖以順利回到上帝身旁或者榮耀上帝的途徑。

創造觀型文化中，個別行使意志的命運、彼此平等，而且每個人都為自己負責，而不會牽連到家族中的親屬或父母。尤其對創造觀型文化下的基督教徒來說，他們在世間極力締造現世的成就以榮耀上帝，最終無非是希望能夠獲的上帝的接納，回到上帝身邊。

創造觀型文化中人們會相互牽制、相互監視，主要是因為最初的祖先違背了上帝的旨意，因此人天生下來就具備了「原罪」；正因為人生下來就背負的罪惡，所以才要牽制、監督彼此。而這種原罪的觀念也讓西方社會在民主政治的發展上，遠遠超出其他二個文化系統中的人民。

二、氣化觀型文化

氣化觀型文化會透過名人作為評論者，如：莊子寓言中就可以見到孔子、老子、堯、舜等思想家或政治人物出現在寓言故事中成為對事件評論的主角。又如：《戰國策》中的〈曾參殺人〉、〈鄒忌比美〉；《韓非子》中的〈鄭公伐吳〉、〈申子請罪〉、〈和氏之璧〉；《列子》的〈愚公移山〉、〈宋人學盜〉、〈紀昌學箭〉；《呂氏春秋》中的〈楚人過河〉、〈伯牙破琴〉、〈澄子尋衣〉；《淮南子》的〈塞翁失馬〉、〈公儀休嗜魚〉；《史記》中的〈楚王葬馬〉、〈張儀的舌頭〉、〈李離伏劍〉……舉凡中國哲理寓言中的內容，幾乎都有人物出現，這和西方寓言源頭《伊索寓言》以動物為主相差甚遠。

就這點來說，主要是因為氣化觀型文化下的民族，重視家族的和諧團結，並透過各種方式壯大家族勢力，因此透過古人或聖賢的話語或故事來呈現自我想法，可以增加道理的可信度，其實也是一種變相壯大自己家族的方式。

《戰國策》中〈畫蛇添足〉是一則大家耳熟能詳的寓言。〈畫蛇添足〉在一般人的解讀裡，多是負面的寓意，如：多此一舉，或者如嚴北溟、嚴捷在書中提到不該以自己主觀好惡決定事物的性質。（嚴北溟、嚴捷，2007：114）但是拉高層級從文化觀點來看，會知道這個寓言的鋪陳可能是受到氣化觀型文化的影響。氣化觀型文化下的社會，想法如果可能損及家族利益或者和家族思想相違背時，就容易被否定。

〈畫蛇添足〉這篇寓言來說，由於多數人覺得蛇不應有腳，而社會是一個大型的家族，當個人想法和群體想法有差異時，氣化觀型文化下的我們，在遵循群體共識的前提下，個人所有特異獨行的想法常會在眾人輿論壓力下被打消。因此，幫蛇畫了腳的行徑是與社會認知不同的想法，因此輸了這場競賽！如果這個故事發生在西方，這個幫蛇畫腳的人可能會因為具有創意而受到讚賞。因為創造觀型文化中的人，個個都是上帝的子民，為了榮耀上帝，所有人無所不用其極創造、表現，希望能夠受到上帝的青睞，回到上帝身旁。

正因為所有人都由上帝創造，生而平等沒有尊卑、長幼等規範的限制（當然，西方人自我優越感強過其他民族的原因也在此），因此個人的想法都應予以尊重；在這樣的文化觀點下，社會風氣相對開放，所以人們得以有較多的個人空間說出想法或執行個人理念。

氣化觀型文化以「情感」聯繫，創造觀因為「原罪」觀念，對彼此都充滿著不信任，因此需要法律的規範來限制和確保每個人的生存權。在氣化觀型文化中，人是精氣的化生，因此在個別生命之初、氣化成個體的過程中，精氣程度上的不同，因此天生的資質上就已經具備差異。

三、緣起觀型文化

在《百喻經》中有一篇〈乘船失釪〉的寓言故事：

> 昔有人乘船渡海，失一銀釪，墮於水中。即便思念：「我今畫水作記，捨之而去，後當取之。」行經二月，到師子諸國，是一河水，便入水中，覓本失釪。諸人問言：「欲何所作？」答言：「我先失釪，今欲覓取。」問言：「於何處失？」答言：「初入海失。」又復問言：「失經幾時？」言：「失來二月。」問言：「失來二月，云何此覓？」答言：「我失釪時，畫水作記。本所畫水，與此無異，是故覓之。」又復問言：「水雖不別，汝昔失時，乃在於彼，今在此覓，何由可得？」爾時眾人，無不大笑。（求那毘地譯，1974：545下）

一般人解讀這樣的寓言，可能會體會到固執、不知變通的寓意。但倘若從文化角度來看本篇寓言內容，則會得到人應該皈依佛教，而不要到外教去尋求解脫之道的寓意。（周慶華，1999：122）因為《百喻經》隸屬於緣起觀型文化之下，而該文化系統中的終極目標乃在於摒除煩惱、痛苦，以達到「解脫」的目的。另外，著名的佛教寓言〈猴子撈月〉也有異曲同工之妙：

> 過去世時，有城名波羅奈，國名伽屍。於空閒處有五百獼猴，遊於林中，到一尼俱律樹下。樹下有井，井中有月影現。時獼猴主見是月影，語諸伴言：「月今日死，落在井中，當共出之，莫令世間長夜闇冥。」共作議言：「雲何能出？」時獼猴主言：「我之出法：我捉樹枝，汝捉我尾，展轉相連，乃可出之。」時諸獼猴，即如主語，展轉相捉，少未至水。連獼猴重，樹弱枝折，一切獼猴墮井水中。（佛陀跋陀羅等譯，1974：284 上）

光看內文得到的寓意可能是勸人不要白費力氣追求虛幻的事物（也或許有人會解讀為不要庸人自擾）（周慶華，1999：123）但是從緣起觀型文化的觀點來看，可能還會多了人不應被眼前的事物所執，應該要學習解脫痛苦與煩惱，以達到「毋庸我執」的目標。從文化觀點來重新看待三大文化下寓言的差異性，我歸納出以下幾點：

(一) 詞彙的產生、發展變化與使用都和社會文化的發展變化息息相關。漢民族傳統是泛神論的，因此漢語裡植根於相關信仰中的詞語特別多（周慶華，1997：71），如：常見的廟宇（如：城隍廟、媽祖廟）、諸多神祇稱謂（如：土地公、玉皇大帝、恩主公）、自然現象人格化後的稱呼（如：榕樹公、雨神、山神、河神）等。這些相關詞彙在西方創造觀型文化中相當罕見。

(二) 一個重視自覺自反、一個重視他力救贖、一個強調自我超脫。創造觀型文化需要透過上帝無窮的力量協助自己得到救贖；氣化觀型文化中透過自覺自反中求得人倫和諧與社會安定；緣起觀型文化則在相信宇宙萬物乃因緣和合的前提下，了解不為所縛便是「佛」境界的道理，終極目標在追求痛苦煩惱的解脫，讓自我得以身處在「毋庸我執」與「少量輕取」的觀念之中。創造觀型文化排出私心私利是為了生出公心公利；氣化觀型文化去分別心名利欲是為了得以逍遙；緣起觀型文化不起任何念頭是為了逆緣起解脫。

(三) 語言的深層結構是透過敘述、規範和評價等方式和表層結構相聯繫，以達到跟人溝通、交流甚至喚起行動的目的。就寓言本身來說，或許表層的節構類似，但是深層結構上的差異卻很明顯，而這樣的差異更可以解釋出不同的文化內涵。（周慶華，1997：44）

第二節　莊子寓言的文化性

大部分寓言都有構設的解讀語境，讀者須進入此一語境中才能體會言說或書寫者的真實寓意所在。（林淑貞，2006：120）莊子寓言也不例外，透過「三言」的交互應用搭配寓言文體的使用，使欲傳達的思想能夠用一種饒富趣味而少教訓的方式呈現，確實能夠讓讀者在其引導下揭開氣化觀型文化的神秘面紗。莊子寓言讓氣化觀型文化中的我們，得以透過他所構設的解讀語境來體會寓意，不僅可以讓我們了解自身文化，更將使我們透過莊子藝術精神的認識之後，開啟個人創意新思維。

在學校中，常聽到同儕或家長談起家庭環境對於學童的重要性！其實不論是家庭、學校甚至整個社會，整體運行的依循準則、政策制定、處世態度等，其實都身受文化的影響。但是文化學習的部分一直以來都是被人們忽視的一塊，指導學童認識自身文化更是現代教師極為弱勢的一環！因為文化容易讓人有抽象、不易體會感受的錯覺。其實，生活中處處是文化，而在指導孩童了解身處文化時，寓言詼諧的寫作方式絕對勝過於教訓或勸勉式的內容。儘管「文化」很難經由三言二語就能清楚表述，但是善用擬人譬喻等修辭技巧創作的莊子寓言，可以讓學童對於文化輕鬆入門。莊子寓言是本章主要的談論對象，接著我將說明莊子的文化性。但在這之前，我需先將在氣化觀型文化中挑選《莊子》來論述的理由，以及儒道二系在氣化觀形文化上的功能和差異作說明，此後才介紹莊子寓言的文化性和藝術價值。

一、論述著作《莊子》的選擇原因

前面章節我已不止一次提到氣化觀型文化是由儒道二家相輔相成而來。這是因為在先秦時期雖有九流十家的理論相互爭輝，但本質上卻和終極文化產生衝突，如：法家的思想和作法都過度嚴苛，也容易造成家族間的緊張，所以和氣化觀型文化強調情感聯繫相悖；墨家提倡兼愛、非攻，但這樣的大愛卻枉顧了最重要的「家族」，所以不合常情所需，也面臨退場的命運。至於名家、陰陽家在當代就已經不成氣候，因此也無法成為支撐文化的主力。因此，儒道二家在九流十家的競爭中脫穎而出，成為氣化觀型文化中最具代表的二條理路。

老莊是道家思想的重要人物，但我最後決定選擇《莊子》作為引導學童認識文化的教材。因為《老子》雖然是道家思想的開啟，但《莊子》卻是促成道家思想完成的重要推手。再者，《老子》在創作數量上比莊子寓言少的多，加上《老子》論述多而寓言成分少；但《莊子》恰好相反，不但寓言成分多且取材廣泛，豐富的內容對學童吸引力強。此外在終極理想實踐性上，《老子》小國寡民的思想太過理想化也不符合現今潮流，所以選擇了《莊子》作為本論述的主要研究對象。

二、道家與儒家在氣化觀型文化的差異

儒道二者對於萬物的出現都有相同的看法──萬物都是偶然氣化而成，也對萬物天生具有「資質」的部分有共識。由於萬物都是氣化所造，因此不會像西方「戡天役物」而窮為發展科學的情況。（周慶華，2006：185）雖然儒道二系的終極信仰都是「道」（也就是自然氣化的過程），但關切的重點和作法上卻有所不同，因此我試著透過儒道的差異來凸顯莊子寓言的文化性。

研究《莊子》多年的顏崑陽也認為，理、事、情三者是構成宇宙萬物的主要因素，而三者又是以「氣」貫之。（顏崑陽，1985：300）而這「氣」就是別有精義：

> 漢民族，以人為陰陽二氣中的精氣偶然聚合而成，因為是「偶然聚合」，不定變數，所以承認人有「智愚」、「賢不肖」、「貧富」、「貴賤」、「窮達」、「壽夭」、「勞心勞力」等等不平等現象。這也使得漢民族在某種程度上，能夠忍受別人的壓抑剝削等待遇。（周慶華，1997：112）

在氣化觀型文化之中儒道二系的思想分別領導了不同層面的發衍。幾千年以來，儒家在教育、政治上的影響與貢獻一直為人所認同。我們可以說儒家在氣化觀型文化中扮演的是群體管理的角色，強調集體秩序上的維持。而儒家重視管理的主因乃是緣於規避「齊頭式平等」的策略，由於人天生資質就不一，所以朝向勞心／勞力、賢能／凡庸分治或殊職的方向去籌畫和治理。家族的利益遠超過個人，每個人都身處在不同的家族中，言行舉止都需要以家族為優先考量。如《韓非子》中有這麼一則寓言：

> 從前，韓昭侯喝醉了酒昏昏沉沉的睡著了，典冠見到這樣的情景，擔心君王受涼，便為君王蓋上一件衣服。君王醒來後知道典冠為自己加上了衣服後，將典衣和典冠一併懲罰，因為典衣失職而典冠逾越了職權。（語譯轉引自馮國濤，2002：210）

非氣化觀型文化的人看了這則寓言，或許會覺得典冠體貼的表現並沒有失職，但在儒家的觀念裡，親疏、遠近、階級彼此之間是不容質疑或逾越的！典冠正因忽略了這一點而遭受懲罰。又如《戰國策》中有則寓言提到某位商人想賣駿馬一匹，過了三天仍乏人問津，於是商人便去找來一位懂馬的專家，請專家在馬周圍轉上幾圈，離去前再回頭看上一眼。此後馬的價格果然立刻漲了十倍。（馮國濤，2002：68）受到創造觀型文化薰陶的西方社會，對這樣的故事可能感到匪夷所思，但在氣化觀型文化中，受到儒家思想的影響，在社會中具有較高身分地位的人自然擁有較高的管理權責或威信，所以說出去的話或行為就更具說服力！

此外，儒家觀念的情感規範性上也比道家強，重視追求家族壯大、分別心強，不易放棄。因為透過情感牽絆與規範，使得家族間的事情幾乎都得公開化，舉凡讀書、生活、工作、愛情等，無一不是家族間關心與用來和他人比較的話題，這樣的特性讓家族中的人得靠著彼此合作、彼此監督來維持家庭和諧！但是當整體文化受儒家影響過大時，可能會造成人民厭煩後而引發問題。因為個人的事情全都得攤在陽光下，被家族用來不斷詢問、比較，以致於個人在家族中難有自我私密性，更擠壓了個人自我私有的空間與時間。

過度處於這樣的環境下時，個人自然無法專心思考、沉澱甚至於創作。幸好氣化觀型文化的另一條理路總能適時發揮了制衡的功能，讓個人心靈得以解放、感受逍遙。道家同樣認同萬物乃氣化而生，但談的卻是解脫自在，希望能夠一生死、齊彼我、和是非，重視個體生命的安頓與心靈的解放。道家認為一切功名利祿、權力地位的高低都是一種無形的束縛，唯有擺脫束縛才能讓精神真正的自由。萬物起緣乃氣化而生，而氣原本就是具有高度不定性的，因此唯有讓精與神都回到最初的狀態，心靈才能真正的感到自由。而《莊子・逍遙遊》中談論了不少這樣的理念，如：

> 惠子問莊子說：「我有一棵大樹，人家都叫它做『樗』。它的樹幹木瘤盤結而不合繩墨，它的小枝彎彎曲曲而不合規矩，生長在路上，匠人都不看它。」莊子說：「你沒有看見貓和黃鼠狼嗎？卑伏著身子，等待出遊的小動物；東西跳躍掠奪，不避高低，往往踏中機關，死於網羅之中。再看那犛牛，龐大的身子好像天邊的雲，雖然不能捕捉老鼠，但它的功能可大了。現在你有這麼一棵大樹，還愁它無用，為什麼不把它種在虛寂的鄉土上，廣漠的曠野，任意的徘徊在樹旁，自在地躺在樹下，不遭受斧頭砍伐，沒有東西來侵害它，無所可用，又會有什麼禍害？」（陳鼓應註譯，1999：35～36）

氣化觀型文化下強調順應自然的莊子，在《莊子・人間世》第一章中也寫到：

> 「且若亦知，夫德之所蕩而知之所為出乎哉？德蕩乎名，知出乎爭。名也者，相軋也；知也者，爭之器也。二者凶器，非所以盡行也。」句中談論了人間種種紛爭，追根究柢，在於求名用智。「名」、「智」為造成人間糾紛的根源，去除求名鬥智的心念，使心境達到空明的境地。（陳鼓應註譯，1999：115）

莊子反對名智的追求，鼓勵人擺脫人為設限的束縛，回歸到原始自然情境，透過逍遙境界的追求與體悟，讓個人在家族的制約下，仍能於自由的氛圍下思考與開展想像力並進行各項創造。

《莊子・齊物論》中寫到：「天地與我並生，萬物與我為一」，就是在強調萬物一體的觀念，這和氣化觀形文化中的終極信仰——「道」的精神一致。在萬物齊一的概念之下，自然不需要區分階級，也不需要人為過度控管，一切遵循自然法則；順勢而行就好。莊子這樣的想法，卻和儒家認為集體秩序需要管理、親疏遠近也要加以分別的想法相互違背。

《莊子・在宥》中寫到：「天下好知，而百姓求竭矣。於是乎釿鋸制焉，繩墨殺焉，椎鑿決焉。天下脊脊大亂，罪在攖人心。」這段話也再次說明莊子反對他治，反干涉主義。從人的本性上，說明人好自然而厭干涉。人間種種紛爭，追根究柢，在於求名用智。「名」、「智」為造成人間糾紛的根源，去除求名鬥智的心念，使心境達到空明的境地。（陳鼓應註譯，1999：115）

莊子認為萬物乃氣化而生，這個論點和氣化觀型文化的終極信仰相同！而這個部分可以從《莊子・至樂》中看出端倪。

> 莊子妻死，惠子弔之，莊子則方箕踞，鼓盆而歌。惠子曰：「與人居，長子、老、身死，不哭，亦足矣，又鼓盆而歌，不亦甚乎！」莊子曰：「不然。是其始死也，我獨何能無概然！察其始而本無生，非徒無生也而本無形，非徒無形也而本無氣。雜乎芒芴之間，變而有氣，氣變而有形，形變而有生。」（陳鼓應註譯，1999：471）

《莊子・知北遊》中寫到：「生也死之徒，死也生之始，熟知其紀！人之生，氣之聚也；聚則為生，散則為死。若死生為徒，吾又何患！故萬物一也，是其所美者為神奇，所其惡者為臭腐；臭腐復化為神奇，神奇復化為臭腐。故曰：『通天下一氣耳。』聖人故貴一。」（陳鼓應註譯，1999：577）

雖然儒家有制度、方法的作法，一直是執政者遵循的主軸，而讓人產生了道家式微的錯覺。其實道家並未消失，而是默默作為漢文化中藝術開展的中心思想。因為儒家重視集體秩序、重視個體生命安頓，當儒家過度規範後，人會因此綁手綁腳，缺乏創造的思維；此時道家就像是機器的安全閥，在儒家過度侷限讓人感到不自在時，可以透過道的逍遙來調和，因此儒道二者是相輔相成的。也就是說，道家的思維，讓人性的規範得以鬆綁。

至於儒家一直以來受到歷代君王的沿用，主因是儒家的禮樂教化讓人民在原本氣化後仍糾結的狀態，有了管理依循的標準。而道家因為具有平衡儒家制度中過度重視社群而忽視個人權益思想的效果，因此儒道二家思想得以流傳至今仍為漢民族所遵循。在氣化觀型文化中，儒家的重要性一直以來都較道家高，但本論述卻決定從道家這一系切入文化觀點學習的原因，乃是因為儒家的規範普遍的運用在生活當中，人們早就已經習以為常；但是習以為常的結果卻造成我們許多為人處世最終的決策的依據都是以整體家族利益為考量，而以個人發展開創為輔！這樣的決策依據看似完美，卻是讓人喪失創作思維和動力的殺手，幸好《莊子》的思想大為增加了個人提升藝術修養和價值的機會。在「修身」的看法上，二者也有差別。張松輝注譯在《新譯莊子讀本》中提到：

> 儒家也講「修身、齊家、治國、平天下」，同樣把修身視為治國的根本，但儒、道二家對於修身的解釋大不一樣。儒家講的修身，主要是要求提高自身的仁義道德，掌握治國才能及其他各種知識。而道家所講的修身，則是要求不去提倡仁義，摒除一切知識，保持自己的無知無識、渾渾沌沌的天性。（張松輝注譯，2007：181）

氣化觀型文化相信宇宙萬物為自然氣化而生，而這也就是所謂天道流衍的過程。而化生的過程中因為氣本身的純度不一，以致萬物的資質具有天生的差異。化生後糾結成一團不易分辨親疏遠近，所以儒家提倡仁義、講求禮樂教化並制定一套系統以方便經營有秩序的生活。其主張容易理解，作法也十分明確，因此得以流傳千年仍是目前治國的主要精神，也對氣化觀型文化中的人影響甚遠。

接著，在「知識」的論調上，儒道兩家也具有差異。張松輝注譯也談到儒家重視知識、提倡仁義的背後也產生了副作用。因為當人在知識層面上不斷提升，統治、管理統治手段也愈來越縝密的情況下，百姓用來對付制度的方法也就越來越高明。（張松輝注譯，2007：183）此外，古今因為想要進入管理核心的人，無不汲汲營營求取知識，並透過所學知識轉化為自己的思想進而說服他人或管理他人。在這樣的思想環境中，人為團體而活、為規範而做，自我也在其中喪失了！

反觀莊子，他反對知識，也透過《莊子》一書透露出否定了以知識操控人民的思想。綜觀《莊子》一書，不難發現其思想主軸乃是「諧和自然」，也就是順應氣化後萬物的自然資質而生，不加以教育或規範，讓自己保持最原始的天性以飴養精神。此外，追求自我生命的長壽，以養肉體。

由此可見，身處氣化觀型文化下的人幾乎一輩子都受到不同層級家族（如：原生家庭、學校、工作場所……等）的相互制約，受到知識經驗非自然的壓迫，所以很難在不考慮家族厲害關係的情況下為自己而活。儒家思想或許是用來維持家族秩序最常見也有效的方式，但對於個人修養的提升、個人想法創意的啟發，則相對困難。畢竟凡事由家族規範好的前提下，個人意見總在和家族規範相衝突時被犧牲。在現代生活中，孩子未來要走的路，仍有許多是由父母安排，孩子根本沒有選擇的權利！而這也可說是儒家思想下產生的弊病。

氣化觀型文化下的家族凝聚力高，每個人都有歸屬的家族，但家族間難免產生衝突，此時漢民族採取的手段是以破壞親屬關係作為手段。因此為了怕自己的有不當的言行舉止不合倫理使家族蒙羞，破壞了家族團結的關係，所以個人思想只好不斷被壓抑。所幸道家與儒家相互制衡，讓個人得以暫時擺脫家族的束縛尋求創意或希望自我心靈解脫時，最常被參考、依循的指標。

三、莊子寓言的文化性

顏崑陽認為《老子》論及的精神二字是分用的，「精」是天地的精氣，「神」是神靈。而精神和道之間有密切的關係，人的精氣乃稟受於天地的精氣，也是精神之主客合一、天人不二。這與《莊子・刻意篇》中：「精神四達並流，無所不極，上際於天、下蟠於地，化育萬物，不可為象。」以及《莊子・知北遊》中：「夫昭昭生於冥冥，有倫生於無形，精神生於道，形本生於精。」的想法相呼應。至於「道」本身至少有三種層次的意義：（一）形上實體義；（二）心靈境界義；（三）語言概念義。就形上實體來說，指的就是「道體」本身無形無象，先天地萬物而存在。（顏崑陽，1985：80～83）而道體之所以無形無象的原因，乃是因為萬物一直身處在不斷氣化的過程中。

> 寓言區分為三個層次，一是表層寓意，即指透過故事而得到的文本字面上的意義；二是中層寓意，即是從歷史層面來觀察檢視而得到的寓意；三是深層寓意，指能跳脫字面上的寓意，而通透到普遍化的文化現象。也就是「寓意」不僅是一個字面上某一故事的寓意，而且是人類普化的意義提升。（林淑貞，2006：107）

相較於儒家在教化與管理上的強勢，道家似乎對整體社會沒有多大的價值，實則不然！在儒家的規範下，集體秩序的經營和維持具有顯著成效，但在個體來說卻是缺乏了彈性。個人生命的安頓、精神的富足也是文化傳承上的重要指標。因此二者缺一不可。莊子寓言的內蘊涵義在容易感知的表層和中層寓意上，更具備了通透普遍文化現象的深層寓意，也讓讀者了解道家個體生命安頓在氣化觀型文化下所代表的意義。

莊子寓言中無論是形式上的對話（就是以上下引號呈現的對話內容）或者是隱含在文章中的對話內容，都沒有明確表達理念是所謂的「道」是什麼，反而採間接隱喻或象徵的手段，讓接受者自行醞釀或推究其內涵的方式來呈現。這一點和古希臘時代的蘇格拉底和柏拉圖開啟了透過反覆辯論來尋求真理的模式上相去甚遠。

富涵氣化觀型文化的《莊子》一書中沒有理念上的強勢侵入，完全是讓接受者自行解讀！所以不同的人在閱讀《莊子》後，對於氣化觀型文化下氣、道、理的概念，都可以有不同的解讀，而這點在中國歷史當中清楚可見。反觀西方創造觀型文化，在古希臘時代時對於真理的意義就已經透過不斷的辯證確定下來了，所以爾後在規範系統、表現系統、行動系統的行為模式幾乎都以辯證後的真理開展。由於文化所能影響的範圍極廣，所以隸屬於不同文化下的寓言在表現上也可比較出異同。

> 「文化語境」(context of culture) 是指整個語言系統累積而成的社會語言情境。透過文化語境的逆尋，我們在歷史的作品中找到當時的社會面向。讀者解讀的語境不同，存在的感受不同，歷史觀點也不同。經由讀者的重新詮釋，有時可豐富原寓意的範圍。寓言中的時間性是自由的、無限的、可任意編排的，適合人、事、物的對勘，因為它重在寓意的顯發。(林淑貞，2006：301～304)

寓言是《莊子》的語言藝術，透過虛設的人事物來暗示己意。《莊子》〈寓言篇〉中的「寓言十九，重言十七，卮言日出，藉外論之」這段話是大家所熟知的，其中重言指的是權威的人物或者是當時重要的古聖先賢。而它所以大量採用重言，其實也和氣化觀型文化的內涵關係密切。氣化觀型文化下的人，常透過壯大家族提升自己的重要性，《莊子》的寓言透過重言的使用可以讓自己的論述更具權威性，其實背後乃是氣化觀型文化影響所及。

笑話這種文體受到先秦時代寓言的影響很大，尤其《莊子》「三言」的寫作手法，更是笑話文體開啟的墊腳石、藉此喻彼的先河！在《莊子》寫作的風格的引導下，讓之後不同朝代中的寓言作品或故事中，均可看見氣化觀型文化的痕跡。以清代《俏皮話》中的〈走獸世界〉為例：

> 一日，諸貓紛紛向各獸辭行，名片上都寫著「恭辭北上」。諸獸問：「北上何故？」貓曰：「吾等散居各地，不能得食，故欲入京以謀食耳。」或曰：「汝等前去，何由得食？」貓曰：「吾聞京師為鑽營的總會，想鼠輩必多。」(陳蒲清，1992)

從文字表面看來可知作者對於當時朝政的諷刺，但作者笑話內容鋪陳中卻有濃厚的文化意涵。「諸貓紛紛向各獸辭行」對不清楚氣化觀型文化的人來說，必無特殊之處；但是帶入氣化觀型文化中的「家族」概念後，便可了解選擇「諸貓」而非「一隻貓」的原因。

> 先秦諸家寓言的角色大致可以分為三類：歷史上的真實人物、模範性的無名人物、植物或無生物。而莊子寓言中除了上述三類，還多了三類：神仙鬼怪(如：〈秋水〉中的「河伯」比喻「河神」)、不可考證的上古得道之人(如：〈應帝王〉中的「壺子」比喻「鄭之得到人」)、依意託名(如：〈天地〉中的「知」比喻「巧智」)。莊子的第三類將抽象的理念化為能言語的人物，算是莊子的獨創。(顏崑陽，2005：192～195)

第三類抽象理念化為能語言人物的例子，在明清笑話寓言中也不難見到。林淑貞（2006）於《明清笑話型寓言論詮》一書中談到：

> 天下萬物，各有品類，在人物之中，尤有甚者，因稟性不同，資質不一，發為行徑，或為唐突滑稽，或有感烈事蹟者，或為諧趣者，皆一一網羅其中，正見人品非一。

氣化觀型文化下的萬物都是偶然氣化而生，只有資質不同之分，而無好壞優劣之分。因此，資質或精氣純度較高的個體，均可以化身為具有神力的神祇，而不像創造觀型文化中的造物主，只是唯一上帝。也因為如此，在中國歷代的文學作品中，才常可見到非人的神祇。依據廖杞燕統計，《莊子》一書中的神話類寓言不少，如：〈鯤鵬〉、〈藐姑射山之神〉、〈河伯與海若〉、〈渾沌鑿七竅〉、〈雲將與鴻蒙〉、〈王良問井〉等（廖杞燕，2004：26）都有非人的主角出現。

四、《莊子》文化的藝術性

儒道二家雖然都是為人生而藝術，但孔子是以音樂藝術為人生修養之資，並作為人格完成的境界。而莊子的人生藝術，則是透過修養功夫所達到的人生境界。而這樣的修養功夫，乃是一個偉大藝術家的修養。道的本質是藝術精神，也是藝術精神最高的意境。（徐復觀，1988：50）

氣化觀型文化在道家這一系中，相當重視個體生命的安頓。莊子為求得精神上的自由解放，甚至達到了近代的所謂藝術精神的境域。它並非為了創造或觀賞某種藝術品，而是為了在變動的時代中

尋求自我安頓的方式。因此，此一精神的落實，是他自身人格的藝術化。（徐復觀：1988：100）

莊子認為先秦時天下人都是沉迷不醒、品行不端的，因此直接用嚴肅、正面性的理論去進行教誨不能收到效果，還可能讓自己陷入危險之中。因此，透過「三言」呈現思想，以旁敲側擊的方式讓世人得到啟發，達到提醒的作用。「三言」的使用，讓整個文體寓意、文章活潑生動、內容引人入勝，而這一點也是後人所以認為莊子具有浪漫主義色彩的重要緣故。（張松輝注譯，2007：492～493）

莊子將人與物視為一個整體，所謂「萬物與我為一」。莊子否定現象界以經驗所累積的相對性知識，並且認為它是絕對真實的認識。而莊子的藝術精神和中國美學觀念興起與傳承有絕對的關係！（顏崑陽，1985：28～32）更清楚的來說，中國自先秦以後的文學藝術創作，有很多是受到莊子思想的啟發與影響而來。

中國藝術和西方藝術有所不同。西方藝術偏重對客體性情之真的追求；中國藝術則注重主客合一的性情之真，因此藝術作品常常被視為藝術家內在生命人格的流露──文品就是人品。（顏崑陽，1985：80～83）而生命性情的真實，是優良藝術作品的首要條件。以莊子生命最高境界的「道」來說，所謂生命性情的真實指的就是摒除一切人為造作、重歸自然。（顏崑陽，1985：107）這是中國藝術精神的終極展現，也是氣化觀型文化的觀念系統裡不斷強調的部分。

儒家的藝術思想體系，可簡括為：道→善→美。而莊子認為美是反對造作之美，和合於至道的大美。（顏崑陽，1985：144、150）他覺得道可以讓人的心靈入於自由無限的境界，感受莊子稱為「遊」

的逍遙的感覺。（顏崑陽，1985：166）道家不刻意追求「道」的功能或藝術性，讓生活中的一切都在自然中運行。，

《莊子・知北遊》中說：「人之生，氣之聚也；聚則為生，散則為死」物質所見的東西都是聚合而成的。由於人的肉體無法離開這個苦海般的社會，所以期望透過精神來脫離人間的羈絆。（張松輝注譯，2007：7）在氣化觀型文化的羈絆下，除了肉體受苦外，其實在精神上也在集體管理控制下不得自由。在集體秩序的控制中，個人難以有自我的想法在家族壓力中生出。對於事物的觀點、想法、個人的創意，甚至於思想也間接被阻斷。但是當個人透過道家系統激勵自己抒發自我情感或思想，進而使生命自由、思想解放後，無疑成就了生命藝術。儒道二系相互輔佐也相互制約，而這也是氣化觀型文化得以歷時長久仍居於世界三大文化行列的主因。

莊子未曾刻意將「藝術」作為認知的對象，但是他所揭示的人生修養功夫，卻是偉大的藝術家們所追求的理想境界。而這所謂人生最高的境界，也就是自由無待。（顏崑陽，1985：3）莊子思想呈現的藝術並非一般如文學、繪畫、音樂等藝術活動，而是一種讓藝術活動得以自由開展的精神。透過逍遙、解脫，個人思想得以啟發並有助於藝術精神的開展，進而得以創造詩詞歌賦。像著名的《紅樓夢》中吃喝玩樂也都成為凸顯內容主旨的重要環節，這無疑也是一種藝術精神的創作實例。

莊子所謂的「道」落實在人生之上，乃是崇高的藝術精神。細查老莊思想演變而來的魏晉玄學，可以發覺內容與結果之間，充分展現出了藝術性的生活與藝術上的價值。舉凡歷史上的畫家、畫論

家齊達到的境界都是莊學玄學的境界。從中國藝術的演進來談，儒道二家都佔有重要地位，但是二者在處理事務上卻有所差異。儒家代表人物孔子提倡禮樂教化，來達到道德和藝術相結合的目的；反觀道家的呈現的則是純粹藝術的精神傳遞。（徐復觀：1988：3～6）《莊子・應帝王》中的談到：

> 南海之帝為儵，北海之帝為忽，中央之帝為渾沌。儵與忽時相與遇於渾沌之地，渾沌待之甚善。儵與忽謀報渾沌之德，曰：「人皆有七竅，以視聽食息，此獨無有，嘗試鑿之。」日鑿一竅，七日而渾沌死。（嚴北溟、嚴捷，2007：41）

在觀念系統上，氣化觀型文化重視人倫，崇尚自然。此篇寓言強調了天道自然無為的觀念，強加入人主觀意念在客觀事物上，乃是違反自然的事情。另外，《莊子•田子方》中也可以看出氣化觀型文化強調親疏遠近的理念：

> 莊子見魯哀公，哀公曰：「魯多儒士，少為先生方者。」莊子曰：「魯少儒。」哀公曰：「舉魯國而儒服，何謂少乎？」莊子曰：「周聞之，儒者冠圜冠者，知天時；履句屨者，知地形；緩珮玦者，事至而斷。君子有其道者，未必為其服也；為其服者，未必知其道也。公固以為不然，何不號於國中曰『無此道而為此服者，其罪死！』」於是哀公號五日，而魯國無敢儒服者。（嚴北溟、嚴捷，2007：44）

嚴北溟、嚴捷對此文的解讀為當一種思想或學派比較流行時，有不少人為了趕時髦會喬裝打扮，追求形式而為深究內涵，並藉以欺世盜名、譁眾取寵，並且在社會上成為一種風潮。（嚴北溟、嚴捷，2007：44～45）這樣的解讀不無道理，但深入思考為何莊子會以喬裝儒生為寓言內容主體，主要的原因還是受到了氣化觀型文化中儒家認為需要透過集體秩序管理親疏遠近所造成的。

第三節　莊子寓言的現代轉化問題

莊子寓言的現代轉化乃是一個創新的過程，而中西方在創新上的概念也同樣因為文化不同而有所差異。創造觀型文化下的每個人都是上帝創造的子民，彼此是平等的且資質具有齊一性的。但事實上每個創造觀型下的人仍有個別差異，在資質上也有所不同！不過創造觀型文化下的人為了能鞏固上帝的重要性，也為了掩蓋差異，所以必須不斷利用不同途徑去創新「以為憑證」。而這也是西方社會在創意上比我們更為活耀的緣故。

至於氣化觀型文化強調「氣」具有不定性，因此在流動的過程中，精氣的質就會有所差異，以致在氣化觀下型文化中認定人一出生就具有異質性，自然不會像創造觀型文化下的人那樣積極的去從事科學或科技層面上的創新。反而因為氣具有包容性，讓我們對於外來文化也都能夠吸收！只是在對自我文化不熟悉的清況下就納入其他文化於生活或教育之中，可能會有文化取代或誤用的危險。因此，透過莊子寓言的現代轉化的論述，召喚已被淡忘的固有的氣化觀型文化。

一、莊子寓言的現代轉化的目的

（一）立足自我文化方能欣賞其他文化之美

「我們應該以發展中國文化（生活方式）作為一個實例甚至範例，來豐富『世界文化』，改良『世界文化』。」（何秀煌，1998：23～24）人民應該先肯定自我文化後才去豐富其他文化。本論述透過莊子寓言的現代轉化後，運用在教育場域中，讓學生透過莊子寓言讀者劇場化的過程，學習欣賞寓言的美感特徵、提升語言表達能力，並能藉以提升學童對自我文化的認識，進而在穩健的文化基礎上欣賞其他文化。

近年來，西方文化重視每個獨特的個體、欣賞多元和差異性、鼓勵創作和求真的思想傳入，讓臺灣吹起一股開啟孩童多元智慧、提升創造力的風潮。當我們把國外的教育理念原封不動的納入我們的政策中，如：人本的觀念被高度提倡、因材施教、尊重孩童不同的個別差異、啟發每個人的多元智慧的觀念時也總是快速受到認同。但說也奇怪，不斷教改的結果卻沒能收到國外教育的成效！於是政策只好一改再改，讓學生、第一線教師和家長們在改革過程中成了無所適從的受害者。其實主要的原因是同樣的理念、作法在轉化的過程中因為文化背景不同，所以會有不同的效果。就如同模仿他人創作畫圖，雖然模樣神似但精神卻迥異。其實莊子早在兩千多年前就已經具有要重視個別差異、順應自然的理念！但中國人沒能傳承自己的優質文化，又因為氣化的家族觀念影響，讓我們在不清楚自身文化的情況下，就已經將不同的文化納入教育政策之中，在看似努力壯大家族勢力的同時，卻帶來了極大的問題。

（二）符合現代教育因材施教、個別化的需求

莊子認為，人應該反覆將人際之間的關係從是非、成敗、利害的死結中解開，強調人各有所為他人無法干涉。此外，莊子也強調用自己虛靜的心，方能擺脫以一時一地的結果為「用」為「成」，且發現所有人事物均有其自用自成。也因為這樣的想法才能平等看待一切人、一切物。（徐復觀，1988：105～106）而這樣的理念正和現代教育因材施教、個別化的需求相符合！也就是說，氣化觀型文化的學習不僅幫助孩童了解自身文化，也讓教師在重視個體生命的安頓，尊重個別差異，因材施教的過程中，有了更有利的理論支持。

（三）提升國人的藝術賞析層次

莊子對於「美」和「藝術」的表現方式，不像西方美學家以正面、直接、明白的思想及論斷來呈現，也不像儒家以「音樂」作為特定的藝術對象。莊子由主體心靈所開展的精神境界，其實就是「藝術性格」的表現，且為後世藝術創作主體精神及修養開示了無上的法門。（顏崑陽，1985：1）

另外，漢文化一直以來多是以儒家思想治國，而儒家統一的思想雖然能夠有效管理群體，但是卻在既定的規範限制中使作者

的思想枯竭，在政治與教育上的地位上逐漸被漠視。但是在藝術領域的貢獻可就不一樣了！譚達先也曾在《中國民間寓言研究》一書中提及：

> 寓言有著深刻的思想意義，和特有的風趣、幽默、詼諧的樂觀主義精神和別的藝術特點，因此在人民的生活與工作中乃至文化生活中，都有著重大的影響。（譚達先，1992：87）

莊子寓言文體本身除了具備有文字創作上的藝術價值外，更有著精神層面的藝術性。《莊子》堪稱中國寓言之祖，對日後各朝代的繪畫、文學創作影響很深。所以只要將莊子寓言進行適當的現代轉化，將有助於國人在藝術創作或欣賞的層次，更上層樓。

（四）提供自我安頓的明確作法

在現今這個動盪不安的社會當中，光是靠模仿西方民主制度以及儒家理念來管理以維持集體秩序是不夠的。現代人的生活步調快、壓力大已經不是新鮮事！從心理諮商門診總是門庭若市和心靈啟發書籍暢銷的現象中都可知其一二。對氣化觀型文化中的人來說，這樣的壓力來源有二：一個是創造觀型文化重視科學、不斷創發新產品壓縮了時間與空間的結果；一個則是儒家重視團體秩序維持的規範中，犧牲了自己的沉澱、思考的私密空間。此時，莊子寓言不斷重申的道家精神：心齋、坐忘、養氣、凝神，都是提供人們在自我安頓、修身養性上的具體作法。讓現代人得以在混亂的局勢中活出自我、尋求自我安頓之道。

（五）提升創造力

國小階段的孩童腦子裡總有許多新鮮事，但是長期受到氣化觀型文化裡儒家系統的禮樂教化後，很多創意在規範中被抹殺了。重新帶領學童認識《莊子》，體會逍遙、自由，讓被塵封、壓抑的想像力能再度跳脫出來，發揮創造的力量。

二、莊子寓言的現代轉化的優勢

透過莊子寓言讀者劇場化的研究，可以讓國人清楚氣化觀型文化的獨特性、強化對自我文化觀的認同與認知，並可以跨越時空藩籬的限制活絡於現代生活之中。《莊子》是先秦時期的重要寓言著作，是個可以跨越時空影響當代人的作品。《莊子》在數千年後仍深深影響人們的精神生活，乃是氣化觀型文化影響所致；文化的跨越性讓時間與空間隔閡去除而能代代傳承，也因此道家經典著作《莊子》具備了文化內涵傳承的重要使命。

此外，先秦諸子時期的寓言內容有些是反應當時生活，如：〈鷸蚌相爭〉、〈揠苗助長〉、〈守株待兔〉……便是當時生活勞動的縮影；有些則是宣傳自己的想法，內容可能已經不符合時代潮流。但《莊子》的內容可說是獨樹一幟，因為它跳脫了現實生活的層次進入到了精神藝術的層次，使其理念得以歷久不衰的傳承。

《莊子》重視對人生的體悟和關懷，是先秦諸子中對人生意義探討最多的作品。從有生命到無生命、從凡夫俗子到古聖先賢等都是《莊子》取用的題材，加上莊子本人的眼界跳脫當時社會生活，提升到生命境界，也讓他的作品具備了高度的趣味性與對人生啟發的深刻意義性。現代寓言的寓意應該合乎現代觀念，就這點來說，莊子寓言談論的課題可以跨越時代的藩籬，讓蘊含的氣化觀型文化特徵更是幾千年後歷久彌新，持續深刻影響漢人社會。

三、莊子寓言的現代轉化的目標——本質不變、部分修改

《莊子》最初在文字描述上是以文言文流傳，並不適合給國小學童閱讀欣賞，因此在文轉白的部分是《莊子》要能在現代社會發揮作用前一定得處理的課題。幸運的是目前坊間已經有不少權威性的語譯作品，如：陳鼓應的《莊子今註今譯》、張松輝注譯的《新譯莊子讀本》、黃錦鋐的《新譯莊子讀本》、傅佩榮的《傅佩榮解讀莊子》……等，都是絕佳的參考書籍。

創意是在差異中出現的。本論述主要的研究對象為國小學童，因此進行莊子寓言讀者劇場現代轉化時，我將著重在莊子寓言的文化本質不變前提下，力求讀者劇場中改編劇本的內容趣味化、寓意深刻化。並探討寓言改編為劇本對話設計、肢體表情動作的設計重點。至於莊子寓言中故事情節不明確的篇章，因為還要額外涉及到內容的增添，因此不建議透過讀者劇場在國小低年級課堂中進行教學。

依照一般的說法，故事是寓言的基本架構，而且寓言必須是一則故事具備有開端、發展、結束、首尾貫串，可以完整而獨立。現

代寓言除了表現，有深度的真理思想外，還要從情節發展、角色活動中，創造若干情節以增加故事的趣味。（林文寶，1994：209）因此，倘若選擇故事性較弱的作品使用時，需加強內容上的修飾，本論述在設計上是以莊子寓言為內容主體且透過讀者劇場的方式呈現，因此在改編上要注意將莊子寓言中故事性弱的部分改編為符合現代需求的形式。

莊子寓言中出現的動物，重點都在提示「萬物有靈」的概念；反觀創造觀型文化中寓言故事裡的出現的動物，很多則是在諷刺萬物的愚昧和無能，藉以凸顯造物主至高無上的神聖地位，這些觀念也都應該在文轉白或內容轉化的過程中適時加入其中。

中國寓言從先秦到現代經過了多次的流變：先秦的寓言重視哲理啟示、政治教化、史傳傳遞，如：《莊子》、《韓非子》、《戰國策》；二漢重視政治教化和治國的指導，如：《淮南子》、《新書》；到六朝時又有了專著型笑話書、佛教義理世界和志人志怪的內容產生，如：《譬喻經》、《笑林》；唐宋時期更有不少文人雅士投入寓言的創作，如：韓愈、柳宗元都有其創作。到了明清時期，寓言除了保有「寓教於化」的觀念外，又有了新的轉變而造就出了「笑話型寓言」。（林淑貞，2006：5～6）由此可以清楚發現，儘管在不同朝代中寓言在表現系統上或許具有差異，但寓於教育或啟發人性的精神卻一直保存到現在。

本論述在操作莊子寓言讀者劇場化的過程中，也是秉持這樣的原則；在保持莊子寓言的全貌和文化精神的前提下，採以對國小學生較有吸引力的劇場方式練習口語表達、思想內化。也就是說，在寓教於戲目標不變的情況下，再加入啟發人們對自身文化認同的理想；並期望讀者在解讀寓意時，可切入自己存在的處境中重新思考反省，從歷史借鏡中學到更多觀看事物的面向。當讀者加入自我的思想、身處的情境而去閱讀欣賞一篇寓言時，寓言故事將不再僅止於一篇故事，其意義的豐富性也會深入人心而轉多元衍發。（林淑貞，2006：125）

第四章　讀者劇場與語文教學

第一節　讀者劇場給語文教學的新刺激

近幾年來，「讀者劇場」或「故事劇場」一詞如雨後春筍般的出現在英語教學相關的論文、期刊或教學研究成果上。在傳統的教學分類中，戲劇一向隸屬於藝術與人文領域中的教學模式。然而令人意外的是，當戲劇加諸在語文領域的教學活動時，竟也成了提升語文能力的新工具，使兩個領域之間激盪出了教育的新火花。

教育部九年一貫中課程綱要在國語文領域中除了著重在基礎的聽、說、讀、寫、注音符號應用、識字及寫字等基本能力，也希望學習者能夠靈活應用語文來進行思考、理解、推理、協調、討論、欣賞、創作……等。因此，倘若要單靠一種教學方法想滿足以上所有要求，不是一件容易的事情。但在眾多國外研究中發現，讀者劇場對於聽說讀寫的能力培養及作品欣賞、創作鑑賞力培養上，具有統整的效果。羅秋昭（1995）在〈寓教於樂將戲劇活動用在語文教學裡〉文中就曾說到，戲劇的特性分別為文學性、故事性、創造性、綜合性，而且戲劇是最能吸引人、感動人且發人深省的活動。一齣戲劇創作的歷程中，其實也已經包含了大量的語文元素，在教學中二者的結合可說是相得益彰。

王涵儀（2002）也在《教師使用戲劇技巧教學之相關因素研究的研究》中發現，在「戲劇形式」（戲劇性扮演遊戲、角色扮演、啞劇、偶戲、朗讀劇場、故事戲劇化、說故事)、「連續性互動式技巧」、「教師引導與動作分隔式技巧」三種戲劇技巧中,以「戲劇形式」的呈現技巧最受教師青睞。主要原因是教師不需過多的事前準備與訓練,加上使用簡便而有效所致。可見「戲劇」中各式各樣角色扮演的方式倘若能善加應用,能使戲劇發揮的影響力跨越領域的藩籬,成為教學上的一大利器。

「讀者劇場」是典型的戲劇形式,但是它具備有操作簡便、事前準備輕鬆、學習者容易上手的優勢;也因為實施過程比正式戲劇表演簡便、教師和學習者的戲劇專業要求較低,所以語文教師們的操作意願相對提升。目前在現有的文獻中所提及的讀者劇場,大半都是應用在第二外語的教學上,而相關文獻上的正面回饋也都證實了讀者劇場實施對於語文基礎能力(聽說讀寫)上的助益。但我認為讀者劇場在語文教育上所發揮的功能倘若僅止於此未免太過可惜,試著加以設計並應用在國語文的教學課堂上,讓讀者劇場可以發揮的空間更大。當讀者劇場應用在國語教學上時,除了基本的語文能力提升外,應更能具有拓展語文在情意和技能上全方位學習的功能。

讀者劇場在教學中能提供的貢獻極大,無論是知識、情意、技能都能有所精進。從現有的文獻中發現讀者劇場對於基礎能力培養的高度成效已是不爭的事實。其設計原則符合了多項教學理念,從基礎的學習原則到全語文的重視,更和語文領域中所強調的混合教學法不謀而合。人本主義創始人之一的羅杰斯在以自由為基礎的學習原則中,談到幾項學習重點:

一、要讓學習者產生學習，則教材本身必須具有意義。

二、在較少學習威脅的教育情境下，才能產生較佳的學習效果。

三、主動自發全心投入的學習才會產生良好效果。

四、自評學習結果可養成學習者獨立思維與創造力。

（張春興，1996：268）

「讀者劇場」的實施呼應了羅杰斯的學習原則。讀者劇場的劇本呈現有老師針對中心價值把關，確保教材的意義性；在戲劇表演過程中也符合學習者好動、喜愛表演的天性；透過學習者的角色扮演，體驗文本中傳達的種種訊息，戲劇的成效明顯高於傳統教室中老師講述的教學情境。也由於學習者熱愛表演的天性，讓他們對於戲劇活動的參與度更高，也會為了更好的表現而主動投入時間不斷練習。戲劇活動的練習過程中，學習者間彼此合作觀摩，並從中學習解決問題的能力和同儕互動時的人際處理，久而久之獨立思考的能力也提升了。倘若讓國小高年級的學習者參與劇本的設計，則他們在創造力的提升上也有顯著的成效。因此，讀者劇場與羅杰斯強調以自由為基礎的各項學習重點可說是不謀而合。

除此之外，九年一貫語文領域中強調以混合教學法進行語文學習的重點教學法，這點也和讀者劇場聽說讀寫並進的理念相符合。鄒文莉（2005）在〈讀者劇場在臺灣英語教學環境中之應用〉一文中談到：

讀者劇場可以說是結合聽說讀寫的最好練習，先讓孩子閱讀到故事的文字，其次再透過讀者劇場讓孩子體驗如何將故事

> 書中的書寫文字轉化成讀者劇場中用口語來呈現的劇本。透過劇本的改寫與製造，孩子可以比較及觀察書寫文字和口語文字中的差異及分別的特性，將由聽說為始，讀寫為終的過程完美的結合在一起。

何洵怡（2004）在〈以聲音活出意象情韻：朗讀劇場在中國文學課的學習成效〉一文中指出讀者劇場對學習者有較高的閱讀學習要求。學習者在演出前倘若能比平常更頻繁的唸讀演出教材，並試著把作品了解的更深入，對於編寫劇本也能有正面效益。因此，讀者劇場的實施是聽說讀寫不斷搭配應用的循環過程，這使得語文學習的面向不再只有單一，而是統整實施。何洵怡也在該文中提到：

> 這是一個整合聽說讀寫的學習經驗，環環相扣。對於演出者而言，他們要反覆閱讀原著、整理參考資料才能編寫劇本，然後透過一起合作，揣摩角色，務求透過聲音表情及有限動作傳達情意。最後，延續活動引導同學思考及回應劇場。這是融會多層次的學習經歷。

吳美如（2004）也從行動研究結果中發現，戲劇融入語文教學能使學習者在表情、肢體動作和語言的表達以及閱讀理解能力上有所提升，學習者也能夠透過戲劇活動發揮想像力並延伸到寫作的改寫或續寫能力中。全語文教學強調學習內容必須和生活經驗有高度關聯，並以優質文本和學習者的生活經驗相結合成為適性的學習教材，更在聽說讀寫的能力兼顧的前提下，讓學習者學到完整而非切割的知識，而讀者劇場也符合了全語文的教學精神。

讀者劇場導入教學現場的實施主軸和語文教學的核心是緊扣的。在聆聽能力上，指導者在說明讀者劇場的操作方式或者介紹表演劇本的內容時，學習者必須能夠聽的懂、能聽的出重點、清楚參與讀者劇場的步驟、方法與技巧等；在閱讀能力上，學習者為了要能夠透過閱讀文字而理解劇本的鋪陳、體會作者要傳達的意念與情緒，因此必須強化自身的閱讀能力；在說話能力上，要能夠正確、清楚唸讀劇本，還能透過音調的抑揚頓挫、音量大小的控制、甚至是肢體與臉部表情的搭配，則要有絕佳的表達能力；至於寫作能力上，故事如何改寫為劇本、主角人物間對話的安排、旁白的語句設計……等等，都和寫作息息相關。

由此可知讀者劇場在協助語文能力的整體提升上具有絕佳的條件。其中，讀者劇場在「說話」中的貢獻更是值得特別談論的部分。艾里克森在心理社會期發展理論中，談到第四關鍵期（六歲至青春期）正是國小教育階段的六年，在這個時期中如果兒童的求學經驗是成功多於失敗，那麼他將會養成勤奮進取的個性，也會培養出面對未來挑戰的勇氣。（張春興，1996：132）我們在教學過程中不難發現，要學習者個別上臺發表不是一件容易的事，學習者必須先克服上臺的心理恐懼，接著還要能夠以適當的音量、標準的語音、聲調來具體表達出發表的重點。這些步驟對於未經系統化進行說話教學的學習者來說，是一項難度極高的挑戰。然而在未來的生活中，口語溝通的機會卻遠高出於書面溝通的機會，因此教師應該為學習者創造更多說話上的成功經驗，增加學習者發表的自信心。

群眾如同球迷，其情緒有如「細菌」，很容易傳染與擴散，所以球迷敢表現出她們獨自一人時所不會表現的行為，社會心理學家稱之為「社會傳染」。在球場邊大喊一樣的口號，不再是個人的行為，而是團體的口語傳播，因此球迷敢瘋狂、放肆、不顧形象的吶喊，這是「去個人化」心理的結果。（戴晨志，1994：234）在讀者劇場整體實施過程中，一直都是群體間共同參與不斷互動，因此學習者不用擔心需要一個人進行表演行動，在去個人化的前提下進行角色扮演，讓學習者充分體驗不同角色，也讓學習者心中的恐懼擔憂得以在群體中降到最低，此時獲得成功說話經驗的機會就越高。

林玫君（2002a）在〈創造性戲劇對兒童語文發展相關研究分析〉一文中提到創作性戲劇在兒童口說語言的字彙、語調增進；語氣控制、變化、臉部表情、肢體動作以致於即席口語創作上，均有正面提升；表演之後的心得報告或分享也是間接提升其寫作能力的方式之一。透過創作戲劇的實施中，兒童對於語句及語意了解的程度，比其他如：聽錄音帶、靜讀、口語閱讀、看錄影帶、一般課程進行等方式，更具有顯著水準。

讀者劇場簡化了繁複的戲劇元素，讓參與者能充分克服上臺的心理恐懼，在極低的心理負擔下與同儕間彼此的語言學習鷹架中進行小組間的爭辯、合作、討論、分享……等活動，並透過安排的劇本共同演出，過程中不但能夠增加人際互動也提供了說話練習的機會。讀者劇場重視說話的指導也可以從林文寶的書中看見：

> 朗誦是屬於口頭傳播，同時更是屬於完整的語文行為。一般來說完整的語言行為，包括書寫語言、口頭語言及肢體語言。所以朗誦是屬於完整的語言行為。朗誦的特質在聲律，

而聲律在於節奏。朗誦的基本關鍵，在於有正確的句讀。能有正確的句讀，才能理解文意。（林文寶，1989：15～16）

朗讀不只是音量適當，也不僅是發音正確等條件即可，而是要透過語音、聲調、節奏、文氣、正確發音……等元素相互搭配後呈現出來，才能稱的上是朗讀。所以讀者劇場融入語文教學中，不但能夠解決學習者上臺膽怯的心理問題，也能克服說話教學流於純發表的窘境。而在系統化的設計下，學習合宜的說話的方式和技巧。讀者劇場除了說話教學上有顯著的效果之外，還為語文教學帶來不少新刺激：

一、落實道德培養、陶冶人格性情的手段

早期的國小課程有「生活與倫理」，但在九年一貫後的課程中已不復見。因此在品格道德的指導上，許多老師轉向從綜合、社會、語文等科目中，以融入課程的方式實施。但在各科的教學中，教師常容易流於主學習或知識層面上的教學，著重在課程內容的記憶和理解，而忽略了道德培養、人格陶冶的潛移默化。如語文科在聽說讀寫能力培養的時間，就常高過於品格上的教育。

就國語文教學來說，倘若能在聽說讀寫能力的提升的基礎之下，強化品格與道德的教學，其教學的效能將被大大提升。而這些無法透過紙筆測驗來評量學習者是否內化於心的內涵，也將是語文教育藝術化的重要因素。在語文教學中指導學習者如何在所屬的社

會中成長學習，了解到不同的社會背景、文化系統，更是可以在語文基礎聽說讀寫能力之外，被重視與教學的部分。

任何的學習過程中主學習固然重要，但是附學習或輔學習也可能替學習者帶來長遠的影響。雖然目前的品德教育可以以融入各科的方式進行教學，可是在缺乏系統性、常態性的前提下，品格道德教育很難看見具體的成效。此外，願意融入各領域課程教學的教師中，以口頭講述來機會教育的比例仍然偏高，這種方式或許具有短期成效，但是並非需要機會教育的時候都會剛好有事件發生，所以大部分的時間老師仍必須透過其他方式指導品德。此時，「讀者劇場」的實施就是個優於單純說教的其他參考模式。羅秋昭（1995）在〈寓教於樂將戲劇活動用在語文教學裡〉一文中寫到：

> 中國幾千年來，在過去教育不普及的社會裡，一般老百姓的倫理道德觀念，正確的人生態度和善惡的判斷準則，大多源於戲劇和說書中所獲得的。

他也肯定戲劇具有充實兒童的生活、平衡兒童的情緒、激發兒童的學習興趣、陶冶兒童健全的人格以及建立兒童正確的人生觀這五項教育意義。有別於宣導、說教，讀者劇場讓學習者能夠透過自身對角色的揣摩體驗，進而彼此分享討論劇本所欲傳達的思想，學習者是真正的學習主體，實施過程裡單向式的觀念傳輸轉化為師生或學習者彼此之間的互動學習，學習者主動的結果也讓倫理道德更輕易的進入學習者的心中。也有研究者（徐守濤，1990；陳慧嬌，2006）透過實際戲劇融入課程中的研究後，確認了學習者在戲劇這種綜合藝術學習的過程中，提升了品格、道德教育和人格教育的效果及價值，看見學習者在戲劇的體驗和遊戲中培養出了好的品格。

二、擺脫個人獨立學習，轉為團體合作學習的機會

社會學習理論在互動學習中強調環境影響和個體的認知二者都是構成學習的重要因素。而學習行為、心理歷程、環境三者間更是相互關聯的。透過內心歷程和外在環境的刺激，才能產生學習。（黃政傑，1994：39）由此可知，學習不能脫離社會本體獨自施行，而是必須在社會的情境下透過人與人之間的互動而習得。然而，習得的知識、技能、情操等又將回到社會中與人互動時使用。

林玫君（2000b）所定義的「創作性戲劇」是指透過戲劇活動的參與，以「假裝」的本能去想像。過程中有助於面對、探索、解決故事中人物或自己生活中面臨的問題，參與者也可以透過戲劇活動的參與，體驗生活、了解人我關係、建立自信，進而能夠成為一個自由的創造者、問題的解決者、經驗的統合者和社會的參與者。

莊淑媛（1995）也在《說唱的嘉年華會——說唱表演融入低年級語文領域之行動研究》中發現，當課程設計中有著許多的上臺表演機會，再加上採取主動分組機制時，學習者間的互動頻率會高於傳統課程設計，自我要求也會變高，對於整體的班級學習氣氛有著很大的影響力。

讀者劇場重視表演者的口語呈現，透過劇本朗讀並搭配簡單表演素材的方式，讓小組在演出前的討論中，大量增加了人際互動與

討論的機會。讀者劇場的實施擺脫過往語文教學單向教述時，使學習者無法獨立思考參與或發表想法的弊病。也透過了討論、上臺發表與修正劇本的實施過程中，提升學習者聽說讀寫的基礎能力。更值得欣喜的是在劇本設計、研讀、討論、練習、回饋等的合作過程裡，學習者無形中增加了社會化與人際互動的學習機會。

三、發展文化與藝術的薰陶，提高語文的藝術價值

林玫君（2002a）發現戲劇教學在國外的使用科目以「藝術與人文」、「第二語文」的學習較多。她發覺現階段戲劇在教學上的使用仍多以提升知識和技能為實施重點，而以戲劇演出來加強情意或文化藝術的學習的部分，目前仍鮮少有人研究，這無疑是浪費了戲劇本身的價值。戲劇本身蘊含的藝術性是其他教學方式無法比擬的，張曉華在《創作性戲劇原理與實作》一書中就提到：

> 創作性戲劇是一種即興的、非展示性的一種戲劇形式，能反應出參與者的能力與概念，並促進邏輯與本能的思考，增進個人的知識，產生美感上的愉悅。（張曉華，1999：9）
>
> 讀者劇場是語言藝術課程的附屬，能使學習者經歷聽讀說寫的過程。（同上：243）

此外，也有研究者（王慧勤，2002；何洵怡，2004）談到學習者在角色扮演的過程裡提升了語文能力，更在自我成就感、學習興趣、人際互動和生涯方向的決定上，有顯著的進步。讀者劇

場以戲劇形式為主體，透過富感染力的朗讀方式表達角色及情節，過程中減省了許多劇場元素，改以聲音為最重要的內容傳播媒介。把作品的意象情韻傳至觀眾腦海，則觀眾可像翻揭一本有聲書般，透過自我想像建立專屬的藝術世界。黃美序在其研究中也提到：

> 優秀的劇本也是文學，所以必須有優美的文字語言、豐富的寓意。也就是說要有優美而具創意的文字，才能產生感人的力量，喚起豐富的聯想與意境。（黃美序，2007：82）

讀者劇場突破了傳統戲劇表演僅屬於藝文領域的限制，讓學習者也能在語文的課堂實施中，透過口語和表情的搭配練習，表達對劇本內容的感受與體驗。而且在實際進行作品改編為劇本的過程中，學習者維持了高度的寫作興趣，不僅僅包含了文本所欲傳達的知識、也代表著學習者具備基礎的寫作、說話、演出等能力，並能透過戲劇形式呈現難以透過口語明確傳達的文化、藝術內涵。而透過戲劇特有的性質，使其相關內容都能以潛移默化的方式進到學習者的心中。可見透過角色扮演去體會角色的個性、思維或文章主旨，效果比傳統語文教學更明顯。

四、激發學習者語文編寫的創造力和感受力

2006 年曾經獲選為天下遠見雜誌選為創意達人之一的李欣頻，曾經在自己創作的書中，寫到自我激發創意的層次與方式：

> 「虛擬附身」的練習，能讓自體的框限瞬間融化；而這些深刻附體的對象，就是越設越多、越來越廣的生命頻道，讓自己可以瞬間切換多元的生命體中去思考。（李欣頻，2007：63）

張曉華認為讀者劇場要能完美呈現，擔任朗讀的演員們必須對於劇本內容相當了解，並清楚原作者所欲傳達的主旨，在這樣的前提之下才能夠為其中的角色規畫不同的性格特徵，並傳神的演出不同的角色。（張曉華，1999：243）此外，鄭文榮在《活化教學的錦囊妙計》一書中也提到：

> 角色扮演是一種非常有效用的經驗式學習方式，它能夠用來激發學習者的討論、再次扮演一個事件、訓練各樣技能、或去體驗某種現象之下的感受。（鄭文榮，2004：45）

讀者劇場給孩子一個目標，讓他們知道創作的理由、閱讀的原因、角色扮演的好處，在過程裡共同營造出一個快樂的「想像空間」，和其他學習者在這個獨特的世界裡分享自己學到的一切。讀者劇場妙在能成功地催化觀眾的想像力，就像默讀能激發讀者們敏銳的想像力一樣。（張文龍譯，2007：2）。而羅秋昭（1995）也曾在〈寓教於樂將戲劇活動用在語文教學裡〉一文中提到：

> 戲劇是動態的活動，學習者可以在互動中，學習課文內容，學習人與人之間的複雜關係，也可以在活動中開發兒童想像力。

從上述的字裡行間中我們更可以確信讀者劇場在創造力上的重大貢獻。讀者劇場的實施過程，其實就是一次次虛擬附身的練習機會，在不同角色的扮演和體驗裡，學習者可以拓展見聞，更可以跨時空、國度，進行更多元的探索。而在扮演的過程中，學習者為了更傳神的演出作者的本意或角色的性格，也必須將自己投身在扮演的角色之中，而這樣的過程正是同理培養的絕佳契機。當扮演的角色與自身本身差異性越大，學習者會有更多元的感受。也能在扮演的過程中，學習可以敞開心胸嘗試不一樣的自我。

在讀者劇場劇本的改編過程中，學習者的創意能夠無限延伸。對於國小學童來說，經由討論互動的情況，只要在既定的主軸裡創作劇本，不論是劇中的旁白設計、角色分配、對話安排等都給了參與者極大的創作空間。在團體腦力激盪的需求中，所能激發出的創意自然比獨立思考來的多。而學習者的創意、巧思也能在彼此在不斷腦力激盪的情況下，被不斷的延伸擴展、發展更多元的創意思想。

總結來說，語文教學在讀者劇場實施的刺激下，使教師與學習者同時成為了受益者。學習者在學習角色中化被動為主動，在讀者劇場裡有演員和觀眾間、演員和演員間、觀眾和觀眾間的交流互動，也因為頻繁的互動讓學習者的參與意願增高，不論是欣賞者或表演者都能感受到維持高度的企圖心。黃美序也在研究中發現劇場能引發參與者較大主動性的參與感和心靈活動，在欣賞、學習、創作上應該會比較有趣。（黃美序，2007：96～97）

讀者劇場的實施從熟悉故事、改編劇本、小組練習、公開表演到觀眾回饋，為一連串具有緊密相關的學習過程，實施過程符合國小學童好奇、愛冒險的天性，因此讓參與者可保有高度的興趣。而這樣的興致也直接影響到學習者的心態，學習者願意主動去思考、探索、討論和創作。對學習者來說，讀者劇場不僅增進了語文基礎能力，連自信心、情感體驗、藝術欣賞、文化認知上也都獲得不錯的效果。

對教師來說，讀者劇場為語文教育注入新活水，讓教師在教學實施過程中，多了一項便利而有效的工具。在第一線的學校老師實際教學、參與過的相關研習和眾多文獻中可以發現，一般的語文教學重點常常陷入聽說讀寫基礎能力的培養上。閱讀和寫作的研習營、工作坊在基測學測的加持下比比皆是。但是專論說話教學的進修內容極少，更別說是以說話教學帶出情志修養、品格道德、文化藝術等的內容研習了。字、詞、句、段、篇的教學比例過高是常有的現象，過度重視形式深究的結果，讓學生對於課文內容深究的能力變得薄弱，這也是一個語文教學中潛藏的危機。

讀者劇場的實施可以讓學生對文章的內容有更深的體會與認識，也可以讓老師免除了戲劇總得大費周章準備的憂慮。透過操作簡便的讀者劇場，讓沒有戲劇背景的老師也能輕鬆上手，無形中也提高了教師使用的意願。學習者在戲劇體驗文本和角色過程中，提高了內容深究的比例和深度，也讓語文中情意、文化、藝術的部分在角色扮演的過程中，被學習者所吸收。林玫君（2002a）在〈創造性戲劇對兒童語文發展相關研究分析〉文中提到：

> 在一個假裝的戲劇情境中，幼兒若能夠透過「去情境化」的語言及以適合角色的方式與他人互動，這是讀寫發展基本的開始。

2007 年「讀者劇場」爲臺灣的英語文教育開啟了新的里程碑。我透過 Google 搜尋引擎尋找「讀者劇場」時，發現不少在 2007 年以讀者劇場作為主要比賽形式的單位，如：高雄市國教輔導團語文領域舉辦的國小英語「讀者劇場」教學活動設計比賽；臺北縣的英文讀者劇場競賽；嘉義縣政府教育局的「嘉義縣 96（2007）年度國中小英語讀者劇場研習實施計畫」；宜蘭縣的「English Easy Go」讀者劇場比賽；彰化縣的英語讀者劇場比賽；金門縣的「英語讀者劇場觀摩比賽」……等，都顯示出臺灣對讀者劇場這種新的教學方法有很高的接受度。

讀者劇場的實施在目前臺灣的英語文教學中成效卓越。讀者劇場的操作讓原本可能對於英語文怯步的學習者願意嘗試開口，也明確提升了學生讀寫的能力。本論述將利用讀者劇場來進行國語文的教學。當學習者沒有了語言上的隔閡，口語表達上的不安定感方能有所降低。而讀者劇場的實施，能在有限的國語文教學時數中，有效且更快速的整合聽說讀寫能力的教學，更是教師教學的一大福音。

第二節　語文教學中說話教學的重要性

兒童器官不適於學習讀寫的精細工作，因此要先從聽入手，先教說話，才教讀課文。兒童語言發展的規律是：一、語音知覺發展在先，正確語音發展在後；二、理解語言的發展在先，語言表達的發展在後。換句話說，孩子先學會「聽懂」，然後才會開口說話。（莊淑媛，1995：30）由此可知人類語言的學習過程是先聽說而後讀寫，因此說話教學實施的好，將有助於語文讀寫上的學習。

在九年一貫語文領域的指標中，其說話教學的內容如下：

C-1-1　能正確發音並說標準國語。

C-1-2　能有禮貌的表達意見。

C-1-3　能生動活潑敘述故事。

C-1-4　能把握說話主題。

C-2-1　能充分表達意見。

C-2-2　能合適的表現語言。

C-2-3　能表現良好的言談。

C-2-4　能把握說話重點，充分溝通。

C-3-1　能發揮說話技巧。

C-3-2　能運用多種溝通方式。

C-3-3　能以優雅語言表達意見。

C-3-4　能自然從容發表、討論和演說。

陳正治（1999）認為國語科教學應善用三大方法，其分別為：化抽象為具體、化靜態為動態、化膚淺為深入。而這三大方法中，他建議透過說話教學來達到目標的次數相當多，舉凡聽故事復述、重點說話、聽故事回答問題、看圖說故事、辯論、相聲、雙簧等，都是他認為有助於完美國語文教學的方式。說話教學讓靜態的課堂變成動態的參與，也讓學習者透過表演活動，對表現的文章內涵有更深的了解。由此可知，用眼睛閱讀、用手書寫練習固然是語文學習上的重要環節，但倘若要談到更深入的心靈感受或美感體驗，完美的口語傳達效果絕對在文章閱讀和文字書寫之上。茲將語文教學中說話教學的重要性說明如下：

一、語言學習是從口語過渡到書面語

> 黃瑞枝指出：「兒童學習語言是從聽開始的。再由人類的語言發展而來，人類是先有口語，然後才有文字。口語是書面語的基礎，書面語的學習，必須通過口語的辭彙、語句，才能過渡為書面語的文字。」（莊淑媛，1995：30）

語言包含了口語和書面語兩種。口語主要透過說話和肢體動作來傳達欲表達的事情、理念或思想，而書面語則是透過文字的方式來表達。哲學家維根斯坦說：「學一種語言，是在學一種生活方式。」語言的呈現方式會直接影響思維。

> 一個完整的語言行為，是包含「語言性的」及「非語言性」的成分，又可分為帶音的部分及不帶音的肢體語言部分。（林文寶，1994：134）

為了完整語言行為的學習，教師應利用書面文字寫作、文章閱讀活動提升書面語的學習效果，再透過說話教學增加口語學習、肢體表情動作練習的機會。「有話寫」是寫作的基本條件。「有話要說」才有寫作的動機；「有話可說」文章才有內容；而「說得有條理」文章才能達意，所以說話是作文的基礎。（李恆惠，2004：4）陳弘昌（1991）也指出說話和作文都是表達情意的方式，語言是有聲的作文，作文是無聲的語言，二者相輔相成的。說話能力強的兒童，他的作文往往能比其他兒童的內容流暢，因此作文訓練也應先從說話入手。

> 朗誦的本質是語文教學的一環，這種口才訓練的朗誦，不但能增加語文活動的多元化，同時也有助語文的了解和寫作能力的提高。（林文寶，1989：15～16）

我曾指導過一位目前是國二的學習者，她在國小的演說訓練過程中，除了為自己贏得多次演說的得獎紀錄外，閱讀能力和寫作能力都在訓練過程中提升。上了國中的她，憑藉著國小時說話訓練的基礎和信心，在幾次代表國中的校外競賽中，順利將口語思想轉化為文字，更為自己贏得多次校外作文競賽的優勝，這個真實的案例直接應證了語言學習可以從口語基礎過渡到書面語的事實。

二、培養自我表達的能力和膽識

當戴晨志還是大專生時，常在清晨拿著《國語日報》坐在操場的司令臺臺階上，朗讀著上面的文章，自我鞭策實踐的結果，造就了現在的好口才。他更建議想要有好口才的人，每天至少應該朗讀十分鐘。（戴晨志，1994：118～120）懂得適時的展現自我特色與專長，能讓自己獲得比別人多的機會，適切的說話表達方式，也可能使人通往理想之途。

一個人可能有天生的好音色，但卻不一定具備有好的表達技巧，因為技巧乃是後天學習而來的。要能辯才無礙的表達心中意念，膽識是最基本的條件。戴晨志在高中時開始訓練自己的口才，倘若我們有適當的方法，則能讓學童提前在國小階段就開始透過說話教學培養表達能力與膽識。羅秋昭（1997）在〈如何加強說話教學〉一文開頭中也強調：

> 工商業社會裡，語言是一個人成功的重要因素。而語言能力要從小奠定，所以在國語教學裡，加強說話能力的訓練是當務之急。

在失業率節節攀升的現在，應徵市場中不乏高學歷的求職者，然而高學歷卻不一定能找到好工作。經濟越是不景氣，求職者就會面對越艱困的挑戰！因此如何展現出自己的優勢、證明自己的實力，是讓自己異軍突起的重要關鍵。一個工作能力絕佳的應試者，倘若無法在短時間的面談過程中，透過適當的口語表達展現自我，就可能會與理想工作機會失之交臂。不過以說話呈現自己與眾不同之處，並非一朝一夕可以學會的！因此，在求學階段的說話訓練相當重要。

語言是人類日常生活交際的基本工具，它可以表情傳意、記憶、思考、解決問題，可說是人類一切行為的基礎。科技時代的到來，讓人與人之間的互動更頻繁，運用口語的機會也越來越多。國小是學習語言的最好時機，此時培養良好的聽說能力與習慣，不但為作文打下了基礎，對將來學習或工作也都有極大的助益。（黃瑞枝，1997：249）

正因為說話在生活中的使用頻率非常高，所以讓人以為說話不用教人就能自學的錯覺。事實上，說話本身或許不難，但要能善用技巧將思維以口語文字呈現則不是件輕鬆簡單的任務。平日人與人的溝通互動之用的「說話」，假如能加強字音、語調、文氣、用字遣詞等說話的訓練呈現，可使說話成為一門藝術，為自己贏得最佳的舞臺。在教學現場中，我除了會加強學生平時生活對話的訓練外，也會積極帶領學習者進行說話教學的活動，如：小組討論、個人分享、課文朗讀、小型戲劇演……等方式，練習表達自身的情緒、提升自信心、增加技巧使用、傳達思想和意念！

針對說話技巧與膽識的訓練來看，「朗讀」是實施上最方便的方式。從全班朗讀、小組朗讀、到個人朗讀，都可以讓學習者增加口語表達上的能力與信心。不需上臺的說話練習方式讓學習者可以輕鬆體會語音、語調與情感融合後的朗讀表達魅力，免除上臺面對群眾的恐懼，也能夠在共同練習的過程中，慢慢提升對於上臺發表的興趣和膽量。

除了平日的教學外，我也負責學校語文競賽業務的籌備與執行，目前更擔任臺北縣國語演說項目國賽的指導老師。在我任教的小學校中，高年級僅有三個班級，每年要從中挑到適合參與區賽的選手，其實有相當的難度。但我發現只要透過循序漸進、不間斷的訓練，都還是能讓訓練的學習者在相關的競賽得到不錯的成績，如：2006、2007 連續兩年得到臺北縣閩南語詩詞朗誦特優；2005、2007 兩年中，選手參加語文競賽國小學童國語演說組都分別榮獲新莊區賽第一名進而得到縣賽參加的資格。此外，在臺北縣五股鄉的防菸拒毒演講比賽中，我所訓練的三個學習者，更連續兩年（2006、2007）囊括了前三名。

這些參與的選手並不是天生就有膽識參加這樣的比賽，但在有計畫的訓練過後，卻都能克服恐懼甚至到後來喜愛上這樣的活動，從他們在口語表達上的成長、自信的呈現，都可見證說話能力是可以培養的！只要有方法、持續不間斷的訓練，不論起始能力如何，都能有顯著的進步。

三、說話是所有學科學習的基礎

對語文課之外的所有學科來說，聽、讀、寫、作都是基礎的先備能力。授課的教師無論選用哪一種教學模式，都必須靠師生間彼此對話的過程來傳遞與進行，所有學科的學習也都是在師生口語表達中完成。早期的教學著重在教師的口述指導的教學模式中，在當時「說話」只是教師專屬的權利，學習者則被要求安靜的聆聽就好！

但是今日社會的潮流，則希望在老師和學習者的互動的過程中產生學習的火花，在訊息溝通的傳遞上也傾向從單向轉為雙向。說話是彼此表達想法的重點仍然不變，且任何學科的學習更是無法脫離說話來呈現知識論點。黃瑞枝（1997）在〈邁向廿一世紀語文教育的發展與實施〉一文中談到教師應從傳統重灌輸引導、傳遞方式轉變為引導、啟發學習者思考，透過對話引入學習內容的溝通。並且允許學習者質疑、爭辯或者試驗，以開拓學習者的智慧。經由師生不斷對話的過程中，讓學習者參與其中並對學科的學習產生高度的興趣和參與感。可見學科的學習倘若能透過師生不斷的對話互動，效果必然較傳統方式佳。但是對話的方法、技巧並非天生，一樣得經由說話教學過程中習得。

四、透過唸讀文章，陶冶性情並體會文章之美

王建華（2001）在〈國語文教學與情志〉一文中指出語文的巧妙之處在能「動人意志、謂之文藝」。而文章中的標點符號，讓內容聲氣分明，文意清晰，也助長了文章的氣勢。其中文字句逗的音韻，透露著創作者的思維情思，所以唸讀起來可以發人省思、聯想曾有的舊情、創發生活之情等。

古代的詩詞歌賦在創作時，作者無不字句斟酌下了很大的功夫，從題材選用、平仄對仗、內容鋪陳、文氣安排等，都關係著作品的好壞，而這也是作品所蘊含的情思、意涵是否能夠傳神表達的重要關鍵。文章本身的意境之美單以閱讀方式欣賞或許可以體會，但倘若能加上語音、聲調、肢體表情上的整體搭配，將可讓讀者的文學欣賞境界更上層樓，也就是說口頭唸讀文章的陶冶效果比單純閱讀要高得多。薛秀芳（2005）在〈全民來讀劇文化新驚奇〉一文中指出：

> 藉由朗讀者豐富的語言表情，感染現場的觀眾去想像劇本的情節畫面，這樣的表演方式可說是戲劇表演的始祖。

中國戲曲表演中，包含了戲中的對白、語音、樂曲、身段……等共同呈現，才能讓一部戲曲完美呈現。其中對白、語音的唸讀表現，能讓參與其中的觀眾對內容有高度的想像空間或更感受更貼切的文字訊息。所以對白、語音、臉部表情等自然成為說話教學中用來陶冶性情，體會文章之美的重要工具。

五、提高學習者的學習動機，學習由單向轉為雙向

> 動機（或動機作用）（motivation）是指引起個體活動，維持已引起的活動，並導使該一活動朝向某一目標的內在歷程。（張春興，1996：291）

學習動機是追求成功的內在動力，教師針對學習者的個別差異，使每個學習者均各自獲得成功的經驗，以其在努力之後獲得滿足，從而肯定自己的價值。（張春興，1996：328）早期的教學著重教師的單向知識傳授，並認為學習者專注聆聽必能有所收穫，教學過程中的學習者意見表達都被視為是課程進行中的干擾；在傳統教學的約束裡，學習者難有機會表達想法，課堂嚴肅的氣氛也使學習者的學習動機降低。

說話是與生俱來的天賦，學童透過說話可以習得知識、技能，也能夠對生活周遭的人事物產生認同或激發求知的意願，因此當學習者能夠透過這與生俱來的說話能力參與學習過程時，可以得到比教師單向傳授知識時更高的滿足和成就感，學習者的學習動機也較容易被激發。透過說話教學課程的學習，可以協助學習者在課程中進行意見表達時能夠更有效果，在有限的時間中清楚表達想法，也能讓目前已從傳統走向創新的教育體制，在重視個人化學習的前提下，使學習者透過說話教學習得的發表技巧進行想法的說明，可以持續高度的學習動機，在充滿自信的心理狀態下表達想法、參與課程討論。

六、透過語音分辨中國文字意涵、體會朗讀趣味

2008 年 7 月 27 日在中天綜合臺「沈春華 Life 秀」節目中，特別來賓任爸說了一則有趣的故事：有位銀行家在四川開了家新銀行，請了一位詩人來為他的銀行題字。不久，這位詩人送給了他七個「長」和七個「行」字。銀行家看了生氣的問這些字和銀行開幕有何關聯？詩人說這看似一樣的七個長字，假如念成「長ㄔㄤˊ長ㄓㄤˇ長ㄔㄤˊ長ㄓㄤˇ 長ㄔㄤˊ長ㄔㄤˊ長ㄓㄤˇ」，另外七個行字念為「行ㄏㄤˊ行ㄒㄧㄥˊ行ㄏㄤˊ行ㄒㄧㄥˊ 行ㄏㄤˊ行ㄏㄤˊ行ㄒㄧㄥˊ」，自然就有祝福銀行興盛昌隆之意，所以怎麼能說是沒關係？詩人利用中國文字裡一字多音、異義的巧妙安排，搭配聲調展現，提升了唸讀上的趣味性，也帶出了高度的創意和美感，而這種的語音特色是西方只有輕重音分別的拼音文字在唸讀中所無法呈現的。

中國文字不像英文的拼音文字般簡單易懂，中國文字裡一字多音或一字多義的情況頗為常見，同音字也很不少。分辨中國字音的意義，透過說話將聲調清楚念出來不但可增加記憶效果，也是進行分辨的基本要求。中國文字的字音和字意常有相關性，例如：「樂」唸成「ㄌㄜˋ」與「ㄩㄝˋ」；「和」唸成「ㄏㄜˊ」與「ㄏㄢˋ」；得唸成「ㄉㄜ˙」與「ㄉㄟˇ」……等，同樣的字卻各有著不同的意義。這些音素固然可以透過閱讀理解，但其效果絕對不及透過口語唸讀後的印象深刻。

在單音節的中國字音裡，本身具備高低長短不同構音音素，因此讓漢字字音具備了音樂的節奏感。（何三本，1995：139）透過口語唸讀有節奏的中國文字，可以讓學習者對內容產生興趣。此外，

文字語音節奏的巧妙變化加上朗讀技巧的搭配運用，讓傳統的數來寶、相聲藝術、繞口令、雙簧等說話藝術，獲得大眾的青睞，也讓更多人對中國文字產生興趣，進而成為吸引學習者練習語文的工具之一。強化字音、字義的辨識能力，也可以透過趣味的傳統說話藝術，讓學習者在朗讀過程中感受到語文的趣味性，這些都是說話教學中可以被實現的教學目標。

七、提升閱讀的流暢度

鄒文莉（2005）在〈讀者劇場在臺灣英語教學環境中之應用〉一文中提到閱讀流利度被視為孩子閱讀能力的重要指標。文中她也提到美國國家閱讀委員會建議二項教學方式來提升流暢度的方法：一個是「重複朗讀」；一個則是「個人默讀」。近年來常被談論的閱讀流暢度，其主要概念乃是強調一個人唸讀文章的流暢程度和對於文章本身的閱讀理解能力有其正相關。一個能夠流暢唸讀文章的人，代表著他對於文字有所認識，更代表著對於文章本身有良好的理解。

在任何需要上臺表演或表達思想（如：主題報告、說故事、朗讀、演說、辯論……等）的過程中，閱讀是自然的發生在準備表演脈絡的過程之一；學習者第一次會自己默讀或兩人一組來閱讀文章，接著透過整組練習，並輪流擔任不同的角色來體驗不同角色的感情、情緒、人格；最後在表演給觀眾看時會再唸一次。為了呈現劇本劇場內容，學習者光是先前的準備、排練就已經進行了多次的閱讀活動。難怪說話教學是提升閱讀流暢度、增加閱讀能力的好方法。在說話教學的過程中無論是什麼樣的文章，都得在學習者對文字具備熟悉度與閱讀到相當流暢的情況下，才有進而達到提升閱讀理解能力的可能。因此說話教學是提升閱讀及理解能力的重要推手。

八、增加思考批判與創造力

近幾年來教育風氣的改變，使教育中的主角從教師轉到學習者身上，因此僅以單向知識傳輸給學習者的情形已有改善。現在的教師們多半都已經很習慣學習者可以依據學習內容發表意見。雖然如此，課堂中仍會出現不愛發問的孩子，這些孩子有幾項共通的問題，包括了欠缺思考習慣、無法自我判斷、邏輯能力不足以及容易因循苟且。（呂宗昕，2007：154～157）由此可知，發問也是需要循序漸進給予指導的一種技能學習。如何在短時間內，以簡短的語句清楚敘述想法或疑問也是說話教學上非常重要的環節。針對這樣的孩子，教師更需要協助提升口語表達的技巧學習，使其思考批判和創造的能力往上提升。

此外，書面語的學習必須透過口語的詞彙、語句，才能過渡為書面語的文字。有計畫、有步驟的教他們正確使用詞句的方法，方能使學習者有層次、有條理的說出所見所聞，並能夠流暢的表達自己的思想情感，說話訓練有利於培養思維的靈敏度。（黃瑞枝，1997：260～261）

吳英長（1989）認為老師選擇適合的故事書念給學習者聽，可讓訓練學習者創造和批判思考的能力，也能夠養成專心聆聽的習慣和態度。在說話教學的過程中，運用藝術表演、齊聲朗讀、小組討論等方式，可以使學習者在唸讀故事過程中，練習表達自己意見的膽量，也能讓學習者得以根據自己對人類行為的了解和文章中的訊息，推論出人物的動機。說故事是說話教學中常見的形式之一，而這樣的實施方式能有效的提高批判思考和創造力提升的效果。

九、持續學習者的專注力

大聲朗讀課文能夠幫助學習者凝神專注、引發問題、並激發討論，這個策略具有集中注意力及營造小組凝聚力的效果。當小組輪流朗讀時，除了訓練朗讀者的專注力外，也可以訓練聽眾的的聽力。（鄭文榮，2004：186～187）

在學習的過程中，學習者如果只著眼於課本的注視或單純聽老師的內容講述，很容易有分心或疲倦的感覺，甚至有的學習者會產生事不關己的錯覺。然而教師假如在課堂中，增加學習者朗讀課文的機會，則能夠不定時提醒學習者老師教學的進度，並方便提示重點所在。朗讀課文也使學習者從被動的知識接收者變成知識創造的參與者、執行者，朗讀適度提醒和引發學習者學習動機的優勢，能有效的持續學習者對於課程內容的專注力。

在九年一貫的教學目標裡，說話教學單獨一類的詳列各階段能力指標，可見說話和聽、讀、寫一樣是語文教學的重點基礎，從專書、論文到期刊雜誌中，也可以找到不算少數的說話教學文獻。可是在現實生活中，所能蒐集到與說話藝術或提升說話能力的書籍，大半是以成人說話術的論述為主，以兒童為主要對象而設計的說話教學書籍或教材極少。現階段的臺灣仍受到考試導向的影響，凡是學測或基測需要測驗的項目，才會受到教學者或家長的青睞，所以提升閱讀和加強作文能力的相關書籍、教學研究、工作坊等不勝枚舉，這些現象容易讓人有說話教學不重要的錯覺存在。

何三本（1996）在〈兩岸小學語文說話課程教材教法比較研究〉一文中對照兩岸的國語習作大類中發現，我們在習作說話練習的編排比例、項目上比大陸少很多。用詞練習說話、用說話矯正發音、朗誦及背誦、分角色練習對話、聲調練習、回答下列問答並連起來說一說、聽故事回答問題，並把故事再說一遍，有感情的朗讀課文、繞口令、朗讀比賽、朗讀默寫、看故事書，說故事給人聽、說故事比賽等，這些都是大陸習作中出現的項目。

莊凱如在其《國中國文科說話教學研究》研究中指出有 96% 的國中教師認為國中生培養說話能力非常重要，但在我們的課程綱要說話教學課程安排中卻沒有系統性的規畫。反觀大陸地區卻在 2000 年時就將「聽話訓練」和「說話訓練」改為「口語交際」，且 1987 年以後出版的語文課本中，全套六冊總共安排有十到十二個獨立的單元探討口語交際，是有系統而循序漸進的設計。（莊凱如，2003：132）由此可知大陸對說話教學的重視和系統化課程安排的重視。但在我們現有各出版社的習作中卻鮮少看見說話練習的題型！如果真有說話能力上的練習項目，也多半是以口述回答課文中的問題或發表對該文章的想法，而缺乏完整、有系統的說話練習設計。

截至今日，我在第一線的教學現場仍會發現，習作中說話練習的比例依舊不足，儘管九年一貫的說話教學目標上，明定有美聲朗讀、敘說完整文句或故事……等各種項目，在各個出版社的教學指引上也有說話教學的相關說明，但都不夠深入，而且教學策略上的變化不大。課文美讀是教師指引中常見到的部分，就是將課文內容以朗讀符號標記，提供教師朗讀教學之用。但是大部分的教師在國語文課程時數壓縮的情況下，大多選擇加強閱讀、寫作而忽略說話教學，因此說話教學被分配到的實施時間、次數都是屈指可數，從教材編製到教學實施，說話教學的重要性遲遲無法提升。

在我們強調讀寫教育的重要性之前，聽和說的能力培養是更重要的基石。聽說和讀寫二者間不能任學習者自由發展，因為這四種基礎能力彼此是相輔相成，無論缺乏任何一個環節都不能稱為完整的語文教育！依據身心發展給予系統化、個別化的聽說訓練已是當務之急。教學重點除了鼓勵學習者聽之外，還要開口說；光是開口說還不夠，更要學到如何說的正確、說的有條理，以至於能夠將所說的話語透過書面語的文字正確適當的轉化出來。在本節的內容中，充分顯示出說話教學在語文教育中的重要性，所以在有限的語文節數中，提供教學者一個實施便捷、效果絕佳的說話教學方式，將是吸引教師願意投身說話教學的重要關鍵。

第三節　讀者劇場運用在說話教學的意義與價值

> 語文領域教學時數不敷使用，識字教學與內容深究往往擠壓說話教學之空間，最後，說話教學則淪為問題回答之簡單形式，喪失「聽、說、讀、寫」並重之美意。（莊淑媛，1995：27）

早年的課表中，有既定的說話堂數，因此說話教學能夠有固定的時間練習，而今日因為語文課堂結束縮減，造成九年一貫的說話教學時間被嚴重壓縮或遺忘，缺乏時間進行「說話」教學，重要性也被閱讀或寫作取代。早期的說話課雖然有表定的上課時間，卻也多半是老師給個議題，由學習者個別輪流上臺發表。這樣的方式對大半學習者而言具有相當的壓力，效果也不好。加上一般人多認為說話是稀鬆平常的事情無須多加指導，導致說話教學始終不被重視。事實上，在說話教學的範疇裡，不單單只是上臺發表一種方式。小組討論分享、辯論、演講、朗讀、戲劇表演、專題報告……等，多元的方式可以讓學習者有機會練習依照不同需求，說出適合的話，而這些都得靠指導而非自學所獲得。

說話教學必須透過完整的規畫方能看見其成效。任其自由發展不加以指導或如現階段教學現場般單就口頭表達或搭配課程小組討論發表的形式使孩童學習，都將使說話教學能發揮的功能大打折扣。讀者劇場是近年來才逐漸為人所知的名詞，在臺灣也還算是新穎的教學模式，因此專門論述的書籍或期刊資料較為缺乏！就現有的資料來看，一樣可以清楚感覺到目前讀者劇場在臺灣的教育應用上，主要仍是偏重於第二語言「英語」的學習使用，其次才是用以提升學習者的國語文能力或美感上的學習。但是透過讀者劇場的實施來作為了解自身文化、欣賞自身文化美學的做法是截至目前為止未有人研究的區塊，而這也是本論述所要挑戰的部分。

前一節統整的資料裡確立了說話教學的重要性，也說明瞭說話教學被漠視的困境，因此更希望能以簡便而具效果的方式來改善困境！其中，戲劇的口語呈現是多元且能深入表演者與觀眾內心的絕佳選擇。徐守濤也認為：

> 在戲劇活動中，童話劇和寓言劇，最好能讓兒童扮演多方面的角色，以達到參與的樂趣。另外，語言是表情達意的工具，戲劇中的語言是推動劇情、說明故事的直接工具，如何指導學習者體會感受，發音正確，口齒清楚，音量適中，表情達意，就需要教師隨時提醒。（徐守濤，1990：147）

因此我們可以明確的說，「說話」要和其他閱讀、寫作能力一樣，透過規畫安排才能看見說話能力的精進。因此，當讀者劇場運用在說話教學後，學習者得在老師引導學習過程中，體會角色特質並揣摩劇中角色，對於學習者而言多了一項有趣的教學活動，也直接提升了說話能力。我將蒐集的文獻資料歸納後，條列了十一大類讀者劇場運用在說話教學上的意義和價值：

一、降低學習者的心理負擔、增加發言的膽量與信心

接觸一個新的語言時，學習的範疇不光只是讀和寫，語言學習的終極目標更需要學習者能夠用來溝通，「寫」固然是呈現語意的溝通方式之一，但相較於「書寫」溝通的費時費力，說話則具有高度的溝通效率，而且說話也是平常最常運用的人際互動橋樑。但是對於初學者或者個性膽怯的孩童而言，要能開口說話已經具有難度，想在公開場合開口發表第二語言更是難上加難。

中文的陌生度較外語來的低，可是要讓學習者願意在課堂實施過程中敢說、願意說，仍不可躁進，畢竟這不同於下課時間同儕間的談天對話。讀者劇場漸進的引導，讓學習者在團體間發聲的方式，將有助於學習者克服或降低上臺發表的心理壓力。綜觀現有的說話教學文獻、書籍，有不少說話教學可參考的實施類型可供老師選擇，如上臺演說、辯論、說故事等。但這些方式在操作應用上可能會讓學童在說話練習時有較大的心理負擔。

讀者劇場優於傳統說話教學（如：演講、辯論、上臺發表……等方式），可以從我在校多年指導朗讀與演講的經驗得知。學習者對於朗讀的接受度，遠高過於需要背誦內容的演講。「朗讀」只需專心唸讀稿子上的文字，和聽眾的眼神接觸也可以降低。讀者劇場不需要背誦劇本只需熟讀劇本，這點和朗讀的本質是相同的，所以可以減低學習者對於忘詞的畏懼感，讓學習者以更生動活潑、無拘無束的口語表達方式傳達劇本內容。此外，透過小組共同創作或演出作品的過程中，也間接提升了團隊合作的學習經驗。

目前「讀者劇場」在英語教學中的使用頻率最高的原因，就在於它能有效的降低學習者對於上臺發表的恐懼感，在放心的狀態下唸讀指定內容，進而提升語彙和句型學習的效果。在實際教學現場中也不難發現，越小的孩子越喜歡表現，也越不怕丟臉。但隨著年級的增加，學習者的表達意願卻逐年降低，最終淪為沉默的一群。歸咎其原因，信心的不足、教育方式的刻板侷限、教師的教學導向等都有相關。低年級的孩子喜歡運用言語、肢體動作表達意見，但在教學現場中缺乏彈性的教學方式或嚴苛的管理經營，或者同儕之間對於發表者的負面反應，如：取笑、輕蔑、斥責……等，都可能讓孩童不再喜歡發表。

王慧勤（1990）在〈扮演遊戲：開啟國語課另一扇窗〉的研究中發現多數學習者的口語表達經驗貧乏，因此害怕上臺、緊張、恐懼、忘詞、動作僵硬、聲音動作太小的情況很多，而使得扮演遊戲的效果大打折扣。讀者劇場具有提升學習者信心的價值，原因在於透過讀者劇場中採用團體合作朗讀的方式，可以有效降低內向學童對於上臺發表時的心理恐懼，也可以藉由合作學習增加孩童對朗讀的參與度。透過小角色分配或者是臺詞需反覆朗誦的角色安排，可增進缺乏自信學習者的表達能力（張文龍譯，2007：133）

何洵怡（2004）在〈以聲音活出意象情韻:朗讀劇場在中國文學課的學習成效〉一文也指出從學習的角度上看讀者劇場，有培養學習者創意、溝通技能、自信心、合作精神等好處，還能免除學習者對於劇場最大的恐懼——記誦臺詞，也不需擔心漏掉臺詞、走錯位置……等問題，讓學習者能夠專注的透過聲音表情演繹角色。

讀者劇場在呈現上，簡化了一般劇場登臺前道具和燈光、走位等繁瑣的準備工作，演員也從背稿轉為「唸讀劇本」，這點不但能夠讓表演者感覺輕鬆，也能讓表演者全心感受劇本的中心主旨和揣摩臉部或簡單的肢體表現。讀者劇場中的唸讀不僅僅是將文字說出來，而是要能夠以朗誦的方式將內容加入美感後呈現出來。因此我認為降低學習者的心理負擔、增加發言的膽量與信心是讀者劇場在說話教學中的首要價值。

二、提升說話的技巧

黃瑞枝認為要讓國小學習者聽說訓練具備效果，需要有五點要求：
(一) 營造激發學習者聽說的機會。
(二) 聽與說訓練要密切結合。
(三) 聽說訓練要與思維發展吻合。
(四) 聽說訓練要與閱讀教學配合。
(五) 聽說訓練要切合全體學習者。（黃瑞枝，1997：279～282）

此外，說話練習的要領有七項，分別是語音、語調變化、語彙、句型、立場（角色、場合）、主旨和題材、時間的控制。（黃瑞枝，1997：262～265）要個別達到上述的目標可以有許多方式，如：師生問答可以營造激發學習者聽說的機會；小組討論可以讓聽說訓練切合全體學習者；專題報告可以使聽說訓練與思維發展吻合，但是要更近一步進到語音、聲調、肢體表情等訓練上的同時兼顧則不是件容易的事，說故事算是其中一個有效的方法。

故事對兒童最少有六種作用：包括了引發學童上課的興趣、消除師生間的距離、激發兒童的想像力、可以發展兒童的語言能力、促進兒童對社會的適應和矯正兒童的異常行為。（林文寶，1994：138～139）在說故事的過程中，學習者除了聽別人說之外，也能夠在聽完後練習復誦或者由程度不錯的孩童自己說故事，這些都是提升說話能力的有效方式。

不過，說故事的實施過程中，容易有說故事者才是主角，其他聆聽的人參與度較低的問題。倘若說故事的是老師，學習者的聆聽效果可能還不錯，但對於學生在說話技巧的學習上可能就會有所侷限。倘若是由學習者說故事的，但是該生說話技巧不熟練、音量控制不當的情況，則會發生說故事者和臺下同學互動不足的情形！加上有膽識且願意上臺的孩童通常不多，因此希望透過說故事達到整體學童說話能力提升的目標並不容易。讀者劇場有說故事的優勢，卻沒有上臺說故事的恐懼心情，臺下的人也能參與劇場的呈現，達到全體共學的目的。

> 讀者劇場只能靠聲音，表情，手勢或簡單的位移來使文學作品復活，所以 RT 需要試著用不同的朗讀方式，來詮釋不同的意義。透過音量高低，重音和語調，RT 讀者深入所讀內容，賦予文字及角色生命。（鄒文莉，2005：11）

聲音要能夠宏亮持久且使用正確呼吸方式，唸讀正確的字音、流暢自然的運用音變、重音停頓的處理得宜、加入表情和動作、妥善處理敘述和人物都是成功進行說故事表演的關鍵。（何三本，1995：128～166）所以當學習者能完美呈現文本內容，就可確定學習者已經對於說話的技巧有一定的純熟度，讀者劇場的實施，也提供了學童大量進行念讀的機會。

三、增加對於美感的刺激和思考

曾擔任讀者劇場協會主任的 William Adams 談到孩子天生就有好奇心和創造力，只是在教學過程中，這些與生俱來的才能在缺乏彈性的教學中被扼殺殆盡，想像力也因此受到限制，因此他認為讀者劇場是重振年輕人正確邁進想像與創造的利器。（李晏戎譯，2005：50）

> 當 RT 讀者呈現角色時，他們不但反映讀本，也同時重新評估及修正自己對文本內容的理解……透過讀者劇場中的唸讀活動，可以讓學習者積極投入在回應和詮釋文學作品中。（鄒文莉，2005：11）

讀者劇場在表演過程中，純熟的唸讀技巧是劇本完美呈現的關鍵，因此讀者劇場教學過程中說話技巧的指導、練習是重要的準備工作。為了使表演更完美，學習者在聲、律、調詮釋後下工夫，使呈現出的作品藝術價值提升。也讓聆聽者透過聲音之美引導出內心深處的感情，甚至將自身經驗與作品融會交織出新的火花，則是一種精神藝術的昇華。

四、作者和讀者甚至於觀眾都能碰撞出新火花

> 作品的生命來自於作者與讀者的經驗和情感的融合，就是讀者透過作者所呈現給他們的東西，來喚起他們的記憶，在心目中產生一個新的「生命」。（黃美序，2007：83）

徐守濤（1990）在〈兒童戲劇與兒童輔導〉一文中談到：歷史故事的學習在於鑒往知來、學習前人經驗，以免重蹈覆轍。從歷史的戲劇表演中，可以透過扮演了解前人的人格、事蹟、成功等經歷，以縮短個人的盲目摸索，更因為作者作品和表演者間要做跨時空的連結，因此能激盪出新的火花。讀者劇場的表演主要是透過朗讀者運用聲音表情，去傳達文學作品中的含義。表演中的敘述者也能透過朗讀，提供不在劇本對話中被隱藏的訊息。（張文龍譯，2007：III）表演之前，是表演者與作品間的相互對話過程；當表演結束之後，臺下的觀眾可以根據演出的內容和臺上的演員進行對話。演示的過程中可能因為想呈現的目的不同，而使表演者與原創作者有了不同的呈現重點！而觀眾看完後的感受與表演者也可能不盡相同，就這個層面來談，又可以碰撞出另一個創意火花。因此，讀者劇場的實施能讓作者、表演者和觀眾三者間，產生微妙的互動關係。

五、讓說話教學結構化

> 讀者劇場是由兩個或兩個以上的朗讀者，作戲劇、散文或詩歌的口語表現，必要時將角色性格化、敘述、各種素材作整體組合，以發展出朗讀者與觀眾一種特殊的關係為目標。它表現的方式是讓演員朗讀者，從頭至尾都在舞臺或固定的區域上，以搭配少許的身體動作、簡單的姿勢及臉部表情，朗讀出所設計的各個部分。（張曉華，1999：243）

> 口語詮釋是讀者劇場的核心。讀者利用聲音表情詮釋劇本，讓聽者觀眾有如身歷其境。在讀者劇場中，有許多練習方法可以幫助教室中的孩子注意到自己的言語表達，進而有所改善。（張文龍譯，2007：15）

從兩位學者的論述中我們可以知道，透過讀者劇場所能輔助說話教學的元素相當多元，從表演前小組討論、劇本設計、排演到正式演出時的聲音、表情、肢體動作的使用，甚至是與臺下觀眾在表演之後的互動回饋，都可以是說話訓練的過程。而讀者劇場整個的實施流程讓說話教學能以更具有系統結構的進行，預期成效當然也就比單一目標的說話教學訓練方式來的高。

六、強化聆聽者和表演者間的互動

讀者劇場是一種臺上和臺下間具有高度互動性的教學模式，臺上的表演者以熟讀劇本搭配適當的肢體語言、口語表達呈現劇本內容，吸引臺下的觀眾融入劇本之中，並在戲劇演示的過程裡，啟發表演者本身或觀眾對改編的劇本或原著作的情意思維。

相較於說故事人數有限的口說表演，讀者劇場是以活潑多元的口語表達練習呈現。說故事在一般課堂中，多由老師或少數學習者唸讀故事，其他學習者在同一個時間點中主要以聆聽故事為主，無法同時進行口語表達的練習，因此故事呈現的成敗通常也就是以少數人的表現來決定。儘管有不少用心的教師會在故事結束之後進行討論或請學習者分享，讓學習者也有參與的機會。不過和讀者劇場相比較後會發現，還是有不少差異。

說故事和讀者劇場上都是戲劇教學的形式之一，其共通性為可與其他學科相結合、表演空間開放、表演者不需背稿。而二者間的差異則是說故事多以一人（教師或學習者）為主，但讀者劇場卻是由一組兒童演出。此外，讀者劇場還需要一位敘事者串聯整個故事情節，說故事則不需要。（林虹眉，2007：36）

同一時間裡讀者劇場可以八到十人同時呈現劇本內容，這和說故事多用少數人唸讀的作法有極大的差異。另外，念故事的過程中，多數的文字是敘述性的文字，內心層面的表演機會較少！但讀者劇場中，每個人負責的角色可能都有獨一無二的特質，這對參與說話練習的人來說，更容易產生情感上的遷移。而多數人共同參與的讀者劇場也可避免大多數學習者淪為被動接收者的窘境。

何洵怡（2004）在〈以聲音活出意象情韻:朗讀劇場在中國文學課的學習成效〉一文中也指出讀者劇場結束後的延續活動可加強寫作反思。當學習者擔任觀眾時，可於欣賞時記下隻字片語或特別的地方，等劇場表演結束後整理思緒並展開與表演者的內容問答。就口語訓練的部分來說，讀者劇場實施過程裡不光只是表演的人有學習的機會，擔任觀眾的人在延續活動中，也需要透過討論練習開口說話，間接也能提升口語表達的能力。

七、提升說話教學中的情意學習

> 角色扮演法可以增進學習者認識自己及他人情感的能力，幫助探討學習者的價值、態度及解決問題的技巧等。（黃政傑，1994：142）

讀者劇場是一種戲劇呈現的方式，過程中的每個表演者都藉著角色扮演體驗該角色的想法。徐守濤（1990）在〈兒童戲劇與兒童輔導〉一文中，則談到兒童戲劇有學習團隊生活教育、認識分工與合作學習忍耐和服從的功能，也是最自然的語言和膽識訓練，配合學童愛表現的天性可提升語言和膽量的訓練，也是最自然的團體輔導方法。

角色扮演的過程中，為了能夠維妙維肖的演活角色，勢必得對於內容想傳達的重點，和劇中的所有人物性格有所認識。而在認識了解劇本內容的過程中，其實就是一種情意提升的環境。在討論或熟練劇本的過程裡，大家得以歸納統整出內容中心思想，也可以得知文章中要傳達給觀眾知道的理念或意境。當然這個部分練習的初期，需要有教師協助指導。待學生運作純熟後才放手讓小組嘗試歸納與分析。

八、讀者劇場操作簡便，讓說話教學的實施更輕鬆

戲劇是綜合藝術，須有劇本、舞臺、導演、演員。一般戲劇強調舞臺效果，因此在舞臺布置設計上需花費大量金錢，演員的服裝道具上也刻意塑造來強化演出效果，在經費龐大、人才難求的前提下，常無法順利推動。（徐守濤，1990：134）難怪羅秋昭（1995）會建議將戲劇融入教學時，不宜佔去過多課堂教學的時間，而燈光服裝造型上應力求簡單方便。

一般論及戲劇表演，總不免與耗時、費力、高成本等產生聯想，舉凡劇本、道具、燈光、服裝、配樂、甚至演員的挑選、訓練到演出，在在都凸顯了戲劇表演的難度。因此在一般領域的學習中，較少被教師們用來輔助教學。在國小的教育現場上，要張羅所有的項目後登臺表演一部戲劇通常是大事一件，能實施的次數也是屈指可數。但是讀者劇場的呈現方式著重劇本朗讀，所以其餘的部分均可簡化甚至省略，無疑大大降低了準備的難度。與正式戲劇表演相比，讀者劇場是劇本朗讀模式，具備了內心低恐懼、具語文效能與操作簡單的優點。

九、兼顧不同程度學童的口語學習機會

> 學習動機是追求成功的內在動力，假如追求成功的結果屢遭失敗，學習動機自然不能維持。因此，教師必須針對學習者的個別差異，使每個學習者均各自獲得成功的經驗，以其在努力之後獲得滿足，從而肯定自己的價值。（張春興，1996：328）

口語表達要學的好，動機是很重要的成功關鍵。當學童的表演動機大於表演的心理恐懼時，學童才有可能開口說。願意開口說了以後，後續的說話技巧學習才有指導精進的可能。讀者劇場可以讓學習者融入演出的情境中促使學習更積極；而且不管學習者能力高低都能看見成效；學習者彼此合作、良性互動、因良好的表現而更有自信等是讀者劇場的優點。（張文龍譯，2007：3）

讀者劇場讓學習者在低恐懼心理的前提下產生高度的學習動機，而且教師能夠依據不同語文程度的學習者的特質差異，選擇不同的角色讓學生扮演。對表達程度好的學習者來說，讀者劇場中的角色扮演可幫助他們在表情、聲調、內容呈現上更加提升；對於程度較弱或較為內向的學習者來說，唸讀腳本中句子較短或者內容重複性較高的角色，則有助於提升參與感和上臺發表的膽量，妥善安排角色可以讓不同程度的學童在莊子寓言讀者劇場化過程中，都有表現和成長的機會。

十、提升口語和閱讀的流暢度

讀者劇場的表現形式讓學習者可以從反覆唸讀劇本過程中提升閱讀流暢度，在主動的學習動機中吸引聽者興趣，也使學習者在輕鬆、沒有壓力的情況下提升自己的語言表達能力，這樣的優勢和效果已經成功吸引許多英語領域以外的教學者願意嘗試將讀者劇場帶入教學現場當中。

讀者劇場是引發學習者多次閱讀文章動機的方式，不論是單獨朗讀、整體朗讀、或兩人一組朗讀，都可以讓學習者從中獲益。目前也有多項研究證實了讀者劇場有助於增加閱讀的流暢度，這個部分在第二章的文獻探討中以談過，在此不再贅述。

十一、提供文化學習的新工具

蘇聯心理學家 Vygotsky 在認知發展論上，強調社會文化是影響認知發展的要素。因為社會中的一切風俗、制度、歷史文化、宗教信仰、食衣住行……等等，構成了人類生活中的文化世界，而這個文化世界除了影響成人之外，當然也深深影響著成長中的兒童。因此，兒童的認知發展對文化的認識是在社會學習的歷程中得來的。（張春興，1996：113～114）

然而傳統的教學模式中，「文化」學習一直是被隱涵在各科內容中，以附學習或輔學習的方式呈現。缺乏系統的教學可能會造成文化學習被片段化或切割化。但讀者劇場在說話教學中卻可以有效的系統化指導學習者體會文化之美。所以在語文領域的說話教學上，讀者劇場還能附加了文化學習的功能。

張曉華（2004）在〈表演學：國民中小學表演藝術的本質教學〉一文中也有提到表演是人的天性，而且表演者的表演能力必須透過對文化的理解和學習而增加。在此特別值得一提的是說話教學的方式相當多元，因應不同的教學目標可以有不同的選擇。但以本論述中除了提升說話能力外，還希望加入文化層次提升的目標，在這樣的訴求下，讀者劇場無疑是絕佳選擇。

在前一節中談到，透過語音變化的特色，設計安排合適的教材在讀者劇場中呈現，透過口語的表演感受內容中的思想與感情，在中國文字本身所具備的聲韻的趣味性之下改編文章為劇本，並藉由語調上抑揚頓挫的指導，勢必能讓讀者劇場在語文教學上，發揮更大的功能。當讀者劇場運用在說話教學中時，意味著創新多元的教學型態正在形成，也為說話教學帶來了新的契機。

第五章　莊子寓言與讀者劇場的結合

第一節　從莊子寓言切入的比較文化考慮

在進入從莊子寓言切入的比較文化重點之前，得先思考為什麼進行文化教學需要和其他文化作比較的問題。一般來說，每個穩固的文化系統都能對隸屬的民族產生內化的作用，在食衣住行的生活當中也常能不自覺的依循文化系統下的慣性而為。住在臺灣的我們其實也是身在文化之中卻不自知，反倒是一窩蜂對於外來的各種文化着迷。而這樣的影響除了在生活經常性接觸的事務中看的見外，連文學創作也逐漸遭受外來文化的吞噬。

創造觀型文化中人的創作中，可以發現他們因為受到創造觀型文化的影響，所以對於文學文字、語法、語句、語詞、修辭等部分都有深入的論述，很多哲人也在文學作品中不斷思考論證，讓蘊含的文化意涵可以釐清。反觀氣化觀型文化的我們因為渾沌未明的氣化影響，所以對文化的學習也就不如創造觀型文化般的極盡追求！中國人在氣化觀型文化之下，講求和諧、包容、團結，不擅於挑戰權威或跨越階級行動……等，在文化影響的情況下影響著我們幾千年來的生活演進。因此，對自身文化的認同感具有高度的意義。可惜氣化觀型文化下的我們到了近代不斷被西方文化壓抑甚至企圖改造之後，才認知到對於自身文化應該去理解甚至於保護。

舉個例子來說，2009 年上半年博客來網路書店的 TOP100 暢銷書中，就有 61 本是外來的翻譯書籍（博客萊網路書店，2009）。超過半數外文翻譯書籍為臺灣暢銷書的主因，絕非是本土作家資質不如國外作家也絕非創作品質低劣不合國人興趣，我想最主要的因素還是國外的月亮比較圓的迷思所造成。而這樣的問題也充分顯示出氣化觀型文化下的我們，已逐漸被創造觀型文化的強勢所降服。

就積極面來談，受到氣化觀型文化影響的民族具有著高度的包容性，對於所有外來的資訊、議題或觀念都能給予尊重；但就消極面來看，我們在尊重的過程中常因為觀念的迷思而被外來的文化價值改造，失去了捍衛自我文化的動力。五千年的悠久歷史，造就了眾多流傳千古、雋永的經典作品，背後複雜的文化體系內容需要我們深入探討理解並在生活中驗證，如此一來我們的傳統文化才能予以長久保留。文學作品是用來尋找文化痕跡的絕佳素材，因為創作者本身背後的文化觀點通常會透過文字或創作呈現出來，也因此一個具有多元文化觀的人能從中判別出創作者所依循的文化系統為何。何淑真（2005）在〈要讓孩子有思想、能清楚表達：英國、法國的語文教育改革〉一文中說到法國為了培養學生的思想，讓她們形成一種文化，而讓法國高中語文課程的教學大綱裡強調需讓學生從文化史的角度理解作品。正因為文化的學習在生命中應是持續、不間斷的，所以更要對自我身處的文化了解且認同，才能站穩腳步進而欣賞其他文化的美感。舉例來說，莊子寓言是極為典型的氣化觀型文化代表作；《伊索寓言》則有著濃厚的創造觀型文化色彩；民間故事〈咕咚〉或〈貓兒問食〉則有著佛教緣起觀型文化色彩的痕跡。

文化是語言的別一選擇，在論述時間裡它的後起性仍是存在的，而在論述習慣上一個後起性的對象往往是論述的重點。任何一個文化系統所顯現的就是一個價值系統，而文化系統和文化系統之間的差異也就是價值系統的差異。（周慶華，1997：5～7）莊子寓言是典型的氣化觀型文化作品，具有高度的參考價值，也是藉以教化人民認知隸屬文化的絕佳參考創作。「文化學習」是本論述中最關鍵的主軸，為了讓爾後三個章節談論莊子寓言讀者劇場化的運用過程能更清楚體現「氣化觀型文化」中的重要意涵，我將在本章節進行三大文化系統下的（氣化觀型文化、創造觀型文化、緣起觀型文化）寓言作品比較。在這裡，先將三大文化系統在終極信仰、觀念系統、規範系統和表現系統等明顯的差異透過下表呈現，讓大家在閱讀接下來各文化間的寓言範例時可以更加清楚：

表 5-1-1　三大文化觀點比較表
（整理自周慶華，1997：76-125；2005：226）

三大文化系統／差異分析	氣化觀型文化		創造觀型文化	緣起觀型文化
	儒家	道家（莊子）		
終極信仰	「道」（天地精氣化生的過程）	「道」（天地精氣化生的過程）	全知全能全善的「上帝」	佛／涅槃（絕對寂靜境界）
關懷的主軸	群體的痛苦（倫常的敗壞）	個人的痛苦	個人的原罪	人的困窘
解脫方式	重視人倫。去除私心私利以求公心公利，重視人倫和諧和社	崇尚自然。重視去分別心去名利，重視自我得以逍遙，遵循	人的靈明都因人對上帝的叛離而隱沒，所以人與生俱來	重視消滅一切痛苦、出離輪迴生死海，達到涅槃的境

	會安定經營，靠情感相互制約。	自然法則順勢而行就好，反對情感制約。	就帶有墮落的趨勢和潛能，也因此需要透過懺悔、禱告來得到救贖。	界。
宇宙觀	氣化宇宙觀（人是精氣的具形化，死後魂魄分散，還復天地陰陽精氣。人也是自然的一部分，所以順應自然。）	氣化宇宙觀（人是精氣的具形化，死後魂魄分散，還復天地陰陽精氣。人也是自然的一部分，所以順應自然。）	機械宇宙觀（人是上帝推動「永世法則機器」中的一部分）並透過科學的技術和發明來榮耀上帝。	緣起宇宙觀（人是因緣和合而生，而能洞視此一道理不為所縛，就是佛。）
倫理道德觀	天道和自然的道德觀，採「他律的道德」（受制或依賴群體，較少個性表現）倫理間的情感規範性強。	天道和自然的道德觀，反對「他律的道德」，去名利、一生死，擺脫束縛。	功利主義的道德觀「自律的道德」（嚴分人己界線，有較多的個人自由）	慈悲的道德觀（慈航倒駕，解脫救渡）
人的資質	因精氣化生時純度不一，而有資質上的差異。	因精氣化生時純度不一，而有資質上的差異。	由上帝所造，人人資質相同、平等。	
文學表現	呈現和諧、自然、含蓄的風格（最高境界乃是人和自然的默契）	呈現和諧、自然、含蓄的風格（最高境界乃是人和自然的默契）	呈現衝突（其中最偉大的衝突，往往是人性中魔鬼和神的衝突）、人性、暴露的風格。	呈現筌蹄性（以終極解脫為目標，而不飾雕飾華蔚。）

有了上表作為對照依據之後，首先從寓言人名設定來看。氣化觀型文化下的終極信仰是「道」，在道生萬物的前提下，所有世間物都是經由自然精氣的化生而來，自然沒有人神階級上的差異，大家的地位全都是相同的。因此，莊子寓言的創作中有大量以人為主角的作品。在《莊子》196 則寓言類型中，光是人事類的寓言就有186 則（廖杞燕，2004：26～27），幾乎佔了所有作品的全部；而且在這些寓言中的人物也多半都具有姓氏、稱謂或名字。如：《莊子．齊物論》和《莊子．養生主》這兩篇大家耳熟能詳的寓言就是明顯的例子：

> 昔者莊周夢為胡蝶，栩栩然胡蝶也，自喻適志與？不知周也。俄然覺，則蘧蘧然周也。不知周之夢為胡蝶與？胡蝶之夢為周與？周與胡蝶則必有分矣。此之謂物化。（嚴北溟、嚴捷，2007：27～28）

> 庖丁為文惠君解牛，手之所觸，肩之所倚，足之所履，膝之所踦，砉然嚮然，奏刀騞然，莫不中音，合於桑林之舞，乃中經首之會。文惠君曰：「嘻，善哉！技蓋至此乎？」庖丁釋刀對曰：「臣之所好者道也，進乎技矣。始臣之解牛之時，所見無非全牛者；三年之后，未嘗見全牛也；方今之時，臣以神遇而不以目視，官知止而神欲行。依乎天理，批大郤，導大窾，因其固然。技經肯綮之未嘗微礙，而況大軱乎！良庖歲更刀，割也；族庖月更刀，折也；今臣之刀十九年矣，所解數千牛矣，而刀刃若新發於硎。彼節者有閒，而刀刃者無厚，以無厚入有閒，恢恢乎其於游刃必有餘地矣。是以十

> 九年而刀刃若新發於硎。雖然，每至於族，吾見其難為，怵然為戒，視為止，行為遲，動刀甚微，謋然已解，牛不知其死也，如土委地。提刀而立，為之而四顧，為之躊躇滿志，善刀而藏之。」文惠君曰：「善哉！吾聞庖丁之言，得養生焉。」（同上，36）

反觀創造觀型文化中的《伊索寓言》和人物相關的寓言內容不但極少，就算有人物的出現也都是沒有姓氏的角色。《伊索寓言》中出現的名字多半是神或上帝的名字，可見創造觀型文化裡對終極信仰「神」的絕對崇敬。在此簡述幾個寓言作為範例：

> 有一個花匠養了一頭驢子，他每天都要讓驢子做很多工作才讓牠休息。驢子就向上天祈求能夠換一個主人。於是天神答應牠，將牠轉賣給一名陶瓷匠。驢子在陶瓷匠那裡，每天都要搬很重的陶土，工作非常辛苦。所以驢子又請求天神再為他換一個主人。天神也答應牠，沒多久，驢子被賣給一個皮革匠。皮革匠脾氣很暴躁，動不動就打驢子出氣，比以前兩個主人更殘忍。驢子很傷心的說：「我的主人一個比一個差，這一次恐怕連皮都要給剝走了。」（丁芷瑤，2002：104）

> 宙斯在舉行盛大的婚禮時，邀請所有的動物參加。他對大多動物的到場表示滿意，卻發現烏龜缺席。於是在第二天問烏龜為什麼沒有來賀喜。烏龜振振有詞地解釋：「您可不要怪罪我無禮，因為我得時刻看管我的家，以防被搶劫。」宙斯聽罷更生氣，說：「既然你那麼護家，那麼我就成全你，從

此以後你就背著自己的家走路，免的離散。」（伊索，2002：168）

有個攻於心計的人，總是算計別人。有一回他跟朋友打賭，說神龕是假的，因為他能證明神的預言不準確。為了贏得高昂的賭注，他想了個主意，手中握著一隻小鳥站在神龕前，對神龕說：「請你猜猜我手裡的東西是活物還是死物？」他想，要是神龕說是活物，就掐死小鳥，否則就把小鳥放飛。神看穿了他的心思，告訴他：「收起你的鬼把戲，這種技倆只有你才想的出來，無論死物還是活物，不都是你說的算嗎？」（同上，21～22）

上面一到三篇的《伊索寓言》中，都有人物出現，但除了第二篇的〈宙斯和烏龜〉中，因為宙斯是全知全能全善的神，所以有姓名外，其餘〈耍陰謀詭計的人〉和〈驢和花匠〉兩篇內容裡，出現的人物不是以職業點出人物，就是以個性呈現人物，而不給予名字。除了舉的範例外，其餘在《伊索寓言》中的人物也多是以職業區別（如：農夫、肉販、牧羊人、手藝人、養蜂人）、個性描述（如：膽小的軍人、貪心的農夫、濫用錢的年輕人等）或一般人（有一個老人、有個小孩等方式）來敘寫人的角色。（楊之怡，2007：13）由這個部分可以清楚知道在創造觀型文化中的神、人階級是不容逾越的。

接著在終極信仰的出場安排上，創造觀型文化下的神指的是具體形象的上帝；氣化觀型文化下的神是一種自然氣化的過程，而非一個具體的形象；而緣起觀型文化下的神則是代表一種絕對寂靜的境界，這三者間的分野相當明確。具體形象、過程或境界三者間可作為不同文學作品進行比較時的分辨工具。以《伊索寓言》中的〈牧羊人和羊〉來呈現：

> 牧羊人在森林裡放牧。突然，他看到了一棵結滿果實的橡樹。於是，他把衣服鋪在樹下，自己爬上樹去，搖落樹上的果實，他的羊群在樹下爭搶著果實，把他的衣服都踩破了。牧羊人從樹上下來，看到了這一切，嘆著氣說：「你們把羊毛給別人做了衣服，卻將飼養你們的人的衣服踩破了，真是忘恩負義呀！」（伊索，2002：154）

在這個寓言故事中的「牧羊人」，指的是神子自己，而「羊」指的是他的門徒。牧羊人是上帝且具有人的形象，也就是創造觀型文化的終極信仰中的神是具有形體的。氣化觀型文化中所謂的神，是天地精氣的別名，因此有河神、山神、樹神……而人更是由糾結的精氣化生而成，彼此的純度不一，資質自然就有會有所差異。這一點和創造觀型文化下認為人生而平等一致、資質也都相同有很大的區別。

〈螞蟻和鴿子〉的故事為螞蟻口渴到泉邊喝水時，被流水沖走快要淹死了。鴿子見了拆下一根樹枝頭到泉水裡救了螞蟻一命。後來，螞蟻知道捕鳥人接好黏竿要捕鴿子時，就在捕鳥人的腳上咬了一口，捕鳥人覺得疼扔下了粘竿，鴿子立刻驚跑了。（陳蒲清：1992：23）在我們看來，所讀到的寓意可能是動物間互助合作之情，但《伊索寓言》的深層意涵卻有著人的能力永遠無法超越「神」的隱喻。在創造觀型文化的影響下，對人有高度的不信任感，所以可以發現《伊索寓言》中讚揚人物作為或言語的篇幅極少；反倒是多以讓動物具備人性，並從事件中獲得教訓的寫作內容最為常見。下面這幾篇寓言也有同樣的特性。

〈狗和牡蠣〉的寓言，是敘述一隻狗兒常常有雞蛋可以吃，有一天牠到海邊散步時撿到一顆牡蠣，狗兒以為是雞蛋，便一口吞進了肚子裡。等到牡蠣殼無法消化讓狗兒痛苦不堪後，牠才體會到：「圓的東西不一定都是雞蛋呀！」（劉怡君，2001：103）作者因為受到創造觀型文化的影響，因此在此篇的寓言創作中除了透露了人不該墨守成規、不知變通的寓意外，也間接顯示出人都是由上帝所造，能力、理解力都有所侷限，只有至高的上帝才有絕對的聰明才智，一般人絕對無法超越。十足凡事都需要透過上帝給予啟示，人們才能得救的創造觀型文化的內涵。

〈巨山分娩〉的寓言，是描述以有一天山裡頭傳來巨大的震動和吵雜的聲音，於是人們全都驚慌的聚集在山下等待禍事的發生，不久他們看見了一隻老鼠從腳邊跑了過去，這才知道原來巨大的聲響不過是老鼠跑的聲音在山林間造成回聲罷了。（劉怡君，2001：193）這篇寓言具有光看表面似乎沒有特別的意涵，但深入去觀察後會發現，寓言中先以透過人們自以為聰明懂得以智慧判斷在災難來臨前離開現場以求逃過一劫為開端，再用一隻小老鼠腳步的回應來說明巨響原來只是虛驚一場來襯托人們的愚昧無知和讚揚上帝的萬能神聖。〈巨山分娩〉中的人們儘管害怕卻不是選擇逃走，反而站到危險的最前線想知道真相為何。這點則傳達出了創造觀型文化下，人們具發現真相和反抗上帝乃唯一主宰的雙重衝突。在這樣的衝突下，造就了人們不接受模糊、渾沌未名的狀態，而不斷追求真理的的決心和信念。

氣化觀型文化的神也是精氣，只要內涵的精氣質性夠好，都可以成為上等「神」。像〈渾沌開鑿〉中的「儵」是南海之帝，而「忽」是北海之帝、〈河伯和海若〉指的是河神和海神，這些自然現象在我們的文化之下也都能被視為特殊的神。透過河伯和海若二者間的精采對話將「道」所化生的萬事萬物各有其不同面貌，無需比較、競爭的觀念描寫的相當生動：

> 秋水時至，百川灌河……北海若曰：「……而吾未嘗以此自多者，自以比形於天地，而受氣於陰陽，吾在於天地之間，猶小石小木之在大山也。方存乎見小，又奚以自多！計四海之在天地之間也，不似礨空之在大澤乎？計中國之在海內不似稊米之在太倉乎？」（張松輝注譯，2007：268～269）

此外，氣化觀型文化的終極信仰「道」，本身不像創造觀型文化下的上帝具有任何形體，所以莊子為「道」存在於何處寫了一篇相當有趣的寓言，也藉以釐清道的特徵：

> 東郭子問於莊子曰：「所謂道，惡乎在？」莊子曰：「無所不在。」東郭子曰：「期而後可。」莊子曰：「在螻蟻。」曰：「何其下邪？」曰：「在稊稗。」曰：「何其愈下邪？」曰：「在瓦甓。」曰：「何其愈甚邪？」曰：「在屎溺。」東郭子不應。莊子曰：「夫子之問也，固不及質。正獲之問於監市履豨也，每下愈況。汝唯莫必，無乎逃物。（傅佩榮，2001：25）

「道」可以在螻蟻中、在雜草中、在瓦片中，甚至於在屎尿之中。萬物由道而生，而道又不分貴賤好壞無所不在，所以人自然也沒有階級高低的差別，一切回歸自然就好。創造觀型文化下的神是至高無上、無法超越的對象。從莊子這篇寓言中卻可以發現「道」並非神聖而不可侵犯，相反的這個「道」是無所不在且沒有高低貴賤之分的，就連最低下的「屎溺」中都有道的存在。清楚說明了氣本來就不具有特定的形體，它可以任意流動變化存在於人類的生活之中的特性。

在不同文化間的關懷主軸上，創造觀型文化著重在「原罪」的釋放。雖然該文化內部是緣於媲美上帝造物本事的強烈企圖心（周慶華：2007a：10），但是原罪的觀念卻讓他們長期處在矛盾之中。想要媲美上帝造物本事卻又覺得人生來就帶有原罪，必須藉由各種方式警惕自己，在有生之年努力贖罪，來贏得死後回到上帝身邊的機會！電影《親情觸我心》是一部敘述一對早年被父親拋棄的兄妹，在父親即將走向生命終點時，照料陪伴父親所衍生的故事情節。劇中，女兒溫蒂一度想讓得了老人癡呆症的父親，遠離環境、看護不佳的「谷景安養院」，而到只收能夠獨立自主老人但設備照顧都更完善的「綠丘莊安養院」，還為了讓父親能順利進住，因此試圖暗示父親回答安養院所測試的問題。劇中兄妹倆有段對話令我印象深刻：

> 溫蒂：「……我這樣做都是為了爸好。」
>
> 強：「坦白說，妳一心一意想改變他情況的想法很自私，因為那跟爸根本沒關係，而是關於妳和妳的罪惡感。」

哥哥強認為，妹妹想把一切最好的給爸爸，只是為了降低心中的罪惡感。在氣化觀型文化下的我們會認為這樣的思維相當孝順，但在創造觀型文化下的人民卻是為了對上帝贖罪而不是為了孝順父母。為了減輕罪惡以期自己能在死後回到上帝身邊，因此要竭盡所能的免除可能發生的的罪惡感。創造觀型文化下的電影作品如此，寓言創作也是如此。

氣化觀型文化之下關懷的主軸是「痛苦」的解除，可是儒道兩派在痛苦解除的方式上卻有所不同。雖然二者終極信仰都是「道」，但傳統儒家思想一直扮演著主導的角色，身處其中的我們因為氣化糾結在一起而成為一個個家族，為了鞏固家族勢力必須團結，長輩對晚輩的情感控管，所重視的痛苦則是群體間的痛苦。

藏族民間故事〈咕咚〉描述湖邊有一片木瓜林，有一次木瓜成熟掉入了湖中發出了「咕咚」的聲音，兔子嚇得逃跑。狐狸問兔子發生什麼事？兔子邊跑邊說：「咕咚來了！」後來，猴子、鹿、豬、羊……一個個拼命跟著跑，直到跑不動後問明原委，才知道是一場誤會讓自己嚇了自己。（陳蒲清，1992：136）這個寓言故事在趣味中帶有濃厚的氣化觀型文化色彩。〈咕咚〉的寓言體現了大家族中沒有秘密、沒有個人隱私的現象，所以就連故事中的誤會也會因此被一再謠傳。

> 緣起觀型文化關心的主軸是痛苦的消滅以達到佛自在的境界。〈貓兒問食〉這個寓言是這樣說的：貓兒想要去偷吃人的食物，所以問母貓該吃什麼好？母貓回答：「人自然會告訴你」。這個故事最後真的應驗了母貓的話，結果令人玩味。這則故事也是著名的佛教寓言，主要寓意在說明世俗的法制其實只會收到反效果。為了怕貓吃掉食物，而將食物藏好的

行為是「此地無銀三百兩」的表現，也代表著緣起觀型文化下尋求解脫的引伸涵意。（陳蒲清，1992：172）

〈父子賣驢〉敘述一對父子因為他人的看法，而不斷地變更行進的方式：父子抬驢、兒子騎驢、父親騎驢、父子同騎、父子感驢等五種情況，但不管任何方式，都還是會遭到旁人指責批評。（陳蒲清，1992：125）一般人觀看至此，可能會體會出討好任何人是不可能的寓意，卻不一定有判斷文化意涵的能力。緣起觀型文化強調解脫煩惱與痛苦。以這個寓言故事來說，父子兩人因為無法看破俗人給予的看法因而感到無助與痛苦。唯有具備「毋庸我執」的理念，方能從苦難中解脫。

過去世時，有城名波羅奈，國名伽尸。於空閒處以五百獼猴，遊於林中，到一尼俱律樹下。樹下有井，井中有月影現。時獼猴主見是月影，語諸伴言：「月今日死，落入井中，當共出之，莫令世間長夜闇冥。」共作議言：「云何能出？」時獼猴主言：「我之出法：我捉樹枝，汝捉我尾，展轉相連，乃可出之。」時諸獼猴，即如主語，展轉相捉，少未至水。連獼猴重，樹弱枝折，一切彌猴墮井水中。（佛陀跋陀羅等譯，1974：284）

單從寓言表面文字內容來看，可能會得到人要有主見不要盲從的寓意解讀，可是從緣起觀型文化觀點來看，則有對於虛幻不實的事物不要汲汲營營追求，因為宇宙萬物都因緣和合而成，所以不需要對萬物執著的意涵。

最後，我針對氣化觀型文化中儒道兩條不同理路的觀念，舉幾個例子作簡單說明。在氣化觀型文化下，每個家族都是一團糾結的氣，因為儒家的影響力大，所以一直以來我們都是重視群體比重視個人來的多。也因家族間講求去私心私利以得公心公利的原則下，讓情感須緊密聯繫的基礎造成個人私密空間與事物的被剝奪，個人的一切都得攤在太陽下供家族的人評論或了解。在儒家思想的管理之下，透過情感聯繫相互管控，確實讓中國社會的倫理或秩序幾千年來受到良好的掌控，但是卻間接削泯了個人創意發想和擁有個人自由的權利。道家思想有別於儒家重視群體痛苦的解除，講求個人心靈的自由與逍遙，這讓一直受到禁錮的個人心靈有了適度解放的機會。《莊子‧達生》中有一篇〈呆若木雞〉的寓言是這樣的：

> 紀渻子為王養鬥雞。
> 十日而問：「雞已乎？」曰：「未也，方虛憍而恃氣。」
> 十日又問，曰：「未也，猶應嚮景。」
> 十日又問，曰：「未也，猶疾視而盛氣。」
> 十日又問，曰：「幾矣，雞雖有鳴者，已無變矣，望之似木雞矣，其德全矣。異雞無敢應者，反走矣。」（張松輝注譯，2007：315）

鬥雞從第一階段的訓練時尚處於全靠外在聲勢來表現體力和氣魄，到第四階段完成訓練時已經是內在德性圓滿，對外無動於衷的境界。（傅佩榮，2001：36）這則寓言述說了莊子在氣化觀型文化中，走出了一條不同於儒家利用情感相互制約擴展家族或群體勢力的道路，而使個人找回個人心靈的自由與逍遙。另外，儒家思想非常重視五倫，其中的親情是相當重要的一環，但是莊子認為的孝順卻和我們所熟知的儒家孝道有極大的分別。《莊子・天運》中寫道：

> 以敬孝易，以愛孝難；以愛孝易，以忘親難；忘親易，使親忘我難；使親忘我易，兼忘天下難；兼忘天下易，使天下兼忘我難。（傅佩榮，2001：39）

以這篇寓言來說，莊子認為「孝順」有六個層次，第一、二層境界是儒家孝道中對父母相當重要的「敬」與「愛」；但莊子卻認為把層次拉到第六層，也就是讓雙親感覺不到子女的愛與孝順，但卻又能事事順心如意才是真正的孝順。從這個寓言中可以知道，莊子認為人要擺脫世俗的批評和眼光，選擇自己認為對的生活方式，使天下人不用注意到我，而我也能自由而輕鬆的生活。

儒家重視人倫和諧和社會安定經營。強調要去除個人的私心私利以維護公心公利，雖然莊子也強調要去私心私利但目的卻是為了脫離群體約束、不受任何名利吸引而自在生活。那種得以在社會情理制約下自由生活的方式，對長期在儒家思想生活的我們來說，道家思維讓人心獲得鬆綁，也是讓自己得以發揮創意和啟發無限想像的契機。現階段的教育政策中，重視激發學童創意、尊重個別差異、給予適性教育，這些良善的用意倘若還是以傳統儒家思想教導恐怕會因為太多的倫理侷限而成效不彰；但莊子的道家哲學此時卻能作為輔助學生在社會倫理既定的規範中，尋找自我潛能、發揮個人想像力的最佳的輔助利器。

第二節　莊子寓言引進讀者劇場以強化教學作用

周慶華認為「基進求變」和「創造或形塑新類型」可促成文化的躍進。（周慶華，2006：43）在生活周遭，有許多深具價值的經典名著或傳世作品會在不同的時代背景或社會環境影響下經由改編繼續流傳，而改編的過程中有些是內容的調整，有些則是表現形式的轉變。電影《戰慄遊戲》改編自恐怖大師史蒂芬金的同名暢銷小說；金庸的暢銷小說《神鵰俠侶》也被多次改編後於電視、電影中播放；中國經典作品《西遊記》更被改編成漫畫、電視、電影……等多種載體呈現。

> 2005 年倫敦上演一齣名為《傑瑞史普林格》（Jerry Springer）的音樂劇，因為禁忌內容，激怒教會團體上街抗議。這齣音樂劇取材美國人最具爭議的脫口秀節目。史普林格是電視節目主持人，在螢幕上扮演「調解」家庭糾紛的角色，不過他的調解經常讓當事人口出穢言拳腳相向，因此在美國惡名昭彰。英國劇場界在 2003 年看上這個題材，改編成音樂劇，劇情比現實更聳動。整齣劇不但使用穢語高達 300 多處，更影射耶穌是有戀屎闢的同性戀者，雖然被教會人事指控，卻獲得英國音樂劇最高榮譽奧立佛獎的肯定，更由 BBC 電視臺進行全國播放。（林采韻，2005）

同一件作品、同一個事件經由不同呈現方式處理，所產生的效果和影響的對象、層級都會有所差異。風靡一時的《哈利波特》以電影呈現和以文本方式撰寫時所要呈現的重點可能就會有所不同，因為人對紙本閱讀和透過畫面閱讀的感受是不一樣的。用不同的表現媒材呈現作品，可以吸引更多族群的加入。

莊子寓言常被認為是哲學思想較重的經典著作，能理解或吸引的讀者、觀眾多半是知識分子或者喜歡思考閱讀的人。至於國小學童對於這類哲學方面的書籍則是敬而遠之。但弔詭的是同樣具有哲學意涵的《伊索寓言》卻有不少兒童版的翻譯文本。可見寓言這樣的文體對國小學童來說是具有吸引力的，只是鮮少有人想到把莊子寓言也改編給學童閱讀。確實相較於莊子寓言，《伊索寓言》的主角有大量的動物，故事也比較生動有趣，自然對學童的吸引力較高。但莊子寓言中有很多人物或情節對學童來說可能是陌生或艱澀的，為了讓學童對莊子寓言中所傳達的氣化觀型文化內涵更為清楚，在表現的形式上勢必需要進行改編。

以目前市面上所見的《莊子》來說，已經可以看見紙本以外的呈現形式，如：蔡志忠以漫畫手法繪製創作了《自然的簫聲——莊子說》、《莊子內篇第六大宗師》；另外還將漫畫做成卡通影片的方式呈現，可是礙於內容仍不足以讓人一目了然，所以至今能吸引的仍是少數群眾！為了讓更多國小學童開始認識並漸進式的了解、喜歡自己的文化，我決定透過不同的表現平臺「讀者劇場」來呈現莊子寓言內容。至於為什麼莊子寓言引進讀者劇場能夠強化教學作用？我認為有幾個原因：

一、東方的文學搭配西方的教學方式，新鮮感十足

讀者劇場具有增進文化素養的優勢，因為在閱讀不同類型文本的過程中，學習者可以有不同的文化刺激，並增進其對各種文化的理解。（黃國倫，2006：38）何淑真（2005）在〈要讓孩子有思想、能清楚表達：英國、法國的語文教育改革〉一文也說到法國的語文教育中重視閱讀以前的名作和當代的作品，不但可以激發好奇心、提升想像力，並讓學生在學習過程中了解到共同的文化情感。前面曾提到《莊子》在表現的平臺上有純文字、漫畫以及動畫等方式，可是內容上因為沒有針對國小學童的身心發展與興趣加以設計，所以通常不會吸引小朋友的注意，因此改編調整之後才能作為學童學習文化的素材。

讀者劇場的實施，讓老師可以引導學生閱讀中國傳統寓言著作《莊子》，並發揮巧思進行內容的改編創作。傳統氣化觀型文化的含蓄精練在《莊子》的內涵中清楚可見，讀者劇場裡人人有機會表現的創造觀型文化特質也具備，二者搭配後讓兩種文化特質產生變化。對學生戲劇表演是件令他們興奮的事情，而演出的內容又是先前鮮少接觸的，相信一定能激發出學生對於新事物參與的新鮮感。

二、演出劇本內容，統整語文能力，效果卓越

語文科是所有科目學習的基石，一個語文能力佳的人，文字的敏感度、理解力自然比較高，對於其他學科文字描述背後的意義也

比較容易了解。所以語文的學習在國小階段非常重要。目前九年一貫課程當中，語文領域包含了國語文、英語文和鄉土語，而早期大量的國語教學時數也被東減西扣到所剩無幾。在有限的時間裡要有效提升語文聽說讀寫能力確實需要方法。因為將聽、說、讀、寫分開教學不但缺乏整體性，也會浪費掉很多寶貴的時間。現在的國小課表裡看不到文化學習的名稱，所有文化的課程都只是融入各科當中，搭配課文內容一併教學，缺乏教材的系統性。

> 透過聽故事，孩子更有興趣於閱讀、喜好語言、增進他們的聽力、字彙、理解、排列、回憶。聽故事也能讓孩子接觸自己或他人的文化。（張文龍譯，2007：27）

透過讀者劇場呈現莊子寓言的內容，不但可以有系統的讓學習者揭開一直以來感覺神秘的文化面紗，也可以透過整體活動參與時的親身體驗，獲得語文聽說讀寫上的具體訓練，是個兼顧文化、語文和藝術學習的好辦法。

三、仔細揣摩寓意，扮演角色用心，參與度高

主導讀者劇場實施的對象不是老師，而是全體參與的學生。從最初的寓言故事閱讀、寓意探究以及對於終極信仰「道」的感受、劇本改編、選角、練習、上臺演出、事後的檢討回饋……等一系列的活動中，老師都只是從旁引導的角色。大部分的步驟都必須由學員親自參與。為了讓整個戲劇表演更為傳神不失真，參與者必須在

事前用心體會、不斷地討論揣摩，進入到作者的思維中、並找出莊子寓言中可能想傳達寓意或中心思想。接著則是針對設定的主軸進行後續一連串的活動。因為事前花了很多心思去了解故事並認識每個人物的特徵、個性和行為，所以表演時能夠更清楚每個角色的定位。一部戲劇的改寫演出需要很多人力，所以小組的人都得從頭到尾參與並且各司其職。當每個人都懂得為此負責時，參與度自然就大大提升了。

四、異質元素造就新美感，提高學習者的素養和情志

莊子寓言是以書籍形式呈現，而讀者劇場則是動態藝術表演的形式，兩個截然不同的異質元素相結合，產生了不同以往的新美感。這樣的結合非但不會彼此衝突反而有意想不到的效果。透過讀者劇場的口述朗讀呈現，並讓孩童在熟讀劇本的同時，認識中華文化以及氣化觀型文化在生活與藝術中的影響。王建華（2001）在〈國語文教學與情志〉一文中指出教育語文表現的重點在反映民風、集一情志、變化心靈、為民眾思想生活改造的工具、思想意識的升降等。他又認為學習語文的目的有三：閱讀、寫作、養志，也就是吸收知識、表達思想、涵養情志。也可以說語文表現乃是情志的運作和力行。因此除了基本的聽說讀寫能力之外，增加文學素養、提升情志，是語文教育更高層次的目標。

五、內容重複閱讀，多重感官刺激而能讀思並進

單純閱讀是視覺感官的刺激，對於閱讀能力好的人，光是用眼睛閱讀就能體會書中奧妙。但是每個人都具有個別差異，適合的學習方式也不同。莊子寓言本身的文字並不困難，但要國小學童光從文字中體認到文字背後的抽象意涵甚至了解文化背脊則具有相當難度。教育學家杜威強調「做中學」的重要性。相信每個人也針對某件事物親手操作之後記憶歷久彌新的經驗。在莊子寓言裡，我們最希望學童學習的部分既不是知識傳遞也不是技能培養，而是《莊子》那種強調去分別心、去名利後可以自我逍遙的哲學思維。王建華（2001）在〈國語文教學與情志教育〉一文中也強調學習者可以透過三讀教學（略讀、朗讀、精讀）提高閱讀思考的能力。而戲劇化扮演的方式在學習古代經典的過程中，能讓學生透過教學活動，對新舊時代的文化加以認識與類化，進而建立正確的情志、培養理想的人生觀。因此我相信透過讀者劇場多重感官刺激的教學，能讓所有參與者在戲劇演出過程中宛如置身於《莊子》描繪的情節之中，並在表演前的準備、表演當下和爾後的師生討論裡感受到莊子寓言的奧秘並進入讀思並進的境界。

六、全體參與演出，注意力容易集中

學生身心特質會因為年齡而有所差異，一般而言年紀越小的孩子專注學習的時間越短，然後逐年提高。擔任教職工作多年的我，

清楚知道學生對於能親身參與的活動或課程持續的專注時間明顯比純講述的課程時間長。讀者劇場是一個全體參與的教學活動，表演者要編、要演；觀賞者要看、要在事後參與討論，所以整個活動實施的過程中，學生會分心做自己事情的時間不多，因此莊子寓言加入讀者劇場後可以有效提升學生學習時的專注能力。

七、舊題材新創意，展現教學優勢

在不同文化體系中，經典著作的沿用性相當高，例如：《伊索寓言》中的〈北風與太陽〉、〈狼和小羊〉、〈行人和熊〉；歌德吸收民間傳說和寓言締造了著名的《浮士德》；唐代的〈枕中記〉被明代的湯顯祖改編為〈邯鄲記〉；志怪小說〈搜神記〉變為〈南柯太守傳〉再轉化為〈南柯記〉……等，都是成功的沿用實例。寓言舊語新用乃是一種創新！在後代寓言創作上，沿用傳統題材的情況很常見。就本論述而言，無疑也是一種舊題材的再創新。沿用傳統題材遠比憑空杜撰容易，而延用傳統題材更具有三項優勢：體現傳統群眾的集體智慧、避免生硬創作的弊病、容易被群眾所認同，並能在民間生根。（陳蒲清，1992：113～114）

在學術論文的研究範疇中，莊子寓言一直是深受學術界喜歡的重要題材之一！而本身蘊含的故事性莊子寓言，是對國小學童傳達氣化觀文化型的絕佳選擇！為了克服內容過於艱困的問題，本節詳述透過讀者劇場的操作後可能有的好處，讓師生、家庭或一般的表演場域人員可以嘗試共同將內容進行劇本式的改編並演出。使學童透過劇場演出的過程，逐漸了解、甚至將氣化觀型文化的思想予以內化進而成為生活中的一部分。

讀者劇場和莊子寓言的相互搭配對很多人應該是想都沒想過的事情，但是「創意」通常是從有到無或者兩個或兩個以上的舊有概念加以結合變化，所以我秉持著教學應該求新求變的理念，試圖把這兩個看似無關的元素結合，希望能夠為傳遞氣化觀型文化盡一份微薄之力。

第三節　莊子寓言讀者劇場化的美感特徵

文學作品的美和其他藝術品的美稍有不同，其他藝術的美顯現在比例、均衡、光影、明暗、色彩、旋律等，而承載或身為文學作品的美的形式卻不得不關聯「意義」（內容）。通常大家談論文學作品的美，可能就是表露於形式中的風格或某些技巧（表達方式）。審美的機趣對人來說是永不斷絕的，它可以用來安撫情緒、紓解或激勵等。此外，一個欣賞者倘若能從作品中經驗到不只是表面的意義，還能夠有一種異於現實感受的喜愛，而這種喜愛是現實的喜怒哀樂混合釀成的更純粹的感情品質，例如：詩人營造的意象。那麼這些也都能夠通稱為美的經驗、美的感情或價值情感。創作者將美感隱於喜怒哀樂的意象中用語言或其他記號表達；欣賞者再將其記號用心還原成喜怒哀樂的意象，並從而感受美感。（周慶華，2007a：247～249）本節的美感特徵描述，就以周慶華廣義的美學來說明，分別以內容形式、藝術哲學、整體的文化的藝術向度來說明。

一、在藝術的內容形式上

（一）作品由紙本變成戲劇；由單一視覺感官欣賞到多重感官刺激

不同素材都有專屬的藝術表情，文字美的表情和戲劇美的表情就有很大的差別。文字本身或蘊含主旨的美可以在讀者閱讀的過程中透過沉思或品味中獲得，而戲劇的美則是透過表演者用眼睛看、耳朵聽、心裡思考後以表情配合肢體、口語內容來呈現。就感官刺激來說，戲劇對學童的力度比純文字來的強。所以《莊子》的藝術精神價值以讀者劇場口語朗讀來呈現，可以讓學童在過程中抒發情感和表現思想，而欣賞者也能夠沉浸其中感受戲劇的張力和美感。葉鑑得（1999）在〈談朗讀的技巧〉一文中也寫到，文章氣勢要能夠展現必須在朗讀前先做到三件事情：充分了解文意、了解作者寫作背景、了解作者。充分了解文意，可以多閱讀賞析、評論、參考資料等，都能有助於了解原文。他認為朗讀能夠在聲響繫乎文辭，辭情交融的前提下，讓文章內涵義蘊表露無遺。朗讀者沉浸其中，陶醉、抒情，怡然自得；聽者不僅感動於聲情、節奏，也可以體會、欣賞作品。因此，將原有的《莊子》由文字轉變成劇本並演出的做法，讓單一視覺感官欣賞晉升為多重感官刺激，也讓文學的美感層次提升。

（二）從個人閱讀到同儕討論，互助學習中感受群體合作的人際和諧之美

當老師下放對學習內容的探索權力時，學生能在實際的行動中摸索進而建立自己對於各種事物的觀點。當老師重視創造學生的思考機會，讓學生主動參與學習活動時，學生的創造與想像才能施展。讀者劇場的實施需要學習者全程參與，因此在操作的過程中同儕間的關係相當密切。學習者在參與讀者劇場中的劇本改寫、臺詞設計、表情動作安排、文化內涵的探討、表演前的彩排、正式演出時的搭配，甚至到表演後的檢討改進、習得內涵的分享，在在都需要同儕間的相互合作。團體合作過程中，難免會有摩擦或爭執產生，此時老師只負責引導和過程中的部分支援，其他在執行過程中同儕間的互動問題，讓同儕共同去克服與面對。一次次的困難排除都會更凝聚學童們對任務的向心力，也更能在一次次人際關係的處理當中，逐漸體會到人際和諧之美。

（三）從適合成人閱讀的題材內容轉而為兒童也能夠理解的內容

充滿想像力和趣味性的作業，能啟發孩子們的創意，也可以讓孩子心靈裡的細膩思維都被激發出來。（陳之華，2009：146）莊子寓言原始理念的傳達對象應該是具有思想能力的成人，因此要轉為兒童也能閱讀或參與的文學作品也是一種技術上的藝術展現。但從現實面的考量來看，哲學氣息濃厚的莊子寓言，寓意較難讓學童一

目了然，過於艱澀或和生活經驗脫節的價值思想會降低學童學習的動力。所幸透過讀者劇場的加入讓莊子寓言的呈現變得有趣，加上可以運用想像力完成劇本創作甚至參與演出，成就了不同年齡層的藝術創作。

（四）敘事視角改變了獨自旁觀立言的缺憾

讀者劇場應用在莊子寓言的呈現上，讓《莊子》多數敘事視角以第三人稱寫作的內容，可以透過改寫成為第一人稱的參與，學童扮演的就是劇中的主角，開展了感受內容真實度的情境，也能夠調整傳統莊子寓言獨自旁觀立言而無法置身其中的缺憾。因此當敘事視角改變之後，學童能夠體會到聽別人的故事和演自己的故事的明顯差異，並經由參與劇本改寫演出，使自己更了解劇中角色的個性或特質，對整體內容的鋪陳安排也會更為準確，積極的參與過程將使學童對於原作者的感官體驗有身歷其境的感受。（唐淑華，2004：27）

（五）傳統文學、現代戲劇的藝術結合

莊子寓言是中國傳統文學史上，先秦時期的重要文學作品之一；讀者劇場是西方科學現代化下的產物。中國傳統下的含蓄內斂在《莊子》的寓言中一覽無遺；讀者劇場的趣味活潑和動態展現則是主要精神的表現，稍作改編為符合潮流和對象的作品。不同元素間的相互結合，完美呈現出一個全新的藝術詮釋模型，這樣的結合

中跨越了文化，也走過了古今。一個新的構思發想正突破制式的思維，展現出一股新的藝術氣勢。

（六）改編中增加了角色的數量，增添戲劇演出時的豐富性

莊子寓言具有簡潔但涵意深遠的特性，原始內容的篇幅都不大。但是簡潔的文字間傳遞的藝術精神或價值，很難讓學童只透過閱讀活動就能歸結出來。透過表演的過程，學童必須在演出前思考揣摩並和自己現有的經驗作結合，經由自我協調的作用（同化與調適），讓新作品在心中產生意義。為了不淪為空泛的想像，而在莊子寓言讀者劇場化改編的過程中只要不逾越氣化觀型文化的範疇，學習者都能夠藉由自我想像力來發揮創意。設計較多的角色，讓更多人可以在同樣的時間、場域當中討論進而促使團體對《莊子》內容凝聚出共識，也讓表演的過程更具豐富性。

（七）口語、肢體表現豐富、象徵比喻以動態呈現

讀者劇場原本就具有朗讀者透過表演學習到以創造性的方法整合閱讀和寫作的知識技能，而觀眾也體驗到文學性的思考意涵及情感內容的藝術價值。（張文龍譯，2007：IV）加入了莊子寓言作為讀者劇場表演題材後，除了原有的戲劇價值，如：戲劇的基本概念、操作方式、肢體口語表達技巧、對語文的敏感度、劇本撰寫技巧、國字的認讀、詞彙的應用、句型的修飾、劇本各章節結構安排等相關知識技能都能使靜態的象徵意涵活絡化，也讓

莊子生平、創作動機、體裁特色、時代背景等內容更容易被學童認識。

（八）表演場域廣、藝術界線寬

可以用來發揮創造性的兒童遊戲很多，其中一種就是「演戲」，這是兒童非常喜愛的活動。活動中兒童不一定要在特定的舞臺上表演，場地也不一定侷限於教室之中，砂堆、樹蔭或草地上都可以是演出的舞臺。（劉安屯，1982：236）透過角色扮演的活動，讓學生的學習範圍不再侷限於科目本身的知識獲取，更不該是為了考試而學習，而能夠更廣闊的延伸至對歷史文化的認識，對社會人文的關懷，甚至對於人與自然間的互動有更深一層的體悟。本論述在接下來的三個章節會針對不同場域的特性，分別規畫適合的教學策略和教學內容，學童在不同場域裡參與讀者劇場活動產生不同的心靈感受。當學習跳脫於學校制式課程之外時，那種對藝術視野和興致也會跳脫「藝術與人文」的課程架構。學生會覺得莊子寓言讀者劇場化不是課堂上的內容，而是一場角色扮演的遊戲時，心境上也會變的更為寬廣，接受度也能提升進而擴大對文學、藝術學習的興致。

二、在藝術哲學上

西方美學表現出強烈的生命力和精神力，而中國傳統美學則呈現虛實相涵、迴環悠揚之美。（周慶華，1997：125～126）美學和哲學其實是一體兩面，倘若單純從世俗的美來定義莊子寓言，可能只會從寫作形式、內容取材上的美感作表層的分析。但莊子寓言藝術價值最高的部分是超越技術或感官所及，而是昇華到了精神超脫的境界美。更具體的來說，《莊子》呈現的是那種逍遙自在的性格；而那種去名利、去生死的信念本身就是一種哲學上的藝術。它具備了崇高美對後世也有高度的藝術價值。

思想是最難具體呈現的意象，因為它看不見也摸不著。可是戲劇的演出卻能夠讓表演者進入思想的中心，去感受、去體驗進而建立出一套屬於自己的藝術哲學。如同第四章中所提及在中國教育尚未普及的社會裡，一般老百姓的倫理道德觀念，正確的人生態度和善惡的判斷準則，大多源於戲劇和說書中所獲得的。生命本身就是一種藝術，如何超脫現實世界的束縛讓思想的解放，使心靈感覺到自在喜樂？讀者劇場的戲劇特質就可以是絕佳的選擇，因為莊子寓言中對於描寫道家自在逍遙、超脫世俗的意象極為鮮明，還有大量對話的設計安排，和戲劇表演的主軸極為類似。相信莊子寓言透過讀者劇場的搭配後，將更能彰顯逍遙解放自由意境後的哲思，也能昇華託物寄興的藝術價值。

三、整體文化的藝術向度上

陳正治（1999）認為國語科教學應包含三大層次，分別為語言層次、文學層次、文化層次。語言層次是基礎的字詞句基本功的練習；文學層次指文章的結構、文法、寫作技巧編排等；文化層次則是進入到了文章的內涵，也就是探討作者心中欲表達的理念與想法。文學最高的藝術價值在於形式內容之上的哲學或文化意涵。何淑真（2005）在〈要讓孩子有思想、能清楚表達：英國、法國的語文教育改革〉一文中提到：

> 法國新版的高中語文教學大綱把語文、文學和文化作為學習的中心內容，讓學生們閱讀形形色色的作品，透過各種文學作品的美感和思想，提供豐富的學習材料。

中國傳統美學強調美和善的統一，注重藝術的倫理價值；西方的傳統美學強調美與真的結合，注重藝術的認識價值。讀者劇場中擔任朗讀的演員倘若能對莊子寓言的內容充分了解，並清楚原作者所欲傳達的主旨時，便能替其中的各個角色規畫不同的性格特徵，並傳神的演出不同的角色，更在表演的過程裡體現氣化觀型文化中的美和善。要讓傳統文化有價值或能影響人，必須要能表現現實精神且反映人民心聲，當人民認同文化對自身能產生的益處之後，便能夠產生固守著傳統文化的積極態度，進而欣賞與沉浸於整體文化之中。讀者劇場的應用加速了文化思維的傳播速度，也能吸引更多對文化原本懵懂無知的國小學童，積極加入文化學習的行列，並能以自身文化為基底，開展文學藝術或生活藝術創作的視野。

第四節　莊子寓言在讀者劇場中的改編應用

一、改編應用的目的

人是習慣的產物，習慣了原有的生活後，所有的陋習就看不見，一切的不合理就變成理所當然。因此人有時候必須跳脫出來，甚至跨越文化去觀察才能有不同的發現。（陳之華，2009：6）透過上一節針對異系統文化觀點和同系統卻不同理路的儒道思想作澄清和比較後，更可以確定妥善運用莊子寓言在教學中，能讓學習者在熟悉的儒家思想之下，也找到另一條讓生命得以延伸解放的道家思想。事實上，儒道本來就都隸屬於氣化觀型文化之下，儒家有條不紊的群體管理思想和道家自身逍遙自在無罣礙的思想就猶如知性和感性的完美結合。在儒家思想下社會得以有秩序的運行在正常的軌道之上；在道家思想下，個人得以暫時跳脫儒家倫理道德的規範，而有個人思維放鬆、心境自由逍遙的機會。不同的兩條理路共存於東方社會之中，使我們在解決問題上有多元的思考方向、對事物的論述或見解視野也更加擴大。

只不過我們因長期在教育或政治上都受到儒家思想的影響，並依循著其思想核心設置相關政策或法令生活，以至於道家的影響力與重要性被一般人所淡忘。但是在藝術或文學上，道家思想的自由逍遙卻一直影響著中國傳統藝術家或美學的創作；道家思維一直是激發創作靈感的泉源，其重要性不容小覷。儒道都是氣化觀型文化下的產物，雖然我們可以從文獻或大量的研究結果中知道「文化」對於一個民族實體存在和發展具有極為關鍵的影響力，但是文化學習卻一直都是被教育內容忽視的一塊，以前國小階段至少還有倫理道德的課程能讓學生認識文化，可是目前的九年一貫課程中已經沒有這樣的課程。倫理道德這種和文化相關性較高的課程必須在各領域中教學，被忽視的機會就更高了！加上教師如果對文化系統沒有全盤性的認識，恐怕文化的學習都只能蜻蜓點水帶過而已。

幾千年來，我們受到儒家思想的影響，因此生活中就算沒有刻意學習也能理解在遇到問題時以儒家思想作為解決的道理。反觀對藝術文學創作具有高度影響力的道家思想，卻因為非社會秩序維繫的主流，而讓人忽視了它存在的重要性。今日的社會，生活步調快速造成很多人的生活壓力過大，但從古至今沒有人以系統性的方式協助人們學習放鬆、學習給自己在困頓或家族緊密的制約中學習快樂或逍遙。久而久之，人們的創造力被侷限了，想像力匱乏了，更別談對文化的認知了。千年來的智慧結晶一點一滴遭西方創造觀型文化的浪潮淹沒，成了對自我文化陌生的個體。為此，我興起了把莊子寓言讀者劇場化的應用場域從學校跨足到家庭及表演場域之中。讓莊子寓言中富涵的道家思想有更多元的管道去幫助學童找到自己、激發創意，成就一個個性格獨特的個體。

二、相關語詞界定

為了確保讀者劇場方式的使用，能夠將莊子寓言中所蘊含的重點完整呈現，必須進行寓言的改編。但在事前，還得針對「改編」一詞的定義與做法加以說明（至於莊子寓言和讀者劇場的定義請參閱第二章）。林文寶（1994）提到改編的意義為：

> 改編，或稱為改寫，是就原有材料加以改編，或長篇改短篇，或短篇改長篇，甚至可以把散文改成韻文，或韻文改成散文。改編，可以說是界乎翻譯與創作之間，既不似翻譯之受限於本文，也不似創作之凌空。

在《現代漢語詞典》中改寫和改編的意義，前者有兩種涵意：一個是「修改」，意指論文在吸收別人意見的基礎上；另一個是根據原著重寫：把這篇小說改寫成劇本。（中國社會科學院語言研究所詞典編輯室，2005：436）而後者也有兩個涵意：一個是根據原著重寫（體裁往往與原著不同）；另一個則有改變原來的編制的意思。（同上，435）而「劇本」一詞的意義為戲劇作品，由人物對話或唱詞以及舞臺指示組成，對戲劇排演、演出的依據。（同上，741）從上述的定義之中可以知道本論述兼備了改寫和改編的功能，將原有傳統文學轉為故事體再改編為劇本，並在內容上增加人物對話以及相關的舞臺指示內容。

三、改編應用的設計重點和注意事項

（一）注意事項

> 改寫者在執筆前，不僅對故事本身要了解，甚至對它的背景、環境的一切，都要把它當作自己身歷其境的事物。唯有如此，才能把資料收為藥囊中的藥材，而站在產生神話的那些人的生活、立場、想法去從事寫作。（傅林統，1999：136-137）

改寫重視把內容當作身歷其境的事物，但是當作品中的角色若與學生的生活經驗、生長時代、社會背景、生理結構、動靜特質差異太大時，會產生學生無法對作品感同身受的情況。（王慧勤，2002）因此在寓言故事背景的交代上要多花心思琢磨，以求和學童的生活經驗不會有過大的脫節。此外，改寫者需要將原始文本中被壓縮的部分加以伸展，把斷裂的、不明確的部分加以聯繫或針對人物、事件做細部描寫並添加說明，至於索然無味的地方就加以潤色。（傅林統，1999：148）劇本的編排設計必須考慮到觀眾的特質，以本論述的對象「國小學童」而言，張曉華認為其劇本改編後的特質應該包含以下八點：善良道德觀的建立、劇場參與的團體互動、豐富想像力的培養、情緒易於反應抒解壓力、學習理解能力不同，觀眾有年齡區隔、耐力限度的考量、美感判斷力的養成、好惡分明的價值觀表現。（張曉華，2002）

因此，莊子寓言的改編不僅止於文字從文言到白話的變化，更要以孩童為主體，設計適合以讀者劇場方式呈現的文本內容，配合學生的身心發展、學習階段加以安排；讀者劇場的劇本、角色對話、潛含意義的導出設計，勢必都須加入諸多心力。此外，改寫的過程中會遇到書面語轉口語表達的過程，為了避免書面語的字彙過於難懂或讓聆聽者無法快速了解而影響到對於整個內容的認識，因此將莊子改編成劇本時對於口語的文字設計也需多加注意。何三本認為避免聽來發生誤解，如：「得到」和「躲到」這類發音相似的字詞就應該與以區別。（何三本，1995：209～212）

莊子寓言讀者劇場的場域應用上，教學現場可能是表演人員最多的場域（表演場域次之，家庭場域人員可能最少）。為了讓更多人能共同參與，劇本中角色要在不影響整體故事寓意主旨的前提下增加。而在安排人物性格何三本認為應避免的缺失和設計技巧如下：

1. 忌平鋪直述，只顧流水帳的敘述，沒有特徵特性。
2. 忌臉譜化與類型。
3. 忌未賦故事人物予靈魂、動作、思想、與眾不同的個性，使得篇幅雖長，卻沒有灌注好奇、衝突、矛盾的生命和活力。（何三本，1995：192）

而呈現人物性格的技巧，首要在對比設計：

1. 生理因素：如高矮、年輕年老、男女等。
2. 社會因素：如藍領和白領階級、高階與低階等。

3. 個人因素：內心與外在的矛盾衝突、過去和現在的不同、家庭教育和學校教育上的差異等。（同上，192-194）

（二）設計重點

1. 主角設定

依照上述的注意要點可以知道，劇本當中角色的定位是決定劇本改編成功與否的重要關鍵。人物設計上要具備靈魂、動作、思想、與眾不同的個性，生理社會個人因素透過對比強烈來呈現，此外小孩子喜歡以動植物人格化呈現角色的方式（何三本，1997：456；徐秀華，1995），所以建議在人物的塑造上可以讓小朋友就認知的動物習性來做劇本的人物創作。莊子寓言中有許多動物出現的篇章，可以由動物為主的寓言出發，漸進式的帶入以人物為主的寓言故事，以符合學生喜歡想像、劇情誇張、主角可愛活潑或者是學童熟悉的風格。若真的遇上固定形象的部分則應發揮不同的新意，免除學童的刻板印象。

2. 內容改寫

往往在文本當中最重要、最有特色或讓人最為熟悉的部分，通常是被保留下來的內容，而被替換掉部分則是改編者可以盡情發揮創意的空間。林虹汶（2006）莊子寓言在改編成劇本前，老師或指導者應該先針對該寓言故事中最精華或最具教育或文化意涵的部分予以保留，尤其是涉及統攝一切的氣化主宰或者是關於「道」的描述不但要記載下來，在改寫劇本的時候還應該設計相關的事件去凸顯其重要內涵。而在書面語改寫為口語上，應該在事前多觀察、體會、紀錄兒童語言的特性，方能設計出適合兒童語言特性的劇本。何三本認為一般劇本對話設計的原則如下：

(1) 對話要能表徵人物性格、年齡、身分、職業、教育程度。
(2) 對話要能具有人物前後一致性。
(3) 對話要句生活化——自然、口語、合乎情境需要。
(4) 對話不可太長，每句至多不可超過五十字。人物年紀越小越應遞減。

（何三本，1997：458）

在《莊子》書籍的選擇上，建議給學童白話文且文字描述的字句難度較低的文本來使用，部分用來專做研究或白話解釋上深奧難懂或用字遣詞太難的翻譯本則不適合給學童使用。因為學童在文言文的閱讀上有絕對的難度，翻譯後字句艱澀的文本用來給學童翻譯，也可能造成學童讀一無所知而囫圇吞棗，並產生改寫的劇本嚴重偏離主題的情況。

3. 時間與空間背景轉換

林虹汶（2006）在進行童話改寫的過程中，發現角色個性化情節的保留與再造、時空氛圍的改變、敘述視角的切換是需要注意的部分。以空間來談，讀者劇場是外來的教學方式，當初是他國用來指導學生作為語言學習的工具。對於英語系國家來說，實施讀者劇場教學時，劇本的改編創作通常只要直接將敘述性的故事或文本內容改為對話形式即可。但是莊子寓言讀者劇場化中的劇本卻不能直接轉化。原因是中國字的發音具有聲調平上去入四聲以及平仄交替組合的變化，而英文卻只需要以輕重音標示即可。如果莊子寓言像英語文一樣直接將文本轉化為劇本，學童一定不懂文句的意義。此外，有些國語的詞語讀音相同意義不同，如果單純透過閱讀是可以理解的，但是直接當發音相同的語詞直接轉化為劇本時，就容易發生意義誤解的情況。讀者劇場是從國外引進臺灣的一種創新教學模式，但是我們在應用之餘需針對不同國家語言的特性修改後應用，倘若只是一昧的將國外讀者劇場中朗讀教學的技巧施行在學習者身上，很可能導致事倍功半的反效果。接著談到時間的部分，莊子寓言從創作到今日已經有幾千年的歷史，當時的時代背景、政治局勢、生活習性等等和現在早已經是天壤之別，幸好莊子在寓言的寫作中，有很多事不涉及時代或年份的。因此選擇莊子寓言進行改編時，不妨從擬人的主角或者無明確歷史年份的寓言著手。

4. 場域安排

莊子寓言讀者劇場化的研究重點乃是希望學習者透過一個簡單方便的讀者劇場教學活動過程來達到預期的教學、表演或娛樂目的。不同於一般教育性的論文總是將重點設在學校教育中，我試圖將研究版圖擴大到家庭和表演場域之中。因為文化是無所不在的，光是在學校既定的課程中實施文化教學，時間和空間上都過於短缺，因此我將利用接下來三個章節針對不同的場域特性安排讀者劇場的教學活動，也為讀者劇場在各個場域中訂定了不同的目標。為了讓讀者更清楚三個場域間的相同與相異處，我將各場域間的學習核心、應用重點、主要目的、和次要目的，分項列表供有需求的人作為使用參考。

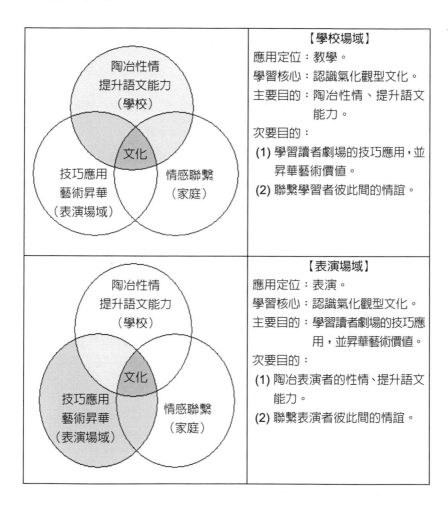

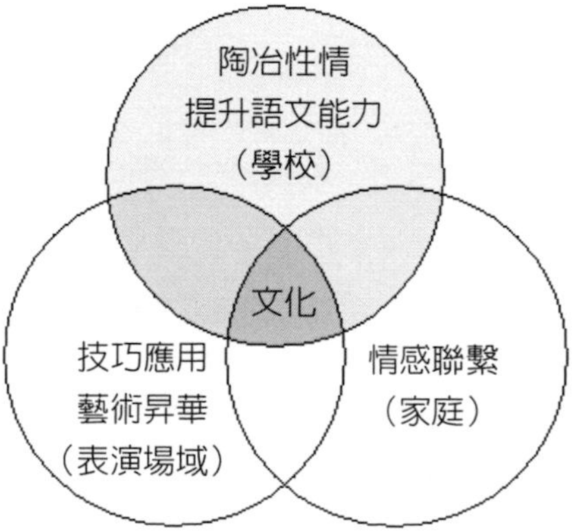	【學校場域】 應用定位：教學。 學習核心：認識氣化觀型文化。 主要目的：陶冶性情、提升語文能力。 次要目的： (1) 學習讀者劇場的技巧應用，並昇華藝術價值。 (2) 聯繫學習者彼此間的情誼。
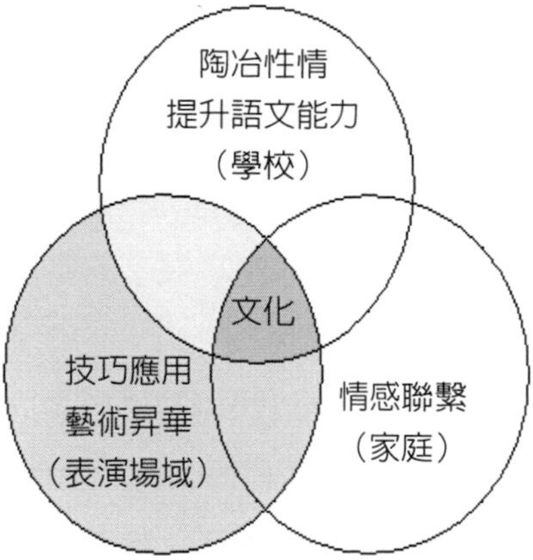	【表演場域】 應用定位：表演。 學習核心：認識氣化觀型文化。 主要目的：學習讀者劇場的技巧應用，並昇華藝術價值。 次要目的： (1) 陶冶表演者的性情、提升語文能力。 (2) 聯繫表演者彼此間的情誼。

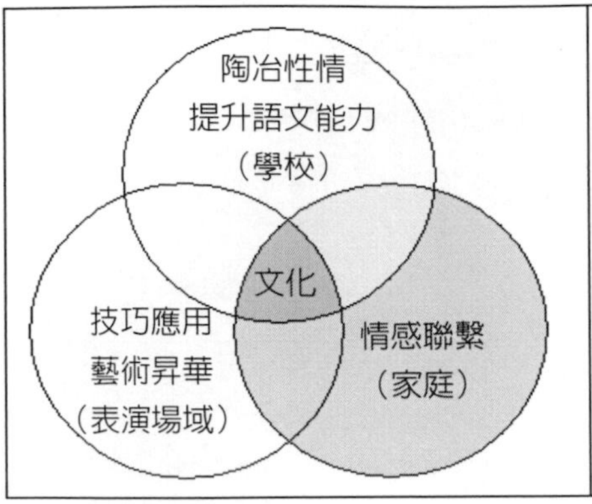

【家庭聚會場域】
應用定位：家庭娛樂。
學習核心：認識氣化觀型文化。
主要目的：聯繫家人與親友間的情誼。
次要目的：
(1) 學習讀者劇場的技巧應用，並昇華藝術價值。
(2) 陶冶性情、提升語文能力。

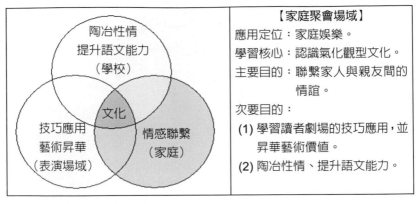

圖 5-4-1　莊子寓言讀者劇場化三大場域定位與教學目的關係圖

從表中可以清楚對照出三大場域應用上的同異。以學習核心來談，三大場域都是以認識氣化觀型文化為最重要的工作；「學校」是一個教學單位，所以「教學」是莊子寓言讀者劇場化應用重點，其主要目的在透過系統化的時間安排和教學設計，統整語文科和藝術與人文科的內容教學，讓學生認識文化並透過傳統文學作品的欣賞和演出參與，進而拓展藝術欣賞創作與鑑賞力。「表演場域」應用的主軸一樣是文化學習，但是在表演的技巧上與藝術價值的標準上，要比學校單位來的高。次要目的則為陶冶表演者的性情、提升語文能力與聯繫表演者彼此間的情誼。「家庭聚會場域」的應用重點在提供家庭娛樂的其他選擇，並藉以聯繫家人與親友間的情誼；次要目的則是學習讀者劇場的技巧應用，並昇華藝術價值和陶冶性情、提升語文能力。

綜觀莊子寓言讀者劇場化在不同場域的改編應用，應該會發現其實無論在任何一個場域實施這樣的理論架構，都可以完整包含聯繫情誼、表演技巧提升、昇華藝術價值和陶冶性情、提升語文能力，只是在學習重視的比例上會有所差異。因此，我們可以更加肯定讀者劇場具有統整知識、情意和技能三方面學習的功能。

（三）劇本改寫程序

劇本是表演前最重要的準備材料，而改寫的程序上我以張文龍（2007）和徐守濤（1990）的說法為基礎，加入自己的意見後歸納如下：

1. 閱讀指導者（老師或家長）選定莊子寓言（白話翻譯本）一篇文章。
2. 由指導者和學童共同熟讀故事內容。
3. 分析寓言中的角色人數、對話和純文字敘述的數量。
4. 討論寓言中呈現的寓意，決定表演的主軸（依照場域特性設定）。
5. 決定角色的是否增加或刪減。（莊子寓言中的角色通常是二到三個，倘若在學校場域中實施，建議可以增加幾個角色，讓更多學生能共同參與）
6. 分兩個部分來撰寫劇本：一部分是角色；一部分是旁白。
7. 平衡角色和旁白的朗讀比例，並設計由人物配合事件推動的劇情。
8. 在設計好的劇本內容裡，增加表情或肢體動作的設計。（倘若是表演或家庭場域，還可以加入音樂性的元素呈

現，學校場域礙於時間空間的限制，以簡單方便操作為首要條件）

9. 進行必要的調整。

第六章　學校場域的教學應用

第一節　學校場域的特性

一、「場域」內涵界定

在進入學校場域教學應用之前，我先針對場域一詞進行名詞上的界定。在本論述中「場域」一詞，是參考哲學暨社會學家布爾迪厄（Bourdieu）的理念而來。在一般人的認定中，「學校」、「表演場」和「家庭」只是空間結構不同的場所（或場合）。但在 Bourdieu 的論述中的場域並非上述那種四周圍以建築或其他物體設限的場地，而是蘊含更大範疇的「力場」。他認為「場域」一詞具有幾項特殊的性質：

(一) 透過社會地位或職務所建構而成的空間。

(二) 地位、職務關係上的不同會造就異質的網絡體。

(三) 網絡體是經由權力運作構成的系統。

(四) 在地位職務建構的網絡中，身處其中的人藉此進行特殊利益的交換活動。

(五) 場域說是衝突與權力交換的分配場所，目的在維護或擴展自己資本與地位。

(六) 場域可以分析的類別多元而廣泛，如：政治、哲學、宗教、教育、生活、藝術、哲學……等，也都可以是場域的分析題材。

(七) 場域範圍可大可小，不同場域間可相互包含也可以相互獨立。

（引自邱天助，1998：120～126）

接著談論場域組成成分：場域是由「社會空間」和「社會場域」共同組合而成。而這二者的組成元素也有所不同，也就是社會空間資本結構和資本總量會決定該場域在社會空間中的位置。「社會場域」是指一種資本生產者和消費者間相互競爭的場所。布爾迪厄也用「遊戲」一詞形容競爭的過程。每個參與遊戲的人各擁有不同的資本，彼此利用所屬的資本進行更多資本的爭奪。而「社會空間」則分別由四種資本建構而成：

(一) 經濟資本（包含動產與不動產）

(二) 文化資本（知識能力資格總稱）

(三) 社會資本（透過社交關係拓展獲得）

(四) 象徵資本（名望或認可）

（孫智綺，2002：73～82）

二、學校場域特性分析

（一）學校的社會空間

學校場域的社會空間資本	
經濟資本	學校建築本體、校內所有硬體設備與財產。
文化資本	現有或自創的文學、藝術作品、教師、學校本位課程設計與所屬地方特色、學校氛圍。
社會資本	學童同儕關係、同事關係、行政與教師、親師關係、社區與學校的互動關係、社會機構與學校關係等。
象徵資本	道德規範、倫理建立的教學單位，在社會上具有一定的崇高地位。

圖 6-1-1　學校場域的社會空間資本分析圖

學校的經濟資本受到社會中政治場域和經濟場域的影響很大，因為學校大部分軟硬體設備與財產的取得都必須透過政治和社會經濟管道而來，所以場域是受到政治、社會場域宰制的一方。以文化資本來說，學校是公認的正式學習場所，不論是現有校內的藝術創作、裝置藝術或者教師學童的自創美術作品，都可算是學校的文化資本。而教師本身的學術涵養、各校本位課程的地方特性連同整體學校的氛圍營造，都讓學校成為文化資本相當豐富的場域。

在社會資本上，校園中涉及的個人或團體關係非常複雜，包括學童同儕互動、同事間的互動、行政與教師互動、親師互動、社區與學校的互動關係、社會機構與學校關係等等，每一個人與團體間的關係都會影響到課程實施的成效。在各方面關係都能處理妥善的學校也就具有龐大的社會資本，可惜校園中很難將每個環節都經營到非常完善，光是學童彼此之間就難免會有比較競爭的情況出現，所以學校擁有各個層面的和諧關係只能說是一種超境界的理想，真有這樣的理想境界存在，那麼無論實施任何課程都能有非常高的完成度。在象徵資本上，一般人認為學校是一個倫理道德都有高度規範的場所，而「學校」這個場所本身就是品格態度、學問的殿堂，是社會當中具有高度象徵資本的場所。整體而言，學校的資本結構和資本總量都還算充裕，也因此在社會階級空間中可以立足於不錯的位置。

（二）學校的社會場域

學校的社會場域（公立的學校機構）受到政治場域（學校是公有機構）或經濟場域（學校主要的經營經費來自於政府）的影響很深，因為政治經濟宰制了學校場域的運行。教學現場中我們可以清楚感受到國中小教學內容是既定的（九年一貫課程）、教學的架構是受到規範的；此外，學習的領域劃分、內容設計、教學目標、教學年段安排、需融入的議題……等都會受到約束。因此，學校本位的概念看似將管理的權利下放給各個學校機構，實際上政治經濟場域仍握有決定教育方向的生殺大權。學校場域中的教師在某程度來說只是教育體制中的消費者，可消費的產品全得看課程編審的教授或相關部會首長有哪些產出（課程），而學校能有多少消費的額度，則要看政治、經濟場域願意給多少籌碼了。近些年來由於教育鬆綁概念的普及化，學校和教師能彈性操作課程的機會比以前大。但是每學期上課的總時數、領域科目的課堂數、該學習哪些科目、有哪些議題、主軸一定要教學等，教師還是得要遵照辦理，無法有大幅度的變化。就連彈性課程的安排也一點都不「彈性」，因為以中年級課程編排來說四節的彈性已經被限定的資訊、數學和語文銜接課程或補救教學給消費光了。這幾年吹起了品德教育風，開始強調品德比學問更重要、態度比知識更迷人，其實這些早在幾千年前的先人就已經了解，而且將其轉化為終極信仰中「文化」予以傳承。可惜現在的傳統文化學習，美其名都是融入於各領域課程中，但實際上又有多少教師能夠在融入的過程中有系統的介紹對我們歷史演進、甚至是未來發展極為重要的文化內容？

三、學校場域限制中教學契機

「同中求異」是創意的方式之一，既然學校場域中有那麼多無形的限制，而且讓每個學校都得依著規範走，那麼能在其中找到時間發揮教學創意也是一種樂趣與成就感。絕處逢生，念頭一轉一樣可以在受限的體制中找到為學童注入文化活水的契機。目前國小國語課本中的課文篇幅都不長，其中又以記敘文、說明文、應用文、抒情文等既定文體所侷限，學童在既有的課本內容裡能自行參與創作的機會幾乎是零。幸而目前九年一貫的課程中的彈性節數裡，有兩堂用來作語文的銜接與補強，另外每天的早自習時間也是可以善加運用的時段。利用這段時間進行有系統的「文化」學習，不失為一個同中求異的方式。

以臺北縣為例，目前政策規定每週需有一天的早自習時光進行師生共讀的活動，時間為期一學期（扣除大考兩週，最少都有十八週的時間可運用）的活動設計。如果能利用這樣持續不間斷活動的時間安排莊子寓言讀者劇場化的教學活動，一定能見到學童對文化認識的長足進步。也讓學童更有充分的時間消化吸收傳統文化的精隨與特性。「文化」學習應該是一生中永不間斷的部分，如果真的無法透過上述時間進行完整且連續的文化課程學習時，透過和現有的領域統整融入來進行教學也是一個可以考慮的作法。以領域來說，國語、藝術與人文、綜合活動、社會是文化融入教學不錯的選擇。

單從場合的場域關係來看，學校場域受到的規範束縛比較高，但倘若是單純從莊子寓言讀者劇場化理論建構在其文學（莊子寓言）和藝術（讀者劇場）兩個場域來看，在上課時數問題解除之際，莊子寓言讀者劇場化的操作範疇乃是跳脫於正式表訂課程內容之外，因此會受到宰製的程度就會比學校場域本身要小。因為這樣的課程設計沒有引起政治或經濟場域上的競爭，也無關於階級或社會流動的衝擊的問題，自然也就得以免去社會空間資本競爭的困擾。畢竟文學和藝術活動是具有完全從競爭關係切割分離特性的場域，所以能夠單純回到重視學童進行文化以及情感陶冶學習的目的上來從事教學。

學校場域相較於其他場域來說，因為文化和象徵資本較高而具有高度的社會空間價值。在教學實施上，學校場域較其他場域更具有權威性。學校的象徵資本也會讓家長和學童對在此處的學習價值更加肯定。所以莊子寓言讀者劇場化在學校應用的成敗關鍵，將可以著重在社會資本中的「師生關係」上來處理。雖然一直以來很多社會學家質疑學校其實是另一個文化再製的場所，而且教師正是其中的幫兇之一，但是本理論架構所欲講述的內容是自編的教學課程，而評量也不只是教師參與評量，學童也是評量者之一，在沒有分數或等級高低之分的評量前提下，讀者劇場莊子寓言化應該可以有更高的教育價值。

第二節　莊子寓言讀者劇場化的教學定位

從前一章第四節的場域比較圖中可以清楚知道莊子寓言讀者劇場化在「學校」場域的主要定位是「教學」。而且是以認識氣化觀型文化為核心，以陶冶性情、提升語文能力為主要學習目的；間接輔導戲劇表演的技巧和藝術價值的欣賞。我將層次的重要程度以下圖呈現，金字塔頂端的最為重要的學習價值。

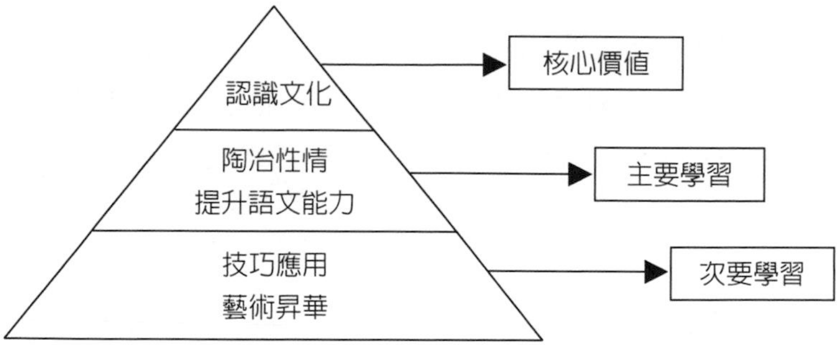

圖 6-2-1　莊子寓言讀者劇場化在學校場域的「教學」定位圖

一、理論架構的「教學」定位設定依據

一般人對於「學校」的印象就是人們學習的場所，教育部的《國語小字典》中對於「學校」的解釋是求學的場所。（教育部，2009）因此，本論述在一開始的定位上就直接設定為「教學」。既然「教學」是莊子寓言讀者劇場化在學校場域中的定位，那接著就要思考要教什麼？認識文化，本來就是既定的也是最重要的教學核心價值，因為文化雖然不是具體可見的實體，卻無時無刻影響著人們的日常生活。那麼除了「文化」的學習之外，有沒有什麼學習是透過學校場域學習效果會遠比在其他場域更好的選擇？思索之後我將「陶冶性情」和「提升語文能力」也納入理論架構在學校使用時主要的學習目的。

先談性情陶冶，一個人的性情決定通常需要長時間醞釀累積，而周遭的整體環境氛圍也會決定其性情。古代的家庭教育對子女在性情陶冶的部分佔了很大的份量，因為子女在家中與父母間互動的時間非常長，因此父母言行舉止、家中營造的氛圍、家庭的規範制度等經營都讓家庭自然的成了陶冶性情、倫理道德教化的最佳場所。反觀現代社會中，小家庭的比例越來越高，加上很多是雙薪家庭結構，父母光是工作就已經心力交瘁，因而造成和子女相處時間相對減少的現象。而在那短短的相處時間裡，許多親子間的對話也多圍繞在課業學習上，假日有計畫安排共同學習或聯繫感情的家庭少之又少，於是傳統家庭可以「陶冶性情」的功能，也只好讓另一個學童長時間活動的地方「學校」取代。

至於「提升語文能力」的目的設定，則是因為聽說讀寫是生活中最基本也是最為重要的生活工具。日常生活需要它、各領域內容的學習也要利用它作為基礎，所以語文能力的好壞不光只有影響到課業成績的表現，還會關係到生活適應妥當與否的問題。聽說讀寫是同時存在於生活中的，因此在學習的過程中要透過課程統整學習，避免將聽說讀寫的語文基本能力切割教學。鄧美君（2004）在〈培養說話高手——說話教學策略之探討〉一文中提到好的說話教學應該具備有：興趣需求原則、共同參與原則、循序漸進原則、因材施教原則。我認為一個好的語文教學原則也應當是如此，莊子寓言讀者劇場化正是符合這樣原則的理論架構。戲劇對學童而言是一種遊戲；從文本分析、腳本設計、排演、正式呈現到最後討論，一切過程都需要全體參與；教師在課程的設計上也會依照年段、學童身心發展特性、目的等不同而採循序漸進設計教學的原則；讀者劇場中的莊子寓言取材、小組討論的分工模式、演出角色分配或分享時的職務分派等，每個環節都需要不同特質的人參與其中，也讓每個人都有表現的機會，落實因材施教的原則。

莊子寓言是文學經典，「讀者劇場」是藝術表現的形式之一，這二個接受熟息的場域和其他場域相較之下具有特殊性，原因在於它們特有的文學和藝術的聲望促使它們具有特殊神聖的地位。也因為能在場域間的競爭或遊戲中脫離，所以能夠依照自己的認定的標準走，而不用擔心受到其他場域特性的干擾或限制。當場域內部的經營權越高，就越能夠脫離其他場域的牽絆而獨立運作，甚至在過程中脫離外圍場域所形成的階級宰制。（邱天助，1998：120～123）以社會中相當強勢的政治場域和經濟場域來說，除非文學藝術涉及到政治或經濟考量，否則人們可以依照自己的自由意志進行創作或發表。所幸莊子寓言讀者劇場化正是那個可以擺脫大量宰制，自由施行的理論架構。

當論述決定將莊子寓言讀者劇場化在各場域中的應用時，我先將學習者（國小學童）所具備的身心發展特質、學童對戲劇的喜好或習性作個說明，讓操作者在不同場域實施之前，能依照其身心特質，為他們安排最適當的莊子寓言讀者劇場化課程。由於六到八節都是針對國小學童在不同場域中的設計分析，所以往後在七八章中就不再重複論述國小學童的身心發展特質。

（一）身心發展重點

一般來說六到十二歲學童（恰巧是國小學童的年紀）的發展重心在好奇心、具體思考和勤奮上。（鄭石岩，2006：198）學童在團體活動，從共同遊戲、定規則、輪流當裁判或共同合作達成遊戲目標的過程當中，也學習到最基礎的合作模式，更能從其中培養思考和溝通的習慣，這些大腦功能上的成長都能在遊戲當中發展出來。（同上，96）而徐守濤也認為：

> 兒童是生來愛表現的，透過戲劇教學，不但可培養人材，更可從戲劇表演中直透兒童心理、行為，不但可以給予適時的輔導，同時亦可讓兒童在輕鬆活潑中吸收經驗，學習多方面的互助合作。（徐守濤，1990：141）

（二）劇本角色安排的喜好

兒童往往喜歡戲劇中的角色是以動植物人格化來呈現。傳統上動植物也都個別代表不同的意義或感情。如：鴿子（和平）、蜜蜂（勤勞）、孔雀（驕傲）、梅花（高潔）……等。（何三本，1997：456～457）當然這些動植物代表意涵並非固定不變的，編劇者可以透過巧思加以轉換這些動植物或無生命物體的象徵意涵。

（三）對話設計原則

在進行讀者劇場劇本編寫時，如果沒有學童加入編撰（像低年級的劇本就必須由教師改寫）的情況下，則要透過觀察、體會和紀錄兒童語言的特性，才能改編出適合兒童的劇本內容。一般來說，對話原則如下：

1. 對話要能表徵人物性格、年齡、性格、身分、職業、教育程度。
2. 對話要能具有人物前後一致性。
3. 對話要具生活化——自然、口語、合乎情境需要。
4. 對話不可太長，每句至多不可超過五十字。人物年紀越小越應遞減。（何三本，1997：458）

（四）劇情安排

劇情的安排上，幼稚園小班到三年級的學童生理成長迅速、好動活潑，遊戲是重要的事情。興趣和情緒轉變很快，卻很容易接受重複動作的表現；小學三、四年級的注意力比較集中、興趣廣泛，可由幻想進入實際。教師可以善用這個階段學童的身心發展特質來進行有效的教學活動設計，則對於學童的多元智慧、知識獲取甚至是獨立性、主動性、發展健康自我等各方面都有助益。（鄭石岩，2006：198）

（五）環境營造

提供多元學習的家庭環境與強調體驗的學校教育也有助於學童的科技創意發展。一般而言，開放式的教育能讓學童有較多的機會針對議題深入討論，也能讓學童產生較高的內在動機。研究結果也發現創意的生活經驗讓學童在「語文和肢體表演」對價值性和獨創性的相關性最高。（鄭芳怡、葉玉珠，2006）

（六）劇中活動的安排

低年級的小朋友劇中的內容要是熟悉的故事，因為年紀小的學童會執著他們所知的故事情節。反過來，對於和原始故事不同的情節版本會有迷惑不易接受的情況產生；戲劇表演前的暖身也要以簡單的活動呈現就好。至於中高年級的學童，則可以設計較有挑戰性

的活動作為戲劇表演前的暖身，故事內容可以加以扭曲、變化，並鼓勵他們創作出不同原著作的情節。（陳仁富，2001：2）

課堂也是一個小型的場域，在一般課堂中教師和學童之間通常會有明顯的權利與宰制關係，尤其在國小或國小以下的學習階段最為明顯。大致看來，教師在教室場域中具有較高的文化和象徵資本，因此具備較高的宰制權力。在古代教師具有崇高的地位乃是因為「尊師重道」的觀念使然。到了現代這樣的觀念已經式微，但社會大眾對於教師的道德和專業要求卻是相對提高，因此倘若要維持家長學童對教師的認同或尊重，則變成得透過「專業領導關係」的建立而來。（葉金鳳，2006）學童則處於相對弱勢的關係之中。

但是在這個理論架構中的理想狀態，是希望教師權力下放把學習主權交給學童，教師只是引導而非領導的角色。實施過程裡，教師雖然類似劇中的導演，但卻不加以干涉學童的討論和表演設計，只在小組討論中遇到困難時給予支援和協助，期間要不斷進行個別觀察並詳實紀錄各組進度並提供支援，對於學習動機低落或者表達、決策、創造能力等較為缺乏的學童也避免當下給予指導，應該利用課後時間給予個別增強或鼓勵，以免學童喪失對課程的興趣和信心。平時教師就要有營造自由空間的能力和實際作為，對學童有時突如其來的「創意」表現能接納或體諒，讓學童平時就身處在自由開放的環境之下，這也將是莊子寓言讀者劇場化課程在學校場域中能順利進行的重要因素。

學校中倘若需要正式性的戲劇演出或代表參與戲劇競賽時，可以先從挑選較為優秀的學童訓練為前提，再由教師進行指導效果較佳。然後表演給其他學童欣賞。但如果只是班級中的共同學習，則在表演時的技術和藝術要求就可以相對低一些，以減輕學童的心理負擔。另外在讀者劇場練習的過程中，討論是不斷發生的事件，每次的教學中都會有需要透過討論使學童彼此激盪想法、開創新意或對寓言主旨能深入了解的活動。因此，教師要鼓勵學童思考並投入心力在學習上、養成質疑思辯的習慣，並從中建構自己的觀點；學會尊重和歸納他人意見的能力；培養積極學習的興趣和態度；增加溝通表達的技巧進而能夠應用在實際問題之中。（黃政傑，1994：201）

二、莊子寓言讀者劇場化在學校場域的應用時教師要克服的問題

（一）說話技巧、表演知能不足

在實際的教學中，相信有很多教師要在戲劇或說話教學的專業知能不足的前提下，進行莊子寓言讀者劇場化的教學活動會感到力不從心。莊凱如在《國中國文科說話教學研究》中提到有超過七成的教師認為自己在師資培育的過程當中，對從事說話教學的專門能力訓練感到「不夠充足」或「非常欠缺」。有超過九成的教師從未參加過任何有關說話教學的相關研習活動。（莊凱如，2003：133）說話能力如此，戲劇能力就更不用提了。但是一個好的選手不一定是一個好的教練，一位口語表達或表演技巧無法完美表現的教師，卻可能是一位好的指導者。其實教師要帶領學童進入文學和藝術的領域中時，實際示範固然有很好的效果，但是有方法有系統的引導

過程，卻可以讓學童有更寬廣的學習。因此，教師在實施莊子寓言讀者劇場化的首要條件，就是要克服自己認為口語或戲劇專業性不足的問題。

（二）經營自由開放的班級氣氛

創造力的表現涉及兩個重要的思考運作方式：一個是發散思考；一個是聚斂思考。聚斂思考讓人可以在面對問題時透過資料或線索的辨別、分析、比較、綜合而得到答案，通常這類型的思考方式答案只有一個；發散思考則是人在面對問題時，思維方向沒有固定而是同時往不同方向擴散，所以這類型的思考方式通常會有一個以上的答案。發散性的思考可以讓人伸縮自如、無拘無束且具有創意新穎性，對激發學童的創造力很有幫助。但是在學校場所裡，教師通常受到傳統思維的束縛，在教學過程中或者試卷的安排上經常給學童聚斂思考的機會而不自知，這樣的做法長久下來會嚴重抹煞學童的創造力。此外，既定的課程時數和綱要的安排也讓教學缺乏彈性，教師往往為了能夠在時程內完成進度而採取效率高但缺乏激發學童發表或創意發想的填鴨式教育。（邱連煌，1998：205～210）

在既有的課程綱要中，想讓學童得以自由自在揮灑想像力必須靠著教師的智慧，懂得善用既有的時間和課程架構去衍生出更多元更有創意的教學方式。寓言故事，是前人智慧的結晶，最能啟發兒童智慧，倘若能加以改編、改寫，增加趣味，加入生活感受，必能引導兒童在趣味中領悟真理，自我成長。（徐守濤，1990）莊子寓言中，蘊含了豐富的氣化觀型文化內涵，如經由讀者劇場的表演呈現，不但可以讓學童在趣味中學習，還能學習氣化觀型文化中的精髓，開啟哲學思想、提升創造力和自我表現的能力。除了自身文化的學習之外，更希望學童具有國際觀，對於國際上的其他文化都有所認識。不過在這些預設的目標之前，有一個絕對關鍵的因素在於整體班級氣氛的營造。

倘若一個班級中充斥紀律嚴謹、師生互動性低、階級倫理觀念強、教師個性嚴肅的情況，通常學童的主動學習參與的動機比較低。在這種狀態之下，該班級如果忽然要實施莊子寓言讀者劇場化，可以想見失敗的機率必然是非常高的。因為戲劇表演是一種自由開放的活動，讀者劇場也是需要參與者發揮創造力想像力的教學方式；再者，莊子寓言中故事寓意也要發揮團隊之間共同討論激盪出來的，因此經營一個民主開放、學習風氣自由的班級氣氛，才能有助於本理論架構的實施。

（三）規畫定期授課的時間

如果教師的教學手冊上建議以戲劇表演配合某一領域單一課程實施，相信很多教師都會興趣缺缺，因為戲劇總給人得花費大量的時間或人力的刻板印象；加上設計的難度頗高，所以在學校場域裡成效不彰。反觀讀者劇場的實施中，已經先將戲劇表演中要花大量人力、物力資源的道具、服裝、舞臺設計、燈光……等項目去掉，表演時更免除過多的肢體動作、位移等設計，轉而只重視表情、聲音的呈現劇本的內容和主題。在操作門檻降低的情況下，教師的接受度應該會有所增加。然而，莊子寓言讀者劇場化是一個完整的理論架構，不是各領域融入教學的內容，所以需要一段比較完整有系統規畫的時間經營。如同前面所提的，能運用的時間以彈性課程和早自習最為恰當，但是第一線教師都會在那段時間裡有預定的安排，如：班級可能同時有很多重要的事情要處理或者有其他教學內容上的教學等。因此，另一個需要教師們克服的困難，就是願意將時間釋放出來，一星期找出固定的四十分鐘進行教學，透過循序漸進的課程推進才能讓文化、語文能力種子在學童心中萌芽，也才能陶冶出學童充滿文學和藝術的性情。

（四）提升對氣化觀型文化下不同理路的認知

目前的學校體制或班級榮譽制度中，很容易可以發現氣化觀型文化影響的痕跡，如：班級布告欄選貼優秀學童的作品，校內相關競賽選擇優秀的學童代表、各項評分都可能是教師關心的重點，透過各項規範讓學童懂的循規蹈矩，不會有逾越規範的行為或思想。然而，這些並非為了個人，而是為了團體的榮辱，而在氣化觀型文化下儒家重視禮樂教化，且長期下來家族間相互制約的傳統，造就了現在學童早已經融入其中被儒家文化影響而不自知的情況。在加上長期受到氣化觀型文化中家族制約的結果，會讓個人缺少私人的空間和自由。為了不和別人有太多不同而受到家族間成員的過度關切，也為了重視整個家族間的和諧，久而久之個人的創造力也會逐漸消失。教師如果能在進行本理論架構之前，清楚認知氣化觀型文化下兩條理路對於學童所個別造成的利弊得失，將有助於本理論架構的順利施展、甚至在未來指導學童進行跨系統文本的比較時更加省力。

第三節　反饋迴路的安排途徑

反饋迴路指的是在學童在參與莊子寓言讀者劇場化的教學活動之後，教師用來檢視學童的學習成效，簡單的說就是評量途徑的安排。本論述的設計是建立在統整布魯姆的三個教學目標（知識、情意、技能）之上的教學理論建構，利用兩個元素結合創造出新意，一個是「文學」氣息濃厚的寓言，另一個是「創作藝術」氣息濃厚的讀者劇場，二者迴異的元素對語文教學、藝術與人文教育、甚至是家庭教育等都可以具有新的學習價值。因為這兩個元素結合產生成為了新的統整課程結構，因此在評量方面上也要隨著彈性變更。

在國民教育社群網（教育部，2004）的九七課程修訂的網頁中，可以查到在評量測驗中的教學評量研發計畫。計畫中清楚寫明了評量實施的三大原則，其中之一就是「多元化」原則，目的是希望教學評量的實施方式採多元化原則，各領域課程研究符合其課程的各種評量方式，並進而推廣實施。在國民中小學九年一貫課程暫行綱要的實施要點中，針對課程評鑑的方法上也有以下規定：

一、評鑑範圍包括：課程教材、教學計畫、實施成果等。

二、課程評鑑應由中央、地方政府分工合作，各依權責實施。

三、評鑑方法應採多元化方式實施，兼重形成性和總結性評鑑。

四、評鑑結果應作有效利用，包括改進課程、編選教學計畫、提升學習成效，以及進行評鑑後的檢討。（教育部，2004）

截至今日，我相信還是有很多第一線的教師喜歡用傳統的紙筆測驗衡量學童的學習成效。的確，紙筆測驗不論是命題設計上或者是批閱定調上都十分簡便，只可惜為了行政和計分簡便上的紙筆測驗，在考題設計安排上多傾向封閉性或單一答案的題目，如：是非、選擇、配合題等，而教師們在為了屈就這樣的評量方式下，不自覺的使課程與教學窄化了。（陳江松等，1999：3）為了讓理論架構下的課程能順利推動，並且依循九年一貫課程綱要中課程評鑑的原則，需要透過多元評量方式的介入處理。而本論述中的理論架構也是依循九年一貫的精神，朝多元評量目標來設計。

一、評量相對應的能力指標

莊子寓言讀者劇場化是一個領域統整的教學理論架構。在內容上與「語文領域」、「藝術與人文領域」、「社會領域」和「綜合領域」的相關性最高，因此我在國民教育社群網（教育部，2004）中找出能夠用來評量本論述領域的十大基本能力和分段能力指標列表後呈現於下方，供爾後需要進行教學設計的教師作為快速檢索參考以及評估理論架構的實施是否完整之用。（本表是以高年級為例，中低年級的做法可參考此表格設計加以改編）

表 6-3-1 「莊子寓言讀者劇場化」的領域能力指標統整表

十大能力指標	領域名稱	分段能力指標（5-6 年級）
一、了解自我與發展潛能	國語文	C-2-1-1-2 能和他人交換意見，口述見聞，或當眾作簡要演說。
		F-2-2-1-2 能應用各種句型，安排段落、組織成篇。
二、欣賞、表現與創新	國語文	A-2-2-2-1 能了解注音符號中語調的變化，並應用於朗讀文學作品。
		B-2-2-2-2 能在聆聽過程中，有系統的歸納他人發表的內容。
		F-2-10-2-1 能在寫作中，發揮豐富的想像力。
	綜合	1-3-1 欣賞並接納他人
	藝術與人文	1-3-4 透過集體創作方式，完成與他人合作的藝術作品。
三、生涯規畫與終身學習	國語文	2-3-2-2 能在聆聽不同媒材時，從中獲取有用的資訊。
四、表達、溝通與分享	藝術與人文	1-3-2 構思藝術創作的主題與內容，選擇適當的媒體、技法，完成有規畫、有感情及思想的創作。
	國語文	C-2-4 能把握說話重點，充分溝通。
		E-2-7-4-2 能配合語言情境，欣賞不同語言情境中詞句與語態在溝通和表達上的效果。
五、尊重、關懷與團隊合作	藝術與人文	2-3-9 透過討論、分析、判斷等方式，表達自己對藝術創作的審美經驗與見解。
六、文化學習與國際了解	社會	2-3-3 了解今昔中國、亞洲和世界的主要文化特色。
		1-3-2 了解各地風俗民情的形成背景、傳統的節令、禮俗的意義及其在生活中的重要性。
七、規畫、組織與實踐	國語文	B-2-2-7-8 能簡要歸納所聆聽的內容。
九、主動探索與研究	藝術與人文	1-3-1 探索各種不同的藝術創作方式，表現創作的想像力。

從上表的歸納中可以發現，莊子寓言讀者劇場化的理論架構十大能力指標中幾乎全都囊括了。而在領域統整的部分，國語、社會、綜合、藝術與人文的結合相當緊密，可讓學童同時具有多種領域的綜合學習。倘若教師的教學過程順利，則可完成近二十項的分段能力指標，可說是一個非常有效果的教學理論架構。

二、學習評量的原則和方法

由於本論述和以下四個領域的關聯性最強，所以在學習評量的部分也希望先了解這四者的評量重點所在。我一樣透過國民教育社群網（教育部，2004）的九年一貫課程綱要的相關內容，整理出下方可以作為莊子寓言讀者劇場化評量設計的參酌內容，倘若讀者需要更詳盡的資料，請上國民教育社群網查詢。

（一）語文領域（國語文）

國小階段的國語文教材編輯，是以發展學童口語和書面語為最基本要求。第一階段（1、2 年級）以發展口語表達為主；第二、三階段（3 到 6 年級）以口語表達過渡到書面表達為主。而評量的方式上宜包含形成性及總結性評量，評量內容包含注音符號（正確認唸、正確拼音，聽與說、閱讀、寫作結合）、聽（態度、主題掌握、內容摘記、理解程度、記憶能力）、說（儀態、內容、條理、流暢、反應、語音、音量、聲調）、讀（文字理解與語詞辨析、文意理解與大意摘取、統整要點與靈活應用、內容深究與審美感受等)、寫(創意、字句、取材、內容、結構、文法、修辭、標點等)五大類。除了具體的知識或技能學習評量外，學童的學習態度、學習活動、指定作業及相關作品等也可以透過檔案評量加以記錄。

(二)藝術與人文領域

以發展技能與否(基礎技能表現、嘗試、觀摩、理解、實際操演等)為主要評量原則，兼顧形成性與總結性評量。在方法上觀察(參與探索、操作、示範、口頭描述、解釋、情境判斷、價值體系等方式一起使用。)、藝術評量(知道、察覺、探索、組織、評價、操作、合作與互動等)、評量歷程質化量化並重(藝術認知測驗、美感態度量表、表現作品、素養指標測驗、觀察紀錄、角色扮演、自學計畫、審美札記、藝術生活規畫等)。其他如問答、問卷調查、軼事紀錄、測驗、自陳法、評定量表、檢核表、基準評量、討論等，也是可以參考的評量方式。

(三)綜合領域

綜合領域在評量上鼓勵各種角色參與(如：教師、家長、同儕或學童本人)，且評量結果要兼顧能力、努力向度、個別差異。對於不同文化、背景的學童在評量過程中，創造成功的機會。方式上有實作評量(成品製作、表演、實作、作業、鑑賞、實踐、行為檢核表、態度評量表等)、口語評量(口試、口頭報告、晤談)、檔案評量（研究報告、遊記、教學日誌、會議紀錄、軼事紀錄等）、高層次紙筆測驗（活動心得、活動單紀錄或文字敘述）。

（四）社會領域

社會領域的評量設計是以評量學童能夠認同自己的文化，也能勝任世界公民的角色為原則。評量方式則是適度採納教師觀察、自我評量、同儕互評、紙筆測驗、標準化測驗、實作評量、動態評量、檔案評量、或情境測驗等各種方式。此外，社會領域在情意評量上強調透過自然情境的觀察、長程的評量（平常的作品與行為表現、學童的自我評量與學童同儕之間的交互評量等）、質的評量（檔案評量、實作評量、情境測驗、學習日記、深度晤談等讓情意的評量更加確實）。

三、莊子寓言讀者劇場化的評量內容

（一）對自我文化的認知情況

「文化」的認識是論述中最重要的終極目的，學童是否能夠透過一連串活動的實施，確實認識文化的特徵、了解文化對日常生活的影響、或者更高層次的對自身的文化產生認同感，都是最重要的評量目標。在社會領域的教學當中，對文化的認識、認同等議題相當重視，更希望學童透過自身文化的了解為基礎進而能夠欣賞與了解其他文化的特色、形成原因等，這些和本論述的中心思想是相輔相成的。

（二）語文能力是否提升、陶冶性情有無明確改變

張文龍（2007a）認為重複接觸題材，學童可以透過讀者劇場的練習增進閱讀能力和態度；也可以在多次閱讀教材的朗讀中藉由傳達方式、語調、強弱度、音量的改變過程中，學習加強口語表達能力的技巧。此外，劇本閱讀而大量識字的過程，也增進閱讀速度和流暢度。聽、說、讀、寫的語文能力在本論述中，非常容易透過活動呈現出來。一次次的議題討論或劇本改編是學童聽說寫的好時機，表演前反覆唸讀劇本則是自主性的閱讀動機。此外，和教師的互動過程、上臺表演的聲音表情，也都可以作為語文能力是否進步的形成與總結評量。而陶冶性情的部分，因為隸屬於情意上的學習，因此在評量時要透過長時間多觀察紀錄才能得知該內容學習是否具有效度。

（三）團體合作情況、情感聯繫效果

莊子寓言讀者劇場化的實施過程中，除了學習階段較低的學童外，中高年級的學童幾乎都可以開始嘗試共同改編劇本。也就是說，整個理論在實踐的過程當中，同儕互動比例相當高，幾乎所有教學過程都會涉及到人際間相處。在溝通過程中理性化的討論、懂得尊重甚至欣賞不同的看法、遇到衝突時能夠和平解決、讓所有人

都能參與，不會只有少數同學掌權……等，在在都是一種人際的學習。因此，也將人際間互動的學習列為評量的內容。

（四）表演技巧提升與藝術價值昇華

讀者劇場在表演劇場中，技巧增加、藝術價值提升是教學成功與否的觀察向度。因此，所有和戲劇表演有關的部分，都是觀察評量的重點，諸如發音、朗讀的技巧性、音量適切性、語調抑揚頓挫、臉部表情、肢體動作呈現、情感表達適切與否等，都是表演技術是否提升的具體觀察項目。而藝術價值的提升，則必須透過教師課堂上小組互動或上課師生問答間的情況以及平時日常生活中的行為舉止是否有變化得知。

四、莊子寓言讀者劇場化的評量重點

從第五章的三大場域教學目的關係圖（圖 5-4-1）中，我將評量重點與教學目的相結合，選擇了以認同自己文化、重視同儕互動、懂得表現自我、尊重個別差異、學習口語和肢體表演技能、培養藝術欣賞情操和提升整體語文能力為評量重點。

五、莊子寓言讀者劇場化的評量注意事項

（一）採多元評量、避免單一評量方式檢核整場教學活動

莊子寓言讀者劇場化評量定義的範圍完整包含了布魯姆三大教育目標知識、情意和技能三大範疇，為了不偏頗認或忽略的任何學習的向度，並且依循九年一貫多元評量的概念，所以教學者在評量設計上，可將參考第五章莊子寓言讀者劇場化的三大定位後（如：學校→教學定位；表演場域→表演定位；家庭聚會→娛樂定位）設定各單元的教學目標。在找出適合搭配的分段能力指標，參照各領域中建議且適合你教學的課程設計來進行評量規畫。避免用同一種評量方式評斷所有學習，採以多元的方式搭配確保評量的正確性。

（二）教師和學員在評量上是夥伴關係

莊子寓言讀者劇場化的理論架構和其他教學架構最大的差別，在於學童參與的程度和教師的授課程度相等重要，有時甚至比教師更重要，所以在評量者的設定上，建議教師評量和學童互評、自評的比例要對等。因此，在評量設計上除了可以彈性搭配九年一貫各科建議的評量方式外，學童自評、同儕的部分在這個理論架構下非常重要。

（三）學童評量的部分，以檔案夾保存

跟檔案評量方式相似，但在資料夾中除了每次的練習劇本外，最重要的是每次一張的自評和互評表。教師在每堂下課前五分鐘也是學童印象正深刻的時候，請他們記下自評和互評表上的內容。當整個課程結束時，教師便可以比對學童的自評和互評和教師課間觀察紀錄間的異同，並能給予正向積極的鼓勵或找到需要個別指導的對象。學童的自評表和互評表的設計可以加入一些巧思，例如：透過勾選的方式檢核認知內容是否學到；透過比例原則自我判斷該堂課的表演或參與的專注和積極程度（如：讓自已從 1 到 10 分裡打一個分數）；也可以透過有趣的文字描述，讓評量不再生硬而是活潑且具有個人專屬感的紀錄表（如：今天自己的勇氣和膽怯競賽中，各獲得幾分？藉此讓學童自己去反思在表達的意願和表現上是否進步）透過票選最佳隊友和原因說明，增進同儕間的友誼，也間接提醒學童在活動過程中不只要注意到自己，還得觀察學習別人的優點或特質。

六、莊子寓言讀者劇場化評量分析使用範例（以高年級學童為例）

表 6-3-2　莊子寓言讀者劇場化評量分析表

教學與評量 領域能力指標	教育目標（布魯姆）	教學目標	評量方式
【社會】 2-3-3 了解今昔中國、亞洲和世界的主要文化特色	知識	認識氣化觀文化	自評表 教師觀察
【語文】 A-2-2-2-1 能了解注音符號中語調的變化，並應用於朗讀文學作品。 2-3-2-2 能在聆聽不同媒材時，從中獲取有用的資訊。 F-2-2-1-2 能應用各種句型，安排段落、組織成篇。	技能	提升語文能力	真實評量 口語評量 教師觀察 檔案評量 高層次紙筆測驗（活動單紀錄、文字敘述）
【語文】 B-2-2-3-4 能在聆聽不同媒材時，從中獲取有用的資訊。	知識	表演技巧應用	教師觀察
【社會】 1-3-2 了解各地風俗民情的形成背景、傳統的節令、禮俗的意義及其在生活中的重要性。	情意	認識氣化觀文化	教師觀察 口語評量 高層次紙筆測驗（活動單紀錄、文字敘述）
【社會】 4-3-4 反省自己所珍視的各種德行與道德信念。 【語文】 B2-2-2-2 能在聆聽過程中，有系統的歸納他人發表的內容。	情意	陶冶性情	檔案評量 教師觀察 自評表 檔案評量 教師觀察 自評表

【語文】 C-2-1-1-2 能和他人交換意見，口述見聞，或當衆作簡要演說。	技能	提升語文能力	教師觀察 口語評量 自評表（行為檢核表、態度評量表）
B-2-2-7-8 能簡要歸納所聆聽的內容。	技能	提升語文能力	自評表（行為檢核表） 口語評量
【語文】 E-2-7-4-2 能配合語言情境，欣賞不同語言情境中詞句與語態在溝通和表達上的效果。	情意	藝術昇華	自評表（行為檢核表、態度評量表） 同儕互評表 教師觀察
【綜合】 1-3-1 欣賞並接納他人	情意	情感聯繫	自評表（態度評量表） 口語評量 教師觀察
【藝文】 1-3-4 透過集體創作方式，完成與他人合作的藝術作品。 1-3-2 構思藝術創作的主題與內容，選擇適當的媒體、技法，完成有規畫、有感情及思想的創作。	技能	表演技巧應用	高層次紙筆測驗（活動單紀錄、文字敘述） 教師觀察 基礎技能表現 真實評量
【語文】 F-2-10-2-1 能在寫作中，發揮豐富的想像力。 【藝文】 2-3-9 透過討論、分析、判斷等方式，表達自己對藝術創作的審美經驗與見解。 1-3-1 探索各種不同的藝術創作方式，表現創作的想像力。	情意	藝術昇華	真實評量 口語評量 基礎技能表現 高層次紙筆測驗（活動單紀錄、文字敘述）

基本上，沒有任何一個評量方式可以評量所有學習的內涵，所有的課程因為實施對象、師生期望、內容價值等向度不同，在評量方式的選擇上就要有所變化。評量實施中要避免以單一評量方式處理，透過不同評量方式的搭配應用，才能得到最準確的評量結果。我們常告訴學童，任何的學習不能只看最後的結果或成績，重要的是在過程中是否用心參與，並獲得知能上的啟發和情意上的進步。有時候學童可能無法靈敏的感覺到自己學習的成效，此時教師的多元評量就會成為幫助學童自我了解與成長的好幫手。在莊子寓言讀者劇場化的理論架構下，評量的目的不再僅止於讓教師知道學童是否學會了，更重要的是透過多元評量的紀錄也讓學童確切知道自己學到多少、有哪些能力進步了？還有什麼可以再改進的空間等。

文學作品的戲劇化，在課堂中提供學童既有效又有趣的方式去探索世界以及他們自己。經由戲劇，兒童得以更貼近地去檢視他所閱讀的故事，增進綜合及了解的能力。小朋友被鼓勵從事創造性的思考，並扮演他們所喜歡的故事角色，從不同的角度檢驗人生。當不同文化及時空中的文學作品被介紹給兒童後，他們就有機會擴展國際觀及文化觀。又由於戲劇是一種集體的藝術，小朋友得以從中學習到正向的社會互動、合作及團體的問題解決能力。（陳仁富：2001：3～4）

文學作品的戲劇化是本論述的主軸，但它並非課程綱要中明定要教授的內容，因此在高度的教學課程彈性中，衷心期望操作本論述的教師們，秉持讓學童在課程實施過程中享受體驗、快樂學習的信念，透過活動的參與的過程、整體活動氛圍的營造，讓學童獲得更多元更廣泛的經驗內容。整體評量的重點不是教師幫學童的學習等第分出高下，而是師生在實施的過程中不斷地彼此互動。教師是導演的角色，率領一群各有所長與想法的小演員，導演和演員間不斷地對話也是一種反饋迴路的實施。師生共同用最詳盡紀錄方式紀錄整個活動過程，透過一連串的評量紀錄來協助學童了解自己學習到的內容、可以再挑戰的方向，以及協助學童在錯誤概念上的澄清與修正。相信這樣的過程對學童來說，學習的壓力變少了，取而代之的是群體共同完成了一件有意義又趣味性任務的成就感。

第四節　教材的選用與教學活動設計舉隅

一、教材單元設計理念表

莊子寓言讀者劇場化在教學場域中，除了文化的核心價值引導之外，語文能力的提升和性情陶冶也是重要學習目的。讀者劇場的運作方式讓教室化身為劇場，學童上臺表演前需要不斷地重複唸讀教材以揣摩角色性格、心情與劇本的寓意或主旨。因此，學童會不斷閱讀劇本，還會透過自己練習或團練一次次的提高口語朗讀的熟練度。經由這些過程的重複運作練習，對學童的閱讀流暢度、識字量、說話能力都能夠具有顯著的效果，同儕間不斷地互動對話也能使人互動和溝通技巧更進步。此外，從許多成功的演員經驗談中可以發現，當演員長時間專注於戲中角色的揣摩呈現時，自己就會彷彿變成角色本人。時間一久，飾演該角色的演員行為、思想、性情、態度等也會隨著改變。可見善用莊子寓言讀者劇場化在教學場域時，每次演出的劇本內容和角色不同，可以提升學童的學習興趣，加上氣化觀型文化蘊藏在每一篇莊子寓言之中。久而久之，也能讓學童學習傳統文化涵養、甚至內化為日常生活表現中的一環。倘若教學真的做到這樣的境界，不僅是性情的陶冶，連更深層的文化也都成功置入學童心中了。

本論述在教學場域的使用上，學童依據年齡層或階段的不同，設計的文字內容和表情肢體的比例就有所差別，越小的學童在劇本的設計上就應該有愈多的表情和動作表現機會，劇本文字不要過多。中年級的孩子，在腳本的對話設計上可以富涵一些創意或為寓言內容增加挑戰，會讓學童的注意力集中時間較長。到了高年級，改編劇本是他們嘗試創作的大好機會。因此，就劇本的改編上來說可以是教師，也可以是高年級或語文程度佳的中年級學童。一般來說，低年級的學童適合由教師進行劇本改編，再由學童練習上臺表演。現階段的教學現場中，許多課程的安排無法兼顧到每位學童的需求，教學方法中有很多無法引起每位學童的學習興趣，因此如何設計一個讓全班學童都能參與其中的教學活動，讓每位學童都有持續專注和興趣、積極參與教學活動、提供自我探索的機會，這些則在在考驗著教師的專業能力。以下是我針對莊子寓言讀者劇場化在「學校場域」進行單元設計時，教師可以注意或思考的細目表：

表 6-4-1　莊子寓言讀者劇場化在「學校場域」的單元設計理念表

分組方式	學校場域的實施中，可以考慮先從一個班級做起，通常一個班級人數大約是 25～35 人（不同縣市有所差異）。為了讓每個人都有參與的機會，需要先分組才進行劇本改編和表演。理論上採五到八人一組，呈現時以講臺上所有演員可以站立、不至於過度擁擠即可。此外，教師分組時要注意儘量讓每一組的素質程度齊平，才能有最好的執行效果。
題材選定	題材選擇以班上大多數學童的程度決定。一般來說，要從簡單、有趣或能與生活經驗相結合的內容開始進入，等到學童對於莊子寓言讀者劇場化的陌生、恐懼、不安等負面情緒減少甚至消失後，才選擇挑戰哲理意涵較深的莊子寓言。
角色數量安排	因為原始的莊子寓言中角色通常只有兩三個，為了讓更多人可以參與表演，可以多編撰幾個擬人的角色加入其中。以接下來的〈大樹與鴈鵝〉為例，我將這個改編的劇本增加了會叫的鵝和旁白二個角色，目的就在於讓組裡的每一個人都有上臺表演的機會。正因為每個人都可以參與其中，所以在劇本改編或討論時，才能讓所有學童充分感受參與的樂趣。
輪流呈現	倘若班級組別較多而無法每組都上臺演出，教師可以採取輪流上臺的方式呈現。這次一、二組；下次三、四組等依此類推，或者也可以在劇本改編結束後，將劇本張貼在班級布告欄，由全班票選最喜歡的劇本，再由該組上臺演出。（倘若用這樣的方式處理，最好技巧性的在每一次表演票選時，輪流讓每一組都有上臺表現的機會。）
角色唸讀分配	剛開始接觸讀者劇場時，可以讓各組自行選擇角色，害羞的人可以兩人共同演一個角色或者選擇臺詞較少的角色來表演，個性活潑大方敢表現的人可以演主角或分飾兩角。但要注意每個組員都必須要有負責的角色，讓全組在整個活動過程中，不斷腦力激盪和合作。
分組方式	學校場域的實施中，可以考慮先從一個班級做起，通常一個班級人數大約是 25～35 人（不同縣市有所差異）。為了讓每個人都有參與的機會，需要先分組才進行劇本改編和表演。理論上採五到八人一組，呈現時以講臺上所有演員可以站立、不至於過度擁擠即可。此外，教師分組時要注意儘量讓每一組的素質程度齊平，才能有最好的執行效果。

題材選定	題材選擇以班上大多數學童的程度決定。一般來說，要從簡單、有趣或能與生活經驗相結合的內容開始進入，等到學童對於莊子寓言讀者劇場化的陌生、恐懼、不安等負面情緒減少甚至消失後，才選擇挑戰哲理意涵較深的莊子寓言。
角色數量安排	因為原始的莊子寓言中角色通常只有兩三個，為了讓更多人可以參與表演，可以多編撰幾個擬人的角色加入其中。以接下來的〈大樹與鴈鵝〉為例，我將這個改編的劇本增加了會叫的鵝和旁白二個角色，目的就在於讓組裡的每一個人都有上臺表演的機會。正因為每個人都可以參與其中，所以在劇本改編或討論時，才能讓所有學童充分感受參與的樂趣。
輪流呈現	倘若班級組別較多而無法每組都上臺演出，教師可以採取輪流上臺的方式呈現。這次一、二組；下次三、四組等依此類推，或者也可以在劇本改編結束後，將劇本張貼在班級布告欄，由全班票選最喜歡的劇本，再由該組上臺演出。（倘若用這樣的方式處理，最好技巧性的在每一次表演票選時，輪流讓每一組都有上臺表現的機會。）
角色唸讀分配	剛開始接觸讀者劇場時，可以讓各組自行選擇角色，害羞的人可以兩人共同演一個角色或者選擇臺詞較少的角色來表演，個性活潑大方敢表現的人可以演主角或分飾兩角。但要注意每個組員都必須要有負責的角色，讓全組在整個活動過程中，不斷腦力激盪和合作。
劇本編寫方式	以媒體設備充足的學校而言，建議利用群組教室或電腦教室讓小組將劇本打成文字檔，並將不同角色的口白內容用不同顏色標示，以方便唸讀者觀看。角色的名稱儘量明顯，如：加粗或加大、不同角色的臺詞之間，要有清楚的空白區隔等。倘若無法使用電腦進行創作，則在紙上創作時也可以透過不同色彩的筆或最後以螢光標示角色名稱來提醒表演者。
劇本改編的指導原則	倘若教學對象為高年級，可以加入劇本改編的應用。一般而言，高年級的思辨分析能力已經趨於成熟，此時教師在小組改編的過程中就不需要給予過多的指導。但要提醒學童用自己或平常使用的話語進行劇本的對話、旁白改寫，不要把文句敘述的太困難，或只是將原始文本中的字句直接照抄。將文本字句作更口語化的修改，不僅可以刺激小組成員的想像思維，也可以讓整個寓言故事更生動、更能與現在生活相結合。除非學童遇到改編困難，否則教師只要在一開始透過故事討論歸結出故事大意，由各組創作想要傳達的主軸。

二、教學活動設計

表 6-4-2　莊子寓言讀者劇場化在學校場域的「教學」應用設計範例

單元名稱	大樹與鴈鵝	參與成員	五年級學童（30 人）
設計者	林桂楨	時間	五節，共 200 分鐘
分段能力指標	語文領域 A-2-2-2-1 能了解注音符號中語調的變化，並應用於朗讀文學作品。 B-2-3-2-2 能在聆聽不同媒材時，從中獲取有用的資訊。 F-2-2-1-2 能應用各種句型，安排段落、組織成篇。 B-2-2-3-4 能在聆聽不同媒材時，從中獲取有用的資訊。 B2-2-2-2 能在聆聽過程中，有系統的歸納他人發表的內容。 B-2-2-7-8 能簡要歸納所聆聽的內容。 E-2-7-4-2 能配合語言情境，欣賞不同語言情境中詞句與語態在溝通和表達上的效果。 C-2-1-1-2 能和他人交換意見，口述見聞，或當眾作簡要演說。 F-2-10-2-1 能在寫作中，發揮豐富的想像力。 藝術與人文領域 1-3-4 透過集體創作方式，完成與他人合作的藝術作品。 1-3-2 構思藝術創作的主題與內容，選擇適當的媒體、技法，完成有規畫、有感情及思想的創作。 2-3-9 透過討論、分析、判斷等方式，表達自己對藝術創作的審美經驗與見解。 1-3-1 探索各種不同的藝術創作方式，表現創作的想像力。 社會領域 2-3-3 了解今昔中國、亞洲和世界的主要文化特色。 1-3-2 了解各地風俗民情的形成背景、傳統的節令、禮俗的意義及其在生活中的重要性。		
	綜合領域 1-3-1 欣賞並接納他人		

教學目標	1. 了解人應該要和大自然和平共處的觀念。（氣化觀型文化、陶冶性情） 2. 能流暢的唸讀劇本。（提升語言能力） 3. 透過反覆唸讀，熟悉劇本內容。（提升語言能力） 4. 能與小組相互討論、互動設計出適合的劇本。（提升語言能力、情感聯繫） 5. 能主動參與小組討論或回答教師問題。（提升語言能力、情感聯繫） 6. 能將想法順利轉換為文字寫成劇本。（提升語言能力） 7. 能正確的表現劇本中人物的性格、情緒和主旨。（表演技巧） 8. 能體會團隊合作的樂趣和重要性。（情感聯繫） 9. 透過適切的表情動作進行戲劇演出。（表演技巧）				
教學活動名稱	教學活動內容	時間	分段能力指標號碼	十大基本能力	評量方式
猜謎語	一、準備活動 〈大樹與鴈鵝〉白話文版莊子寓言一人一份。 依班級人數採六到八人一組(儘量讓各組間，程度差異小。避免將程度類似的學童放在同一組）。 自評表（自我學習表現紀錄用）。 同儕評量表(同組或表演組的紀錄)。 音譜架（可有可無）。 借用群組教室、電腦教室(可有可無)。 空白的劇本設計單(附於本教學設計後方）。 二、教學活動 （一）引起動機——暖身活動 T：同學，現在請你們仔細看老師的表演，猜猜看老師要表演的東西是什麼？	10	藝文 2-3-9	五、尊重、關懷與團隊合作	口語評量

	（教師利用「啞劇」表演的原理，呈現一樣教室內的物品特徵，讓學生猜測老師表演的是什麼） T：哇，我們很有默契，沒錯！老師正是利用啞劇的表演形式，呈現一個物品的樣子出來給你們看。接下來幾堂課，大家都有機會可以試試看。		綜合 1-3-1	二、欣賞、表現與創新	口頭評量
莊子何許人也？	（二）發展活動 （教師發下莊子寓言〈大樹與鴈鵝〉內容每人一份）。 T：同學，現在請看一下手上這份資料，有誰知道這一篇寓言是誰作的？ （資料原文、翻譯和主旨附在教學設計後方） S：莊子。 T：答對了。莊子是中國古代一位非常重要的思想家，後來有很多有名的詩人或藝術家都是受到他的思想影響，而有不凡的創作喔！你們覺得這是一篇什麼樣的體裁作品？	35	B-2-2-7-8 B2-3-2-2 社會 2-3-3 社會 1-3-2	七、規畫、組織與實踐 三、生涯規畫與終身學習 六、文化學習與國際了解	口頭評量
	S：故事、記敘文、傳說.... T：正確答案是「寓言」，寓言裡通常都會藏有重要的訊息，讓閱讀的人去發現。接下來的五堂課裡，我們也要試著去發現莊子寓言裡的秘密。現在請大家先將文章唸一次。 （師生共同唸讀〈大樹與鴈鵝〉的白話內文一次。當唸完大樹因為無用而被保留，而鴈鵝卻因無用而被殺的部分後，教師先暫停學生繼續唸讀）		C-2-1-2-2 綜合 1-3-1	一、了解自我與發展潛能	口頭評量
	T：同學們，文章中說到現在請各小		綜合 1-3-1	二、欣	

小組動腦時間	組討論一下，為什麼大樹無用而被保留下來，可是鳫鵝卻因無用而被殺？（教師在這段時間需作行間巡視，確定所有學童都有參與討論，並且避免談天脫離主題的現象發生） T：好，現在我們邀請各組派一位代表上來說說你們那一組討論的結果。 S：因為大樹可以乘涼、會叫的鵝可以幫忙看家……（讓各組輪流報告完畢，無論學生答案是否恰當或與否，教師都應鼓勵發表的勇氣。） T：好，老師接著請你們討論兩個問題，有些人成績不好可是很熱心、對班級事務的貢獻很大，另一種人成績非常好、，可是從不協助班級事務，妳們認為哪一種人比較有用呢？另外一個問題是什麼叫做成功？一個博士學問淵博但品行不好，甚至作了違法的壞事，另一個人早年輟學，後來只能在工廠找到一份適合的工作，但是他做事認真的態度，讓老闆十分欣賞。這兩個人又是誰比較有用？誰比較沒用呢？ （當學生透過比較討論，察覺有用、無用的認定是因為每個人的立場不同所導致，有用的人有無用的時候，無用之人卻也有他存在的價值，因此能夠跳脫成見，從不同角度思考，自然可以學習不為外物所累。更客觀的看待生活中的事務。）		C-2-1-2-2	賞、表現與創新 一、了解自我與發展潛能	真實評量、教師觀察
	T：謝謝各組的討論，從我們的討論歸納中發現，莊子是希望人要順應環		社會 2-3-3 社會 1-3-2	六、文化學	真實評量

	境，不用刻意去改變自然，因為有用和無用取決在自己是否能培養隨環境而改變心態的做法。能順應自然的人，自然會感受到萬事萬物都有其用途和存在的意義。			習與國際了解	
大家來評分	（三）綜合活動 T：老師現在發下的評量表共有兩張，拿好後先不要寫喔！聽完老師的解說之後再開始寫。（老師針對評量表上的細項仔細說明，包括勾選、量尺、文字描述等各種方式的紀錄。爾後的每次下課前五分鐘，讓學生填寫自評和同儕評量表後，連同＜大樹與鳫鵝＞的文章一起放回個人檔案夾中） ----------------第一節結束---------------	5	E-2-7-4-2 藝文2-3-9	二、欣賞、表現與創新	自評與互評、高層次紙筆測驗 基本技能表現、口頭問答
比手畫腳	（一）引起動機——暖身活動 T：請各組派出一位喜歡表演的同學，來幫大家出「啞劇」的題目，讓全班猜一猜。 （教師分別出一個題目給上來的表演者，不管有沒有猜到都給予鼓勵。題目儘量是透過肢體很容易猜出來的物品。因為這只是先前的暖身活動，不宜暫用太多時間）	10	B-2-3-2-2 綜合1-3-1	三、生涯規畫與終身學習 二、欣賞、表現與創新	口頭問答
	（二）發展活動 T：老師現在講解一下群組教室的使用規範，並請各小組注意老師的指示，在全部的說明完畢後，才可以打開電腦喔！ S：好，知道了。 T：我們今天要發揮大家的創造力，	35			

創意激發大賽	為上一堂課發下的莊子文章變身，讓它變成一篇可以演出的劇本。 S：老師，要用電腦作喔？ T：你們可以透過各組電腦上的文書軟體進行劇本編輯。（老師透過電腦視訊告訴學生檔案共存的位置）如果你們那組擔心打字太慢，也可以寫在老師現在發的這張空白的劇本設計單上。（教師發下一人一張空白劇本設計單） T：現在全班先將設計單上的注意事項唸一次。 （每一項原則說明後，教師都要舉例搭配說明，以確保學童了解該原則的操作方式） 1. 除了文中出現的角色一定要設計在劇本中外，可以在不影響整體故事主軸情況下增加角色。 2. 需設計旁白臺詞，用來唸讀情境或連結不同場景、事件。 3. 除旁白之外，其他角色都需要透過對話的方式呈現。 4. 所有角色的對話表達，均以第一人稱（我或我們）加以敘述。 5. 改編的劇本長度不要過長，最多以五分鐘為限。 T：好，開始改編劇本前，有沒有人要幫忙大家複習一下文章的內容？ S：老師，我知道。文章是說莊子有一天去山上…… T：謝謝這個同學的分享。現在請各組試著把故事改成劇本，下課前老師		B-2-2-2-2 C-2-1-2-2 綜合 1-3-1 A-2-2-1-1 F-2-1-2-1 B-2-2-2-2 F-2-10-2-1 藝文 1-3-4 藝文 1-3-2	二、欣賞、表現與創新 一、了解自我與發展潛能 二、欣賞、表現與	態度評量 口語評量 真實評量

創作分享時間	會挑一組很有創意的唸給大家聽。 （小組透過討論活動，在主軸確定的前提下進行寓言改編。並將改編劇本打在電腦中或紀錄在劇本表單上，小組討論期間，教師到各組觀察、紀錄小組討論的情況、每位學童在小組討論中的發表、參與情形。一方面作為真實性評量的依據；一方面可以適時協助各組劇本該編的進行） T：現在距離下課還剩十分鐘左右，有沒有組別想要分享一下你們的進度或創意？ （如果有組別要分享，就請該組分享，倘若沒有人主動，則教師可以將改寫比較完整或順利的組別內容唸一小段並給予鼓勵。本篇劇本改編可參閱教案設計最後的＜大樹與鳫鵝＞劇本改編設計單）		藝文 1-3-1 社會 2-3-3 綜合 1-3-1 E-2-7-4-2 藝文 2-3-9	創新 四、表達、溝通與分享 六、文化學習與國際了解	、教師觀察
大家來評分	（三）綜合活動 T：現在距離下課還剩下五分鐘，每個人將自評和同儕評量表拿出來填寫後，將該編劇本存檔或將紙本式的劇本改編單連同〈大樹與鳫鵝〉的文章等資料一起放回個人檔案夾中。如果有還沒完成改寫的組別，可以利用下課或午休時間完成。 ----------------第三節結束----------------	5	綜合 1-3-1	二、欣賞、表現與創新	高層次紙筆測驗、自評與同儕互評
我是影印機	（一）引起動機——暖身活動 T：我們在開始進行劇本練習前，先來玩一個遊戲，現在大家先圍成一個大圓。接著注意聽我說的話和作的動作（教師也在進入大圓中。一邊說：	10	B-2-2-2-2		

	「今天我要去陽明山郊遊，所以要先帶帽子」，一邊做出帶帽子的動作） 當我說完也做完動作之後，老師右手邊的同學就要重複一次話和動作，然後在幫這個故事接一句話和一個動作，再傳給下一位。這樣清楚嗎？ S：清楚了。 （教師可以讓這個活動持續五到八分鐘，盡可能讓每個人都有參與的機會）				
演員訓練班	（二）發展活動 T：現在請將上次你們各組改編的劇本拿出來，並準備好色筆或螢光筆。請小組先共同唸讀全部的劇本兩次。 S：老師：是要去臺上表演嗎？ T：還不用，今天只是讓各組在自己的區域練習，所以不用緊張。在講話時要注意角色那時的心情來決定表情和聲音喔！ T：好，你們剛剛都唸過所有的角色了，現在老師要你們一人認領一個角色，並在劇本裡自己角色的臺詞上，用螢光筆或色筆作記號，然後再全組一起配合練習幾次。如果有同學比較害羞，可以找人和你一起當同一個角色沒關係。 （教師利用小組練習的時間進行行間巡視，透過觀察紀錄每個孩童的學習情況） T：好，老師在過程中，看到幾個很厲害的同學，他們有的是語調表現的	35	B-2-2-3-4 綜合 1-3-1 藝文 1-3-2 藝文 1-3-1 社會 2-3-3 社會 1-3-2 A-2-2-2-1	二、欣賞、表現與創新 二、欣賞、表現與創新 二、欣賞、表現與創新 五、尊重、關懷與團隊合作 四、表達、溝	真實評量 口語評量、真實評量 真實評量、教師觀察 基本能力表現

	很好，有的是聲音清楚、有的是動作表情生動，現在我們邀請他們上來表演一下。 （表演後，老師在語調、表情或動作等可以怎樣加強的部分加以說明） T：謝謝這幾位小朋友的表演，其他沒有上臺演到的同學沒關係。下一次上課每一組都可以有上來練習的機會。			通與分享 二、欣賞、表現與創新 二、欣賞、表現與創新	
大家來評分	（三）綜合活動 T：現在一樣請你們把自評和同儕評量表後寫好之後，連同劇本和文章放回個人檔案夾中。 ----------------第四節結束---------------	5	E-2-7-4-2 藝文 2-3-9	六、文化學習與國際了解	自評和互評
誰都不准動	（一）引起動機——暖身活動 T：今天上課之前，老師要先玩一個「單人肢體隨機開展」的遊戲，他和「一、二、三木頭人」的玩法一樣，只是當我會加入要你們作的動作，例如：長胖的木頭人、生病的木頭人。 （老師需要實際以動作示範給學生看）	10	綜合 1-3-1	二、欣賞、表現與創新	基本技能表現
粉墨登場	（二）發展活動 T：上次我們說過今天要讓各組上來表演，今天這裡就是影后影帝星光大道的會場，大家都是評審，所以先發下一章評審單給大家。（評審單可依班級特性或教師希望評量的部分加以設計） T：好，現在請第一組開始表演。每一組表演結束後，老師會留一分鐘給各位評審評分，自己那一組不用評喔！	35	A-2-2-2-1 綜合 1-3-1 B-2-2-3-4 C-2-1-1-2 B-2-2-2-2 社會 2-3-3	四、表達、溝通與分享 五、尊重、關懷與團隊合作	真實評量、基本技能表現、自評和互

大家來評分	T：好，所有組別都表演完了，大家的表現都很棒，不過老師要選的影后或影帝是有把文章重點演出來的人。有誰可以分享一下這篇文章最重要是告訴我們什麼？ S：希望人要順應環境，不用刻意去改變自然，反而是要讓自己培養隨環境而改變心態做法的感覺演出來的人。 T：好，現在開始投票選影帝影后囉！ （三）綜合活動 T：我們恭喜這幾位獲獎的同學。另外要請大家把這節課的自評和同儕評量表完成，交給組長統一收齊讓老師也能參考你們這幾次上課的學習成果。 ---------------第五節結束---------------	5	E-2-7-4-2 藝文2-3-9 綜合1-3-1	二、欣賞、表現與創新 一、了解自我與發展潛能 二、欣賞、表現與創新	評 自評和互評

〈大樹與鴈鵝〉原文：

莊子行於山中，見大木枝葉盛茂。伐木者止其旁而不取也。問其故，曰：「無所可用。」莊子曰：「此木以不材得終其天年。」夫子出於山，舍於故人之家。故人喜，命豎子殺鴈而烹之。豎子請曰：「其一能鳴，其一不能鳴，請奚殺？」主人曰：「殺不能鳴者。」明日，弟子問於莊子曰：「昨日山中之木，以不材得終其天年；今主人之鴈，以不材死。先生將何處？」莊子笑曰：「周將處夫材與不材之間。材與不材之間，似之而非也，故未免乎累。若夫乘道德而浮遊則不然。無譽無訾，一龍一蛇，與時俱化，而無肯專為；一上一下，以和為量，浮遊乎萬物之祖；物物而不物於物，則胡可得而累邪！（張松輝注譯，2007：325～326）

〈大樹與鴈鵝〉語譯：

莊子在山裡遊覽，看見一棵枝繁葉茂的大樹，一群伐木工人就在這棵大樹旁休息卻不去砍伐它。莊子上前詢問原因，伐木工人說：「這棵大樹沒什麼用處。」莊子感歎道：「這棵大樹就是因為沒用才得以終享天年啊！」莊子出山以後，留宿在一位老朋友家裡。老朋友非常高興，就讓童僕殺鵝做菜款待莊子。童僕問：「一隻鵝會叫，一隻鵝不會叫，請問殺哪一隻？」老朋友說：「就殺那隻不會叫的。」第二天，弟子問莊子：「昨天山裡的那棵大樹，因為沒用而得以享盡天年；如今主人家的那隻鵝，卻因為沒用而被殺掉。先生將處身於無用還是有用？」莊子笑著說：「我就處身於有用與無用之間吧！處身於有用和無用之間，其實也是一種似是而非的辦法，所以仍然難免會遇到災禍。如果能夠遵循大道去生活就不會有災禍了，既然不會受到讚揚，也不會受到責難，該做飛龍時就作一隻飛龍，該做小蛇時就做一條小蛇，隨機應變，而不要固執於一端；該上的時候就上，該下的時候就下，完全以能夠與萬物和諧相處為原則，生活於大道的境界之中，役使外物而不要被外物所役使，那麼如何還會遇到災禍？」（張松輝注譯，2007：326～327）

〈大樹與鴈鵝〉章旨：

本章提出了順應環境，一龍一蛇、隨時而化的主張。（張松輝注譯，2007：326）

附件一：〈大樹與鴈鵝〉劇本改編設計單

戲劇名稱：大樹與鴈鵝

一、場景列表：山林間、莊子朋友家、戶外。
二、角色列表：旁白、莊子、伐木工人、莊子的朋友、童僕、會叫的鵝、弟子。
三、道具列表：劇本（人手一份）、音譜架（可有可無）。
四、戲本內容：

【第一幕】
場景：山林間。
角色：旁白、莊子、伐木工人、弟子。
道具：劇本（人手一份）、音譜架（可有可無）。
旁　　白：這一天，莊子和他的弟子正在山間欣賞美麗的風光。忽然，弟子看見前方有一群伐木工人。
弟　　子：（表情驚奇的讚嘆）先生，您看前方有一棵長的又大、枝葉又茂密的樹木！
旁　　白：莊子朝弟子指的方向一看，果然有棵大樹！樹下還坐了一群伐木的工人。
莊　　子：你們的工作是砍樹，怎麼沒砍這棵大樹？
伐木工人：因為這棵大樹沒有什麼利用價值，所以我們砍他也沒用，不如拿來乘涼。
莊　　子：（感嘆的口吻）原來這棵大樹是因為沒有用處，才不用被砍掉而能平安的活下去啊！

【第二幕】
場景：莊子朋友家。
角色：旁白、莊子、童僕、會叫的鵝、老爺。
道具：劇本（人手一份）、音譜架（可有可無）。
旁　　白：莊子下山後，和弟子一同到了一位朋友家。
老　　爺：（興奮不已）莊子，你怎麼來啦！我真開心，今天就讓我殺隻鵝來做菜，請你好好吃一頓。

莊　　子：（淡淡的喜悅）真的嗎？那真是太謝謝你啦！
旁　　白：莊子的朋友接著交代僕人趕緊去殺鵝做菜，當僕人到了後院時，他對著鵝說。
僕　　人：鵝啊鵝，今天你們得成為桌上的佳餚了。
會叫的鵝：（害怕的不得了）佳餚，那我們不就活不了了？不！我不要。
旁　　白：僕人在這隻叫個不停的鵝旁邊，發現了另一隻不會叫的鵝，便跑去找老爺。
僕　　人：老爺，後院有兩隻鵝，一隻會叫、一隻不會叫，要殺哪一隻？
老　　爺：（摸臉思考）就殺那隻不會叫的吧！動作快點，別讓大家等太久。
旁　　白：酒足飯飽之後，莊子和弟子便離開了。

【第三幕】

場景：戶外。
角色：旁白、莊子、弟子。
道具：劇本（人手一份）、音譜架（可有可無）。
旁白：到了第二天，弟子前去拜訪莊子。
弟子：（皺著眉頭，一臉疑惑）先生，昨天山裡的那棵大樹，因為沒用處而能夠享盡天年，可是主人家的那隻鵝，卻是因為不會叫沒用處而被殺掉。您覺得到底有用比較好，還是沒用比較好？
莊子：我就在有用和無用之間好了，我身在有用途和沒用途的中間，其實有用和沒用也是一種好像對又好像錯的辦法，所以還是會遇到災難的。
旁白：弟子搔著頭，一臉狐疑，對教師的話似乎還是聽不懂？
莊子：（淺淺的微笑）如果人能夠遵守自然的「道」，這樣的生活就不會有災禍。因為沒有人會責備你、卻也沒有人會讚美你。
弟子：這樣做有什麼好處？
莊子：該做飛龍時，就做好一隻飛龍；該做蛇的時候，就把蛇扮演好，要懂得隨機應變，不要過度堅持一定要做某些事情。當自然要我們往上，我們就往上，當自然要我們往下，我們就往下，這樣就能夠和自然界的萬物和平相處了。
旁白：弟子看著教師，還是一臉不了解的表情。
莊子：呵呵呵呵，「道」是萬物最原始的狀態，也就是一團精氣的化生的過程，當我們生活在「道」之中，也就是回到最初的自然之中，當然就

可以不管事情或別人的眼光影響，也就可以過的快樂逍遙，那麼怎麼還會遇到災禍？ 弟子：（點點頭）喔～～我懂了。所以環境的變化都是自然的，我們只要不刻意去改變，順著環境的不同隨時調整就可以避免災害了。

附件二：讀者劇場劇本改編設計單

戲劇名稱：
一、場景列表： 二、角色列表： 三、道具列表： 四、戲本內容： 【第一幕】 場景： 角色： 道具： （劇本內容開始）

【注意事項】

一、劇本設計前，需先將劇本名稱寫上。

二、劇本內容開始前，需先紀錄整場戲劇中所需的場景、道具和角色。

三、不同場景需要換幕撰寫，並且每一幕的開始都要重新細寫該場的場景、道具和角色。

四、文本改編為劇本時，需設計旁白的角色，用來串聯敘述劇情之用。

五、角色的安排以文本中出現的為主，倘若因表演人數較多，可彈性增加角色，但整體劇情走向不可偏離主題。

六、對話的安排一律將第三人稱轉換為第一人稱。此外，倘若角色需加入動作或表情，要在當句臺詞前方，以（　）標示，如：老鷹（眼睛露出兇狠的模樣）：看你往哪兒跑！

七、每個角色臺詞之間的換行間距要比較大，藉以區別不同的角色。

第七章　表演場域的表演應用

第一節　表演場域的特性

一、表演場域特性分析

在教育部《重編國語辭典修訂本》的網頁中可以查詢到「表演」一詞有三種解釋：扮演戲劇；把情節或技藝以公開方式表現；用動作、方法，把事情的內容或特點一一演出，以供他人模仿或學習。而「劇場」一詞則有：表演藝術的演出場所，也稱為「劇院」和「表演藝術的單位或團體」兩種解釋。（教育部，1994）在本章節的表演場域的定義上，主要談論的對象就是表演劇場（表演劇團）中莊子寓言讀者劇場化的應用模式。因為本論述的實施對像是以國小學童為主，因此在表演場域的分析說明上，也將範疇縮小至「兒童劇團」（兒童劇場）來討論。

（一）社會空間

表 7-1-1　表演場域的社會空間資本分析表

表演場域的社會空間資本	
經濟資本	表演場地、道具、舞臺、音樂等設施、劇團本身具有的流動資產。

表演場域的社會空間資本	
文化資本	公開表演的作品、演員、劇本、表演課程設計。
社會資本	表演同儕關係、師生關係、劇團與社區、機構或學校的互動關係。
象徵資本	各劇團本身的經營定位。（劇團通常具有表演專業的象徵資本，是一個藝術價值很高的場域）

上表只是針對普遍概括性的表演場域所作的分析。表演場域相較於學校場域而言，學校的社會空間比表演場域穩定的多。因為大多數的表演場域並不具有公家機構的支持或者是穩定的資金來源，多半是投入一筆資金之後，往後就必須透過妥善的經營管理尋求生財之道。表演場域的經濟資本主要是指場域現有的軟硬體設備以及可使用的資金。一般而言，具營利性質的表演場域在收入和支出間的穩定性是比較低的。因此，不同的表演場域在經濟資本上可能會有很大的差別。以學校場域來說，軟硬體設備、實體或虛擬財產主要都是由國有單位提供，因此每年的經濟來源相當穩定。而表演場域本身就必須看起始的資本多寡和爾後的經營獲利來決定。

在文化的部分，表演場域不是一個正式的學習場所，但卻擁有很多藝術創作的資本，其中包含了公演劇碼、表演課程設計、演員本身的思想、特質、表演、創作、藝術涵養等。一般來說，劇團是被認定是文化資本充裕的場域。至於社會資本，不同表演場域的該項資本差異就會非常大，而社會資本多寡端看表演同儕關係、師生關係、劇團與社區、機構或學校的互動關係彼此經營而來。在象徵資本上，一般人認為劇團是一個專業形象的代表物，它意味著在表演藝術上具有超越一般市井小民的象徵意涵。常進到表演場域中欣賞或學習的個體，也會受到整體氛圍的影響而更具有藝術的思維。

所以表演劇場在象徵資本上是相當充裕的。整體而言，表演場域的資本結構和資本總量差異性很大，只能說在各項資本都能完備的情況下，表演場域在社會階級空間中還是可以佔有不錯的地位。

（二）社會場域

在社會場域之中會影響表演場域（在此都指兒童劇團）整體資本上升或下降的因素很多。一般來說，兒童劇團幾乎都是私人的營利機構。市場上對於表演劇團的需求會與國家的開發程度、對文化事業的重視與否、整體的教育理念、景氣好壞等的有絕大的關係。

馬斯洛的需求理論中清楚談到人的生理需求、安全需求、愛和隸屬需求、尊重需求都依序被滿足之後，人才會產生自我實現的需求，那時整體的文化、教育事業也會隨著起飛。對未開發的國家而言，居民能否豐衣足食是最重要的事情，對開發中國家來說，欣賞表演似乎是經濟資本較充裕的群體用來調劑身心的活動。對臺灣來說？前一陣子新聞已經報導臺灣距離已開發國家的標準只剩臨門一腳。（林惠君，2009）儘管這一兩年來不景氣的現象讓人民的經濟受到不少影響，但整體來說心靈成長或藝術提升的價值已經在我們心中生根發芽。這對表演場域來說是一件好事，因為將有更多人願意將金錢投入其中。對消費表演場域課程的人來說，是以經濟資本換取文化資本。有越來越多的家長重視到藝術對人的審美情操有提升作用，所以願意投入其中學習的比例也增加不少。

雖然表演場域的需求比早期增加了，但還是有些劇團因為經營不善，不堪長期虧損而飲恨結束。所以表演場域要有一種對於本身創作或者指導學童在表演和創作的藝術和技能上，比學校或家庭場域更高要求的自覺。如果能夠善用技巧讓學童在表演上展現專業，就可以使得表演場域的象徵文化的資本大增，以擴大在整個社會空間中生存的機會。整體而言，雖然表演場域受限的社會場域面向比學校或家庭場域來的多，但也無需過度悲觀。因為只要經營者有一套完整的經營策略，懂得為自己的劇團找到與眾不同的特色，讓他人無法取代，並且積極透過各種管道中提高社會資本，一定能夠為表演場域在社會場域競爭中找到比較高的生存籌碼。

第二節　莊子寓言讀者劇場化的表演定位

莊子寓言讀者劇場化在「表演」場域的主要定位也是「表演」。一樣以認識氣化觀型文化為核心，強化表演技巧應用、提升表演藝術價值昇華為主要學習目的；而陶冶性情、語文能力提升和人際間的情感聯繫則作為次要學習目的。我將層次的重要程度以下圖呈現：

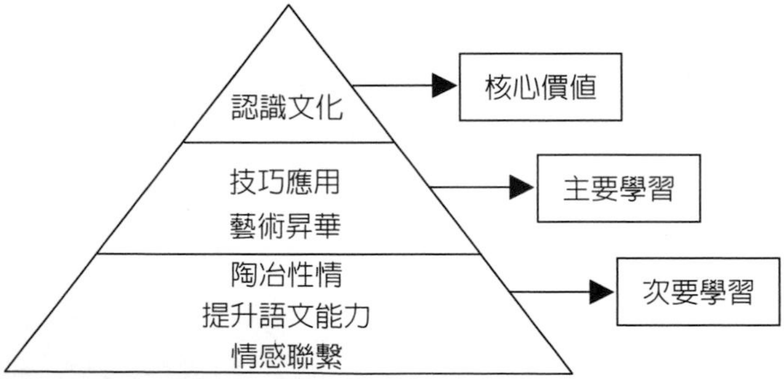

圖 7-2-1　莊子寓言讀者劇場化在表演場域的「表演」定位圖

一、理論架構的「表演」定位設定依據

在莊子寓言讀者劇場化的定位上，選擇以「表演」來定位，主要是和各個兒童劇團所呈現或服務的項目有絕對的關聯性。下圖是我將臺灣幾個著名的兒童劇團服務項目表列的內容：（各劇團更詳細的說明，請自行進入網站查詢）

表 7-2-1　兒童劇團服務項目表

兒童劇團名稱	服務項目與劇團網址
九歌兒童劇團	1. 自辦巡迴公演。 2. 接受企業或機構邀請演出。 九歌兒童劇團網址：http://www.9s.org.tw/9s/。
海波兒童劇團	1. 藝術領域的戲劇部分，提供不同對象規畫【戲劇、律動、製作、成果】四大部分的戲劇課程。 2. 藉戲劇表演、快樂律動及親子遊戲設計，經營親子。 海波兒童劇團網址：http://www.hyperkids.com.tw/。
紙風車文教基金會（兒童創造力工作室）	1. 辦理戲劇活動，讓小朋友親自去體驗角色、去實現夢想的故事。 2. 開立了戲劇創造力的課程給國小、幼稚園老師及社區媽媽。 紙風車文教基金會網址：http://www.paperwindmill.com.tw/。
牛古演劇團	1. 自辦夏秋兩季的固定公演。 2. 進行臺北市各學校戲劇教學輔導、教材編寫、戲劇活動規劃及各項教學活動。 3. 培養一批專職的兒童戲劇演員。 牛古演劇團網址：http://p0016.cyberstage.com.tw/。
豆子劇團	1. 年度大戲的創作與巡演。 2. 舉辦幼稚園中班到國小四年級的戲劇夏令營。

	豆子劇團網址：http://www.bean.org.tw/index.asp。
洗把臉兒童劇團	1 .自辦戲劇演出活動。 2. 每年舉辦兒童冬令營及夏令營。 3. 開辦適合成人參加的舞臺課程。 洗把臉兒童劇團網址：http://www.plct.org.tw/index_1.htm。

從上述表列的服務項目中，可歸納出兒童劇團所服務的幾項重點工作：

(一) 劇團作品的定期或不定期演出（部分劇團每年都有公演）。

(二) 小朋友的戲劇表演訓練（常態性課程或短期的冬、夏令營體驗）。

(三) 與學校場域的合作（教師訓練、藝文或戲劇課程設計安排）。

(四) 其他（例如：劇團演員訓練或家長戲劇訓練等）。

歸納兒童劇團經營的幾項工作後可以發現，劇團本身的表演訓練不光只有團員本身，更多劇團也將指導、訓練學童、家長和教師當成劇團的經營重點。一般來說，學校利用戲劇的情況可分為二大類：一類是藝術與人文領域中預定的教學課程；一類是其他教學領域的教材內容想藉由戲劇的形式來演出，以增加學生理解或趣味性。如：國語課本中倘若遇到有劇本形式的課文，老師多半都會請學生進行角色扮演的戲劇活動。

授課老師本身是否具備戲劇背景或興趣，會讓老師對於在教學中實施戲劇的意願和勇氣大為不同！一般來說，正規師範院校出來的教師，在求學期間學到關於戲劇課程的學習時間很短，內容也學習的很少，有的甚至只是說明理論連實際操作的機會都沒有。這樣的職前訓練會讓缺乏戲劇系統概念、素養的教師們，在未來的教學工作裡容易對戲劇活動融入教學的部分感到興趣缺缺或畏懼，而改以其他方式取代；然而，戲劇文學結合後激發出來的火花總是令人感到驚艷，那是光從唸讀中體會不出來的。讀者劇場的實施讓學童有了以不同方式閱讀的機會，更在角色的呈現過程中對文本的內容重新審視或感受，所以讀者劇場的使用不僅僅是把文本表演出來而已，對演員來說還多了高度的自我認知價值。

文本從改編到演出本身就經過了兩道手續的詮釋，也讓讀者一次次的進入到作者的內心世界中。儘管讀者詮釋後的內涵不一定和原著完全一致，但卻也是另一種感受內化的過程。讓人對境界的想像空間更為廣泛。建構莊子寓言讀者劇場化理論架構的原因更是因為實施的過程中，學習者可以重複的詮釋或修正對於作品寓意的感覺或對生活中的應用模式。再加上這套理論的實施中還能引導學習者體會中國傳統文化的藝術價值，操作上卻又不像一般戲劇活動得要勞師動眾、大費周章的準備劇本、演員訓練、走位、道具、舞臺、燈光……那樣的困難。因此，我相信莊子寓言讀者劇場化的應用能夠獲得學校或表演場域的接受並樂於使用。

目前已經有多個兒童表演劇團除了自己本身的公演戲碼外，還會選擇走入校園和老師或者是學校活動配合。以指導教師增進戲劇專業知能的部分來說，在肢體、表情、動作上的指導就能夠讓學校的教師們更清楚為學童增能的技巧或手段。此時，莊子寓言化的理論架構更有助於學校教師在語言表達、情緒掌握、劇本編寫或演出的訓練。簡單的學習素材和方式也讓其他對戲劇表演有興趣或原本沒信心的學校教師、成人，有機會一起感受藝術的美感。表演場域具有提供藝術創作、演出和專業技術指導的社會責任，因此它所承擔的「表演」專業標準一定要比其他場域來的高。而這也是本論述架構中，為表演場域定位為「表演」的原因之一。

當然，如果有個別的老師或學生想利用課外時間學習戲劇演出，此時表演場域通常是不二選擇。早期在升學主義掛帥的時代，家長一講到補習一定是以學科加強為主，但是到了今日的社會，有越來越多家長重視的是孩子的才藝或興趣培養。因此，我們可以聽到孩子去學跳舞、領導、口才訓練、樂器演奏、游泳、跆拳道、繪畫……而不再只有升學主義下的學科補強了。莊子寓言讀者劇場化在表演場域切入之後，讓學校教師也好、學生也好，都能在熟悉的文化背景下，透過專業演員的技術指導，提升表演技巧的應用並體驗藝術昇華的價值。

一般而言，表演場域中的團員們具備的專業表演知能一定比學童、一般家長和學校教師多，對於「表演」的熟悉度也很高。這除了歸功於原始的訓練或興趣外，主因還是在於他們身處在戲劇表現的場域裡，長時間接觸和運用的關係。在這個場域之中，會產生一個有趣的現象，那就是莊子寓言讀者劇場化本身可以作為表演場域用來指導他人的理論基礎，卻也可以是身處表演場域中的人自我提升專業知能的訓練方式。不過，本論述架構的主角是國小學童，因此針對成人或團員本身的進修或學習不多論述。表演場域倘若能以本理論架構為基礎，透過專業、系統化的課程設計以及專業戲劇人士的專業指導，必然能在學童的語音、聲調、肢體動作和臉部表情呈現上獲益良多。此外，國小學童在表演場域中增加技巧應用的過程中，因為受到藝術的不斷薰陶，也將間接昇華藝術欣賞的能力。基於以上這些理由，我更確信表演場域在「表演」定位上的貢獻。

二、表演場域實施需思考的問題

在此，我提出一個「表演」應用的定位上可能會遇到的問題，讓教學者（指導者）作為教學設計時的參考。上一章節談到莊子寓言讀者劇場化在學校場域中定位是在「教育」，因此無論教文化、教情意、教語文能力似乎都是理所當然。同樣的，在表演場域中教肢體動作、表情技巧、口語呈現也是在自然不過的聯想。可是本理論架構在第五章時就曾清楚說明，無論在哪一個場域裡頭應用莊子寓言讀者劇場化的架構，都要把「文化」作為首要考量。可是在學校非正式的戲劇演出通常是一種輔助學習的工具；而表演劇場中的戲劇呈現則是一種藝術形式的表現，因此如何在「形式」和「內容」之間取得平衡點，就是一件表演指導者或學校教師需要共同挑戰的問題了。

倘若太重視內容議題主軸，則「讀者劇場」本身的藝術成分就會減少；反過來，倘若過度重視呈現讀者劇場中戲劇所蘊含的形式藝術價值，則可能讓文化或語文領域上的內容學習被忽略。也就是說，強調戲劇本身是單純表現的藝術作品或只是為了讓學習更有效的過程，二者間的矛盾就很需要表演場域的設計者多費心思量了。畢竟當課程著重在以議題作為教學背景時，對於技巧、形式、藝術手法的運用就會因為不受重視而缺乏施展空間；倘若著重戲劇本身的學習，可能造成重視「戲劇本身的藝術形式」，卻對想要傳達的議題感到模糊。（張幼玫，2005：13～14）當然，運用本理論架構的指導者無需過於擔心無法平衡「形式」和「內容」而心生退意。因為在國小學童的表演場域學習中，儘管涉及技巧應用和藝術提升的學習目標，但是其技巧和藝術的層次不需要拉到和青少年或者專業表演者一樣高，而只是比學校場域中的學習深度再多一些罷了。依此前提可以了解到表演場域在藝術提升或技術應用的目標下，只是依照莊子寓言讀者劇場化的要求實施就好，學習簡單卻有效的呈現方法，讓學童不怕發表，願意大方展現表情和肢體，並能透過這些活動行為說出心得就已經是達到相當完美的成果了。

第三節　表演藝術的昇華進程

現代詩的朗讀在傳達上要注意以下幾點：

一、詩質，也就是指文字精練的程度。

二、詩意，詩通常伴隨著主題和意象系統，唸讀至此時不宜直接陳述，必須加以轉化呈現出詩文的絃外之音。

三、詩韻，這裡指的是詩句長短變化所造成的節奏律動。

四、詩形，詩的寫作內容布置。

五、詩境，詩文表現出來的境界。

（潘麗珠，2001：131～139）

莊子寓言讀者劇場化的理論架構在呈現的過程中，劇本是由寓言改編而來，而寓言和詩歌在朗讀傳達過程中有很多相似之處，因此在朗讀過程所需注意的部分也可以從上述內容裡看出端倪。例如：詩意，就如同是劇本中的主旨，以本論述而言是指整場戲劇中的氛圍、情境；詩韻，就是對話和旁白、對話與對話、對話與表情肢體間的變化律動；詩境，和戲劇中營造出的整體情境相似。這些不但是現代詩的朗讀中要注意，也是在讀者劇場表演時需要思考設計的要素。

表演場域中的訓練或演出的成果，通常會涉及到場域本身經濟資本上的增減的問題。如：家長付費讓自己或孩子參與表演課程的訓練，而且看到了孩子的表演具有更高層次的美感價值或進步，或者是學校教師和劇團的合作後具體學到些能在學校指導學童的技能或觀念，也可能是兒童劇團表演的團員訓練，學會了更豐富精采的表演呈現方法，這些都是為表演場域（劇團）創造更高的經濟收入以維持劇團的生存的關鍵。所以有別於學校場域中教學應用的自由度，表演場域受到外在社會的經濟宰制程度明顯高出許多。唯有透過提高參與者的表演技術知能、進而提高藝術價值，才能為表演場域獲取更多社會空間資本的要素。

藝術價值的提升要從精湛熟練的表演技巧中獲取，因此參與戲劇訓練的人想要具備有高度的戲劇魅力，口語表達技巧、肢體動作、聲音的運用搭配、內容情感的掌握……等，都要用更高的標準來要求。一般而言，學校中的學童在扮演遊戲過程中會因為平常口語發表的經驗貧乏，以至於緊張、忘詞、僵硬等問題，導致劇情脫離了主體脈絡。（王慧勤，2002）在表演上因為缺乏戲劇元素的基本概念，而變成沒有目的的遊戲，這些問題都會讓學校中的戲劇表演效果大打折扣。但是這些在表演場域的學習中，則會得到比較完整的練習。因此，為了確保在表演場域上有傑出的展現，並讓表演的藝術價值得以昇華，所有表演前的訓練就必須比在學效場域實施時具備更高的水準。

> 口語詮釋是讀者劇場的核心。讀者利用聲音表情詮釋劇本，讓聽者觀眾有如身歷其境。在讀者劇場中，有許多練習方法可以幫助教室中的孩子注意到自己的言語表達，進而有所改善。（張文龍譯，2007：IV-15）

除了口語的重要性之外，聲音表情、肢體表情和臉部表情，也是戲劇表演精采與否的指標。莊子寓言讀者劇場化在表演場域的定位上強調「表演」的重要性，目的也是想要藉由理論的實踐，提供表演場域在訓練學童進入專業戲劇演出前的墊腳石。成功的讀者劇場演出，著重於聲音和肢體表情完美的展現，讀者劇場的表演主要是透過朗讀者運用聲音表情，去傳達文學作品中的含義。表演中的敘述者也能透過朗讀，提供不在劇本對話中被隱藏的訊息。（張文龍譯，2007：III）因此，在大型戲劇的表演前，透過莊子寓言讀者劇場化的應用，可以統整聲音表達（包含發音和朗讀技巧）、肢體表達或臉部表達的練習。透過一次次讀者劇場的實施，可以熟練表演前重要的前置元素。有別於一般表演場域訓練表演者的方式，讀者劇場統整了口語表達練習機會，在表情、肢體或對於劇本主旨的體驗領悟上都可以有充分的準備，因此不失為坊間表演場域用來作為指導學童或演員進入專業表演領域前的好方法。莊子寓言讀者劇場化的實施過程裡，涉及到很多戲劇元素。為了讓表演場域的「表演」定位更具說服力，所以我將讀者劇場呈現時可以搭配運用的相關能力實施方式加以說明，這些都可以作為讀者劇場實施前的引導活動。目前坊間有許多書籍、期刊對於探討戲劇表演元素的訓練方式介紹的十分詳細，想要深入研究戲劇的人可以找到許多資源。讀者劇場雖然也是戲劇中的一種，但卻是以唸讀和表情配合為主，以肢體動作加強為輔。以下是我針對在讀者劇場的實施中，比較重要的元素介紹。

一、聲音表情

（一）發聲訓練

唸讀表達是讀者劇場中相當重要的部分，而在語調訓練之前最重要的就是發聲練習了。因為音量的大小是否符合表演場所需求，會影響整體演出的效果。所以每次上臺前都應該要求學員進行發聲練習，除了開嗓外也從中放大表演的聲量。

（二）朗讀技巧訓練

1.停頓

朗讀中語言的停頓不僅可以用來換氣，也可以表達情意。為了更完美的表達劇本中的內容，可以利用不同的停頓方式加強：

(1) 語法停頓：按照標點符號的指示停頓的方式。

(2) 強調停頓：為了強調某一事物或特別加強語氣的方式。

(3) 結構停頓：用來彰顯文章或段落的層次所使用的停頓方式。

(4) 感情停頓：為了凸顯某一特殊感情所使用的方式。（在莊子寓言中常可看見問句出現，當問號出現時利用語法停頓的方式朗讀，可以有賣關子、增加懸疑性的效果，也可以讓聆聽者更專注於表演欣賞之中）

2.速度

朗讀的速度快慢與否能使作者在文章中所蘊含的思想更完整的被表現出來。例如：表現心情平靜、溫和、放鬆時速度宜慢，表現激動、生氣、興奮時宜快。莊子寓言中倘若有提到逍遙自在的心境時，緩慢的速度可以充分展現悠閒愜意的感受。

3.人物區別

不同的人物可以試著以不同的聲音高低或大小來呈現，例如個性膽小的人可以音低且小聲；飾演領導人則需要宏亮有自信。莊子寓言中的大鵬鳥倘若有對話上的設計，就可以安排以自信有力量的聲音來唸讀。

4.情感

朗讀者透過「視象」讓自己進入角色之中，感受文章描寫的情景，表現的情感要自然不要過度誇張或做作。舉例來說，當「渾沌」

因為被鑿了七竅而死時，朗讀的當下就可以透過眉頭微皺、聲音漸小或低頭等方式表現情感。

5.語調

指朗讀語句時聲音的高、低、升、降變化，也就是所謂的抑、揚、頓、挫的掌握。語調還可以依據句式的差異而有區別。這個部分是我擔任演說訓練工作多年來，學生最不容易掌握的部分，所以需要給學生更多練習的機會。

6.重音

重音是為了正確表達思想內容，藉以抒發情感的手段。方式是在朗讀的過程中，對句子的某些語詞利用聲音加強來呈現。（何三本，1997：153～165）

（三）編排重點提示：

當個別表演者透過基礎訓練後，接著還要說明莊子寓言讀者劇場化演出之前的整體編排重點提示：每個人的音色各有獨特性，適合擔任的角色或唸讀的劇本內容也有所差異，為了完美呈現戲劇本身的內涵，因此必須依據內容選演員。獨誦、合誦、輪誦、疊誦……等表現的藝術感也不同，可以依據劇情需要加以變換。一部精采的戲劇表演必須在每個環節都仔細推敲，才能表現到盡善盡美。正式演出前不斷的排演修正，可以讓讀者劇場的演出更流暢。（潘麗珠，2001a：68～69）

二、肢體、臉部表情訓練方式

> 戲劇活動除了能鼓勵學生在假設的情境中運用口語技巧(如說服)溝通，它更能刺激學生去統合許多「非口語」的表達技巧，如臉部表情、聲調、肢體動作等來傳達話中的涵意與感情。(黃國倫，2006：53)

(一)啞劇

是一種不以聲音，而是透過表情、動作來呈現情緒的表現方法。透過啞劇的練習可以發現外在表現和內在情緒間的巧妙連結。透過特定的形體動作還能引導出特定的情緒。但是學童如果無法從中體會到細微的情緒差異時，指導者應該透過示範或其他引導，讓學童更清楚內在情緒和外在肢體的整合技巧。(廖曉慧，2004)

(二)Mask Monologue 面具獨白

以個人為單位，為特定的面具設計出符合其形象的形體動作、情境，期間禁用語言表達。(廖曉慧，2004)

（三）記憶力遊戲

學員圍成一圈，由引導者設定一個情境描述後，搭配簡單的動作表演。（如：「郊遊」主題下，引導者可以先說：「今天我要去陽明山郊遊，所以要先帶帽子」）一邊說一邊做出帶帽子的動作。接下來的學員復誦引導者的話語和動作後，接下去創作情境和動作。（如：「今天我要去陽明山郊遊，所以要先帶帽子、再背上水壺」）依此類推，活動中要提醒學員敘述和動作都得記得。（廖順約，2006：177）

（四）動作複製遊戲

分組讓學童圍成一個圈圈，領導者站在圓心的位置。一開始由領導者作一個動作，並邊走向其中一個學員，該學員要重複一次領導者的動作之後，學員和領導者位置互換。接下來由中央的學員自創一個動作，走向下一個學員面前，依此類推下去。（廖順約，2006：184）實施上儘量鼓勵學童創作差異比較大的動作供大家學習模仿。此外，每個學員最好都有機會能夠到場中央進行動作的創造。

（五）單人肢體隨機開展

以「一、二、三木頭人」的遊戲為主體進行改編，也就是當引導者在說出一、二、三木頭人的口令時，只是在口令中加入一個形容詞或動作。如：一、二、三，最大的木頭人；一、二、三，最低的木頭人；一、二、三，屁股最高的木頭人……所有可以施展所有手腳肢體的動作都可以套進口令當中。（廖順約，2006：187）在口令上要由簡單到困難，因為這樣的安排會讓內向的人比較容易敞開心參與活動，進而願意嘗試更困難的動作。

莊子寓言讀者劇場化的實施優勢是戲劇表演中因為大場地的關係，所以需要誇張的、太大的動作或肢體，可是在讀者劇場中這些都不是必要的部分。因為透過聲音和表情把內容演出來，並能用心去感受背後的藝術價值與文化觀念，這些才是讀者劇場在表演場域中強調的學習目的。過多肢體動作的呈現並不適合，畢竟誇大的肢體、表情、走位、動作安排都應該是後續進入舞臺表演時才要特別加強的部分，所以不要在莊子寓言讀者劇場化的實施過程裡，有過多或過於誇張的肢體動作，而造成理論架構重點的本末倒置。如果我們把整個戲劇表演從頭到尾的過程比喻為練功，那麼讀者劇場是最前端那個「紮馬步」的基本功。當學童在表演場域中，把讀者劇場裡強調的發音、聲音、表情、簡單的肢體、文章內涵的體會都練習到爐火純青的地步時，要學習任何一種舞臺的表演形式都變得輕而易舉。

第四節　教材的選用與教學活動設計舉隅

一、教材單元設計理念表

在第五章中已經提過莊子寓言讀者劇場化的應用在「表演」場域的重點是增加表演技巧和提升藝術價值，核心價值一樣是文化的認識和學習，透過表演場域中的表演應用，讓有興趣走入專業戲劇行列或者有戲劇教學需求的教師，有一個簡單入門的管道。本活動設計的理念和運用也和其他場域有所不同。因為不同場域彼此之間本來就都有個別特性，不可能將一樣教學重點應用在不同的場域中，表演場域的終極訴求是以專業化的表演贏得藝術的名聲或價值。當然，經營表演教學活動則是除了劇團公演外，最重要的經濟來源。表演場域的教學對象很多，但本單元設計的對象是以國小學童為主。以下是針對國小學童在表演場域學習時，場域可以考慮的設計理念：

表 7-4-1　莊子寓言讀者劇場化在「表演場域」的單元設計理念表

劇本呈現重點	有別於學校場域中語文能力或性情陶冶的重點教學，也不同於家庭的理論目的是為了聯繫家人成員情感。表演場域最重要的是透過劇本的動態呈現，將最美的聲音、肢體、表情等元素展現於觀眾面前。因此，劇本在設計的過程中，對於表情和肢體動作的經營份量就必須比其他場域來的多。 劇本內容撰寫的越詳細，越有助於學童在表演時的心領神會。表情、動作、語調可以透過外在技巧加以訓練，但當學童技術學習到了一定的境界之後，就得透過高度的藝術體驗

	對文章產生感動，進而從「心」演出。初期，劇本可以透過明確的動作描述，如：大笑、點頭、轉身等字眼提醒表演者。等表演者程度提升後，在動作或表情上就可以有更複雜的配合呈現，如：又驚又喜。 另外，劇本設計在表演場域中多半是由引導者或專業的劇本創作人設計，學童參與設計的機會比較少。因此，在表演場域中，學生在表演技能上的學習比語文能力提升或改編能力發展都要來的重要。
教學對象分析	雖然目前許多兒童劇團招收的新生成員是成人、兒童都有，但是本單元主要的教學對象還是在孩童身上。孩童天生就喜歡表演，肢體的動作或誇張的表情、語言會讓他們產生高度的樂趣。因此，只要引導者善用方法，將孩子喜愛表演的天性啓發出來，那麼學童在表演上的學習表現會比成人世界更豐富、更活潑。不同於學校場域的限制有較多的規定，表演場域在表演這個區塊上明顯自由許多；在自由開放的表演氣氛下，學童的膽量增加，想像力也可以被激發出來，而作出令人驚艷的表演。
活動設計表格變更	劇團在課程設計安排上，各有其進度和重點，但可以確定的是劇團的表演訓練不會受到教育部九年一貫課程綱要的限制，在訓練的時間中也不用擔心有時間被其他學科切割的問題。因此，活動設計的表單中，不需特別表列能力指標與內涵。但是為了充分掌握學習者的進步情形，評量還是需要的。
表演訓練元素分析	在表演場域中，美感的表現是相當重要的部分。戲劇、音樂、舞蹈、繪畫……所有藝術相關領域的學科，本來就具備了藝術的美感特徵。而聲音表情的變化、肢體動作的伸展擺動、臉部表情和情緒間的配合呈現等，更決定著一齣戲劇是否成功。在整個表演場域的應用上，我把論述的理論架構應用安排在表演套裝課程中的前半段，尤其適用對於剛要進入表演領域的學童。透過莊子寓言讀者劇場化的實施、簡單入門的過程，讓學童對往後更專業的表演領域訓練更有興趣和信心。讀者劇場中的肢體表情要求低（因為手要拿劇本），只著重在聲音和臉部表情上的搭配。所以本論述在表演元素的

	支援中，扮演著聲音和臉部表情課程入門的工作。當學童對聲音和臉部表情的練習情況改善後，則可進入更深一層的肢體動作運用學習。
兒童表演劇場訓練的新面向	一般的兒童表演劇團的表演內容，都謹記著以兒童生活經驗為設計中心，因此能輕易獲得兒童對於內容的認同，並產生共鳴。但是我在教育現場中發現，只要引導得當，儘管較困難的情境或思想，一樣可以透過妥善的教學設計進到學生心中。可見學生的學習包容力其實很高，反倒是成人們把他們的學習範圍設限了。莊子寓言讀者劇場化中，除了單純戲劇訓練的元素之外，我更相信經由多個莊子寓言的表演呈現，氣化觀型文化的內涵會因為角色扮演時需要一次又一次重新閱讀、熟練角色的思想，而逐漸內化到學習者心中。哪怕學習者只是國小學童，一樣可以發揮相同的效果。表演場域要不斷創新才能歷久不衰、經營自如。不同文化題材的設計與表演介入，可以提供表演場域者思考新方向。
教學時間安排	倘若學童在表演場域學習的目標，是對戲劇或藝術活動產生興趣或習得戲劇演出的基本概念而參加短期課程（如：冬、夏令營），則那種的課程時間安排主要是以基礎表演的認識為主。在課程設計上就會建議在前三次課程中，利用一半的時間透過莊子寓言讀者劇場化的介入，來統整表演元素的教學呈現。在次數上也建議最好要有三次（每次半小時到一小時之間）以上的學習，方能確保學生對戲劇演出的原理有粗淺的認知和體驗。倘若是想要更深入鑽研戲劇相關的技巧、知能，則學習的時間就應該要整體拉長，莊子寓言中有許多篇章內容充滿想像和創造力，很適合用來啓發或引導學習者的學習。因此，本論述無論長短期間的表演場域運用，都可以讓基礎戲劇訓練具有事半功倍的效果。

二、教學活動設計

表 7-4-2　莊子寓言讀者劇場化在表演場域的「表演」應用設計範例

單元名稱	渾沌之死——開發聲音表情	參與成員	國小學童（15-20 人）
設計者	林桂楨	時間	每週一小時（共三次）
實施目標	1. 了解人要諧和大自然，不要加以破壞（氣化觀型文化）。 2. 能主動參與設計安排的活動內容。 3. 能透過各種聲情和臉部表情來呈現劇本內容。（表演技巧、語文能力） 4. 能利用語言技巧適當表現人物的性格、情緒和文章主旨。（表演技巧） 5. 能體會團隊合作的樂趣和重要性。（情感聯繫）		

教學活動名稱	教學活動內容	時間	評量方式
動物狂歡節	一、準備活動 地板教室一間、學員學習成果紀錄表（一人一份）、讀者劇場示範帶、《莊子》卡通。 二、教學活動 （一）引起動機 T：在我們正式上課之前，先來玩一個遊戲，現在請每個小朋友想出一種動物的叫聲，等一下輪流模仿出來。萬一你真的想不到或和別人一樣也沒關係，因為這只是遊戲。（遊戲的目的是要孩子先排除緊張的情緒，好進入下面的活動） T：想好了沒？開始囉，現在所有的動物準備狂歡，先從叫一聲開始。（由引導者先模仿動物叫聲一聲，接著往右邊的學員依序輪完。如果學童還沒敞開心胸，可以接著喊兩聲、三聲	5	真實評量

	或大聲、小聲等各種方式變化，讓孩童進入到遊戲情境之中） 發展活動 【活動一】		
小小 觀察家	T：好，現在大家休息一下，我們來看個精采節目！（引導者先放一段事先劇團團員們利用讀者劇場形式表演＜渾沌之死＞後，所錄製出來的影片給學童欣賞，結束後和學員們共同討論） T：小朋友，剛剛的影片好不好看呀？ S：好看。	5	口頭問答 教師觀察
	T：老師現在要再放同樣的內容，不過這次是卡通形式的影片給你們看。等一下看的時候，請仔細比較一下剛剛的影片內容和現在要播放的卡通，表現在我們面前時，說話的人和聲音有什麼不一樣。〔播放蔡志忠（1986），《自然的簫聲——莊子說》卡通版＜渾沌之死＞〕	5	真實評量 教師觀察
	T：那請你們想一想這二個一樣的內容卻用不一樣的方式表演，那這兩種表演上到底有什麼不同？ S：一個是卡通，一個是真的人。 S：一個有演戲，卡通只有一個人在說話。 S：舞臺表演的有表情，卡通裡說話的人看不到臉上的表情。 T：你們覺得臉上有表情，那聲音有沒有表情？ S：有（沒有）……（鼓勵學童把察覺到的所有現象說出來） T：嗯，部分的同學觀察都很仔細！一般來說，表演者作表演時最容易被觀眾發現的部分，就是他說的話、臉上的表情和身體的動作。剛剛卡通裡都不是真的人，可是當旁白在說話時，我們卻像是看到真正有人在表演一樣，可以想像的到角色的喜怒哀樂，這就是聲音的魅力。	5	口頭評量

我的聲音有表情	當然，有臉上表情一起搭配就更明顯囉！ 【活動二】 T：好，老師現在把剛剛電視上的故事改編後的劇本發下去。（〈渾沌之死〉劇本改編設計附於教學設計之後） T：莊子是一個中國古代很有智慧的哲學家，他創作很多很有意思的寓言故事，再接下來的幾次課程中，我們也會陸續介紹到他的作品。每個文化下都有不同的寓言作品，像你們非常熟悉的《伊索寓言》就是一個例子。此外，佛教裡頭也有很多寓言喔，不過這些寓言之間彼此卻有很大的差別。（指導者利用緣起觀型文化的〈貓兒問食〉、氣化觀型文化的〈咕咚〉和創造觀型文化的〈巨山分娩〉作文化差異上的比較說明，三者間的內容和文化差異請參閱第五章第一節。透過三種文化下的寓言的比較，可以去凸顯莊子氣化觀型文化的特質，這點將有助於學生的表演創作。） T：從我們剛剛的討論觀察中知道，萬事萬物最剛開始都是一團氣，然後這團氣會不斷流動、糾結。現在我們唸〈渾沌之死〉的文章裡，主角就是元氣不分、模糊不清還沒變化為萬物的渾沌。既然渾沌是一團氣，在表演上就可以有很大的發揮空間。接著我們回顧一下這個劇本有哪些人表演，在哪邊表演，需要準備什麼道具，因為這是表演前最重要的準備。現在請大家看著劇本告訴我，剛剛那些問題的答案。（引導） S：演員有渾沌、南海大帝、北海大地、旁白；場景是在天地之間；我們需要道具是劇本一人一份、樂譜架。 T：非常好，現在我們先一起把整篇劇本唸過一次。（師生共同將渾沌之死的劇本唸過一次	30	口頭評量 真實評量

超級演員訓練班	的目的只是讓學生將文字和剛剛的影片連結，還不需要強調表達技巧的呈現） T：等一下你們也要練習演演看。不過，今天我們不作動作只能靠聲音和表情來練習。要怎麼做？現在跟著老師一起做一次。（教師一句一句帶著大家唸，過程中遇到有特殊表情的臺詞，要仔細說明並示範幾種可以呈現的表情或語調，如：驚喜的張大眼睛，就可以由老師示範後，再邀請多位孩子唸讀該句配合表情，表演給其他人看。整篇文章的唸讀中，要讓每個學童都有輪到示範的機會。另外，氣化觀型文化下的莊子寓言強調諧和自然、順應自然的想法，在最後一句旁白表演時跟學生說明清楚，才能讓學生因為了解意義而更能傳神表達臺詞的內蘊涵意） （三）綜合活動 （教師先將學員分成四個人一組，並分別幫他們編號一到四） T：現在換你們各組練習看看，各組一號擔任旁白、二號擔任北海之帝、三號擔任南海之帝、四號擔任渾沌，別忘了你的聲音和表情都要做出來。 S：老師，我可以選自己喜歡的角色嗎？ T：不用擔心，今天的練習中，每個人都會輪流演到這四個角色。好，現在開始練習。（教師在練習過程中，要仔細觀察每個孩童的學習情況和特質，對於內向放不開的孩童，可以在課後另外給予協助）	10	教師觀察 真實評量

三、教學中的其他注意事項

（一）一般會將孩童送到表演場域訓練家長以下面兩種居多：一種是因為孩子活潑想讓他多嘗試；另一種是因為個性內向、不善表達，所以希望透過訓練加強膽識和表達能力。這兩種不同區隔的孩子在指導上要有不同的處理方式。

（二）每次教學活動之前的引起動機，最好選擇和該次活動內容相關的活動，讓整堂課的連結性更強。此外，如果是專業表演課程訓練，在讀者劇場的使用上，還是會建議每次的重點只選一個，如：語調、音量、說話速度、表情等。

《莊子・應帝王》原文：

> 南海之帝為儵，北海之帝為忽，中央之帝為渾沌。儵與忽時相與遇於渾沌之地，渾沌待之甚善。儵與忽謀報渾沌之德，曰：「人皆有七竅以視聽食息，此獨無有，嘗試鑿之。」日鑿一竅，七日而渾沌死。（張松輝注譯，2007：131-132）

《莊子・應帝王》語譯：

> 南海大帝叫做儵，北海大地叫做忽，中央大帝叫做渾沌。儵和忽時常相會於渾沌之處，渾沌對他們招待得很好。儵和忽便商量如何報答渾沌的美意，說：「人人都有眼耳鼻口七個孔竅用來視、聽、吃飯和呼吸，唯獨他沒有，我們試著為他開鑿七個孔竅吧！」於是他們每天為渾沌開鑿一個孔竅，鑿了七天，渾沌也就死了。（張松輝注譯，2007：132）

《莊子・應帝王》章旨：

本章用渾沌的故事說明了人為的各種政治措施，破壞了人們純樸天性和幸福生活，表明了莊子無為而治的政治主張。（張松輝注譯，2007：131）

附件：〈渾沌之死〉劇本改編設計單

戲劇名稱：渾沌之死
一、場景列表：天地之間。 二、角色列表：渾沌、南海大帝、北海大地、旁白。 三、道具列表：劇本一人一份、樂譜架（可有可無）。 四、戲本內容： 【第一幕】 場　　景：渾沌的家。 角　　色：渾沌、南海大帝、北海大地、旁白。 道　　具：劇本一人一份、樂譜架（可有可無）。 旁　　白：南海大帝和北海大帝是很好的朋友，他們常常約在渾沌家談天說地。渾沌看不見、聽不到、也聞不了味道、更無法品嘗食物，因為它是一團自由沒有固定形狀的氣。 北海大帝：每此都來渾沌這邊打擾他實在是不好意思，因為他雖然沒有和我們談話，可是都對我們很好！不然我們送個禮物給他怎麼樣？ 南海大帝：好呀，他對我們很和善，每次我們到他這來他都很歡迎，也從來沒有說過什麼或者是不高興呢！可是到底要送什麼？渾沌不像人類有眼睛、鼻子、耳朵和嘴巴上共有七個洞，可以用來聽聲音、看東西、嚐美食、聞味道，所以真的好難挑合適的禮物送他？ 旁　　白：為了送渾沌一個最好的禮物，南海大地和北海大地絞盡腦汁想了很久，終於…… 南海大帝：（驚喜的張大眼睛）ㄟ，他不能聽聲音、看東西。 北海大帝：（看著南海大帝好像也想到）也不能嚐美食、聞味道。 南海大帝、北海大帝：（興奮的齊喊）那就幫他挖人類五官上的七竅吧！ 旁　　白：南海和北海大帝決定為他挖出七竅，讓渾沌和人類一樣可以看美景、吃美食、聞到芬芳的味道，還可以聽到美妙的聲音。這一天，他們又來到渾沌家。 南海大帝：渾沌呀渾沌，我們幫你挖七竅好嗎？ 旁　　白：渾沌安安靜靜的，一句話也沒說。

北海大帝：	渾沌，你是不是因為害羞不好意思答應？沒關係，那我們就幫你挖囉！
旁　　白：	（此時，南北大帝作出敲敲打打的動作）南北大帝於是開始七手八腳的幫渾沌開了七竅。時間一天天過去了，而渾沌也一天比一天虛弱，可是南北大帝只覺得渾沌是因為不習慣，所以沒有在意。一直到了第七天……
南海大帝：	（鬆了一口氣）我們終於幫渾沌把七竅都打開囉！呵呵……我想，渾沌應該會很開心吧！
北海大帝：	（點點頭，覺得很有成就感）就是說呀，要完成這個艱鉅的任務可不簡單呢！我想渾沌應該會想對我們說說話吧！
渾　　沌：	（表情痛苦猙獰）啊～～～～～～～～～～～～～～～～
旁　　白：	渾沌一句話也來不及跟他們說，就因為痛苦而死亡了。其實渾沌就是大自然，我們常用自己認為對的方法改變我們或別人的生活，結果就像南北海大帝一樣，讓原始的天性和幸福生活不見了。

第八章　家庭聚會場域的娛樂應用

第一節　家庭聚會場域的特性

「家庭」是由一個家族的親人所共同組成的共同體和生產單位，也是社會組成的基本單位，自古以來家庭教育在整個國家和社會的政治活動中具有重要的影響。此外，家庭是建立在婚姻關係的基礎之上，並以這層關係向上發展出思想、文化、心情、情感、人倫關係等，除此之外，家庭關係應該還包含了家庭和社會發生的複雜人際交往關係。而家庭和家庭關係通常是社會發展到一定歷史階段時的文化產物，各個家族間的思想、知識、精神上的傳承也會成為影響社會文化成形的重要因素。（畢誠，2005：1-6）「聚會」有聚集會合的意思，所以「家庭聚會」可說是一個或多個家庭成員透過特定的活動聚集在一起，如：談話、聚餐、郊遊、會議等，共同參與並藉此聯繫彼此情誼或放鬆休閒的活動。以下為家庭場域特性分析：

一、社會空間

表 8-1-1　家庭場域的社會空間資本分析表

家庭場域的社會空間資本	
經濟資本	房子（無論自有或租借）、財產、父母或其他成員的工作薪資。
文化資本	家中文化財貨收藏、家中成員的學歷、家中成員的舉止風範。
社會資本	家人間、親友間、朋友間的關係。
象徵資本	家族的名望或在社會上的地位。

對一般家庭來說，經濟資本首先指的就是一個家庭所擁有的動產和不動產。其次，負責經濟收入的父母或其他家庭成員則是維持家庭經濟平衡的重要元素。在文化資本上，不同家庭的文化資本差異極大，通常有收藏或創作文化財的家庭多半是對生活品質比較講究、對新知學習比較積極的家庭，家中成員的學歷或涵養也都是家庭文化資本的主要來源。倘若一個家庭還有明確的傳統家庭規範，則文化資本就又會無形中往上提升。此外，一個家庭具備共同學習、會共同談論或欣賞文學藝術創作的家庭，或者是家庭成員中學歷或對日常行為舉止要求較高的家庭，也會相對擁有高度的文化資本。在社會資本上來看，家庭場域涉及的人際互動比較小，多半是指家庭成員之間、親戚朋友之間或者比較知心的朋友網絡，如：親子間的相處、兄弟姊妹間的互動、親朋好友間的關係維繫情形等，而這些也是影響資本高低的因素。由於和表演場域或學校場域的人際互動比起來單純不少，因此在社會資本上也就相對低了些。至於家庭場域的象徵資本則和前三者有絕對關聯。社會、經濟或文化資

本高的家庭，象徵資本也就跟著提高，在家族或親朋好友間的聲望就比較高；反過來，經濟弱勢、文化不利、人與人之間又缺乏良性互動的家庭，整體的社會空間資本就會相對狹隘。

不過，我們如果單從莊子寓言讀者劇場化的實施成效來看整個家庭場域的社會空間，會發現儘管經濟資本、文化資本或象徵資本薄弱的家庭，只要社會資本夠多，家庭成員間凝聚力夠強、彼此文化欣賞學習的意願夠高，無論經濟成本多寡，對家庭場域的社會空間影響都不會像學校或表演場域那麼明顯。我們也在新聞報章雜誌中看過許多家中經濟過於困頓，生活辛苦的家庭卻還是能維持很好的家庭氣氛，彼此生活分享、共同學習。所以家庭場域在社會空間階級的分配上相形特殊！然而，家庭聚會的成員倘若是來自不同的家族（如：親朋好友），加上平日缺乏良性的互動，在某些原因得同聚一堂時，則可能發生不同家庭成員相互競爭來提升象徵資本的情形。

二、社會場域

氣化觀型文化中的我們，因為最初都是由一團精氣所化生，彼此糾結的結果造就了在人類世界中的人們也都彼此牽絆，從家族倫理觀念極為濃厚就可以了解。早期社會裡，都是一個個大家族住在一起，所有的孩童有一群大人相互督促制約，因此生活習慣或品行都能維持在正軌上。不過，當家族的勢力越大，也意味著個人在家族中所受到約束要越強。所有個人表現的好壞得失都得攤在陽光下讓家族的人共同評論，因此很難有表現自我特異獨行思想的機會。而家族間這樣微妙的管理其實也是一種牽制。一個大家族通常包含了很多家庭，如果把每一個小家庭也視為一個場域，那麼家族之間的權力鬥爭就會出現。基於敬老尊賢的傳統思想，一般而言年紀越長的成員具有越高的象徵資本，在家族階級中也就佔有較崇高的地位。反過來，年紀越小的成員（尤其是尚不具有經濟資本的孩童）階級地位通常是最低的。

但是由於時代的變遷，加上西方創造觀型文化思想的傳入，現在有許多的家長和孩子在家庭的社會場域中，階級間競爭的情況越來越不明顯。令人驚訝的是這樣的結果，讓更多孩童得以脫離儒家思想的禮教約束，轉而能夠發表自己的想法、展現自己的創意。以A寶和父親李偉文（現為荒野保護協會榮譽會長）的親子互動中，就可以看出端倪。李偉文和孩子常在共同閱讀後，安排有共同的討論分享的時間，而且很特別的是他們兩人討論對話的過程是透過海豚（女兒A寶）和大海（父親李偉文）的問答方式完整的記錄下來，並且編成了一本閱讀心得報告小書，這本讀後心得的小書，最後還成為北市小學生評比特優的作品。在A寶小書前方的序言摘錄中寫到：

> 爸爸就好像是無邊無際知識淵博的大海，而我像是好奇寶寶海豚。我們用問答的方式就好像大海和海豚的對話。最後這個篇章就這樣產生了。（李偉文，2008：226）

從上面這個例子可以發現，在這個家庭中社會場域的階級仍然存在，爸爸就是具有高度象徵資本和文化資本的家族成員。只是在這個家庭中，父親不是用資本來與小孩競爭，相反的他成為了孩子成長的最大動力。所以場域中的成員倘若能親密互動、和諧共處，其實就是擁有了最富裕的資本了。

> 親密的互動提供大腦發展所需要的豐富環境，有較多的語言學習，帶動細膩的觀察和討論，陶冶人際互動的態度。孩子在童年時期能享有親密的家庭互動，不但智能發展較好，其樂觀的態度也比較明顯。（鄭石岩，2006：94）

家庭整體氣氛和成員互動模式，深深影響著整個家庭的成長和運作，而學習型家庭的實施能讓親子之間的互動產生好的連結。在現今社會中，有越來越多的家庭會以共同成長為目標，透過這種管道共同學習和成長。廖永靜（2001）在＜學習型家庭的理論基礎＞一文中談到學習型家庭的其中一項重點為：

> 家人在這段時間共同活動，活動過程有互動，最好是語言的活動。如：聊天、談話、討論、分享。若是做非語言活動，也能夠在活動結束之後，進行語言交流的活動。

另外，陳之華（2009）也認為家庭在語言教育上所能產生最大的影響力，是建立言談內涵的廣度與深度。家庭如果能利用晚餐時間跟孩子們以好的內容、精確優質的語言進行交談，對社會幫助很大。可見得語言活動在學習型家庭中是很重要的一環，畢竟言語的交流可說是情感聯繫的絕佳工具呢！而在學習型家庭中實施的活動有很多，如：親子共讀：在親子共讀的過程中，父母可以將自己的思想精華傳達給子女，也能從子女身上感受新的創意與活力，還能夠從中得到親子情感交流的機會（王淑芬，2002：17）；床邊故事：父母利用睡前的時間，以溫柔的、戲劇的聲音來唸故事，雖然只是「聽覺上的閱讀」，但日積月累也能讓孩子習慣文學化語言，並奠定良好的閱讀基礎。（同上，55）

第二節　莊子寓言讀者劇場化的娛樂定位

莊子寓言讀者劇場化在「家庭」場域的主要定位為「娛樂」。氣化觀型文化為核心是不變的原則，而情感的聯繫成為家庭場域進行莊子寓言讀者劇場化表演時最重要的目的；至於陶冶性情、語文能力提升、戲劇技巧應用、提升藝術價值昇華等則是次要的學習目的，我將層次的重要程度以下圖呈現：

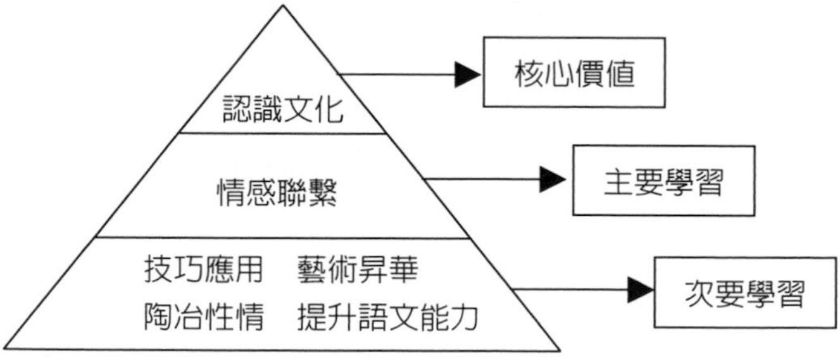

圖 8-2-1　莊子寓言讀者劇場化在家庭聚會中的「娛樂」定位圖

一、娛樂教學目的的設定依據

如果用廣義的定義來說明「家庭聚會」，那麼只要是一家人或幾個家庭的成員聚在一起活動，都可以算是家庭聚會。如果是以本論述的「娛樂」性質談家庭聚會的定義，則家人間一般的生活作息的常態性對話就不能算是家庭聚會了。很多人都有利用閒暇時間從事娛樂活動的經驗，可是家庭中的個體倘若是在共同休憩的時間進行個人的活動休閒，那麼家庭間的凝聚力會因此下降，彼此的關懷、互動也會變少，更遑論具有溫馨和樂的家庭氣氛了。

共同欣賞、討論分享節目內容、外出踏青郊遊、唱卡拉 OK、三五好友或家庭聚餐談天，都能紓解不少繁忙的生活壓力。家庭是一個生命共同體，彼此共同需要。在成員不斷學習新知並相互討論、計畫、參與活動的過程中，將所學與家人共同分享、共同體驗學習樂趣，則家族成員間的凝聚力可以增加，家庭也會呈現活潑、愉快多元的氣氛。此外，家庭聚會能夠相互溝通家族成員的意見與想法，透過發表成員間的意見分享討論能夠凝聚家庭共識。（張玉玲、鄭曜忠：2001）近年來和諧親子關係的營造觀念越來越受到重視，也有很多家庭陸續加入了共同學習的行列，家庭讀書會也就成了另一種家庭聚會概念下的表現方式。

家庭讀書會的實施方式多半以家庭成員閱讀後共同討論分享為主，但是相較於上述的娛樂活動，閱讀的娛樂性似乎相對是低了些。倘若家長的家庭讀書會又以希望孩童學習為目的，那麼對孩童來說家中的休閒活動則變成了另一個負擔。在家庭聚會中，莊子寓言讀者劇場化的戲劇優勢，能讓孩童產生高度的娛樂感受，因為戲劇的表演呈現與心得分享是一種會讓孩子充滿興致的遊戲。戲劇的其中一種英文解釋為「Play」，所以戲劇本身就是一種遊戲，而遊戲又是孩子與生俱來的能力。家庭讀書會的發表倘若能透過讀者劇場演出的方式呈現閱讀心得，自然能讓孩童收到意想不到的「娛樂」的效果。因此，莊子寓言讀者劇場化在家庭場域的應用中，我將其定位在輕鬆的「娛樂」上。減低孩童在學校場域中已經接受許多的學習內容，又得在家庭場域中學習的抗拒感。家庭本來就應該是一個可以放鬆享受的場所，而不是一個讓身心繼續被約束綑綁的地方。將家庭場域中的理論架構定調在「娛樂」，既可以增加家庭成員共同成長與體驗新事物的機會，也不至於造成孩童過大的心理負擔。期盼這樣的理論架構帶給家庭成員的一種全新的視野，並成為大家在聚會休閒時有趣又有意義的家庭活動。

前面談過，戲劇對孩童來說其實就是遊戲！遊戲要有內容、要有主題，要有孩童可以參與、創作或瘋狂的元素。童話、寓言故事輕鬆有趣，孩童可以天馬行空的為故事加入無限創意，並在表演時隨心所欲的說、笑、叫、跳，不用擔心會有學校場域或者表演場域中不好意思或擔心被取笑而自我約束的現象。此外，童話或寓言背後通常有隱藏的寓意或價值觀，當家庭聚會願意將戲劇和文學結合共同分享、體驗甚至演出時，它自然是家庭聚會中多功能的表演題材。運用戲劇表演的方式，可以深入啟發兒童心智，更有效的達到教育效果，也可以讓兒童體會人與人、人與環境間的互動，是一種寓教於樂的學習方式。（徐秀華，1995）本論述嘗試將具有文化與戲劇藝術之美的理論架構植入家庭聚會的場域之中，希望透過這樣有趣的活動設計，提升與活化家庭聚會娛樂的品質。

二、適合實施的家庭氣氛

本理論架構在家庭聚會中實施時，有個先決條件會決定實施後是否真能發揮「娛樂」的效果，進而達到家族成員情感聯繫的目的。那個條件就是「和諧、民主的家庭氣氛」。文學與戲劇的結合演出需要大量的創造力，而孩子是否具備高度創造力和家庭氣氛有絕對的關係。通常「較多自由與安全」、「較少限制與威脅」、「較多父母期望與指導」的家庭氣氛有助於孩子的創造力激發。（黃淑絹，2001）和諧的親子互動，也能讓父母宰制子女的力量削弱，讓子女有膽量、有意願參這樣的娛樂活動。家庭本身沒有生命，是家庭組織成員在良性的互動過程中成為人類精神和物質所寄託的重心。

> 親子互動品質好，可以促進孩子性別角色認同，傳遞社會文化所認同的道德觀，增加彼此親密的依戀品質，促進孩子玩性發展，亦有助於日後同儕互動的基礎。（郭靜晃，2000）

家庭具有愛情、生殖、教養、保護、娛樂、經濟和宗教功能，但是目前的臺灣社會，因為整體經濟結構的改變，早期務農的大家族形式已經式微，取而代之的是工、商、服務業為主小家庭。這樣的轉變確實讓許多家長在工作忙的不可開交之際，選擇將教養（教育）的功能交給學校或課後照顧機構（補習班、安親班）處理。以前大家族間情感聯繫和凝聚力很強，因此彼此的感情融洽、孩童的成長過程中也很少出現品格或態度上的大問題。可是現在有很多小家庭在教養上的功能喪失，造成孩子和父母的關係日漸疏遠，間接也造成孩子在家庭或社會上適應上的不安、焦慮甚至是無助的負面影響。

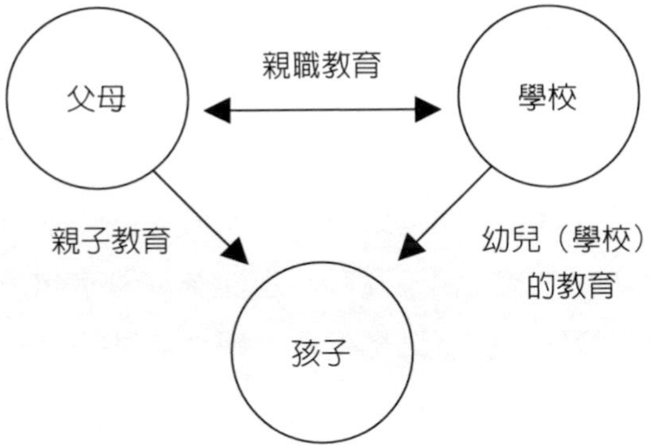

圖 8-2-2　兒童與其社會化系統的關係圖（資料來源：郭靜晃，2000）

上圖清楚標示出了父母、學校和孩子之間三者密不可分的關係。當親職教育、親子教育和學校教育功能都完整具備時，學生社會化的過程才能更為完整。在人類所存的「物質環境」和「社會環境」中，家庭中的社會環境包含了夫妻、親子以及兄弟姊妹間的關係等。以目前的社會現況來看，因為社會環境不良而感到困擾的青少年比物理環境不良的來的多，而這樣的問題通常是因為父母對於子女的期望過高、父母對子女的管教太過嚴格、父母親忙於自己的事業，而對子女太過冷漠、父母本身有嚴重的問題行為，如：爭吵、離異或家庭破碎等。（中國青年反共救國團青少年輔導中心——「張老師」，1977：91-93）

由於目前社會上很多家庭彼此獨立，所以儘管是同一家族的家人，也可能因為各自成家住在不同地方，而減少了聯繫。而在這一個個小家庭中，父母角色在場域裡就有著較高的社會權力，也擁有多的象徵資本。倘若父母能帶頭利用定期或不定期的家庭聚會來聯繫家庭成員情誼，可以增進成員間情感關懷、聯繫的機會，也可讓孩童多了一個學習人際互動的管道。

三、娛樂價值所在

當和諧民主的家庭氣氛順利經營起來之後，接著就可以開始思考家庭聚會的實施形式了。目前，在親子教育上，「學習型家庭」的概念發酵，有越來越多家長體認到唯有回歸到親子教育上，孩子的發展才能更完整。而這也正是有效提高家庭場域中文化和社會資本的方法，學習型家庭能透過家庭成員終身學習的習慣，強化家庭生活品質提升內涵，讓成員互動中表現出清醒、思考和解決問題的態度，並藉由父母帶動孩子一起學習良好的態度、培養好奇、主動性和交流的習慣。

在實施的做法上，有親子共讀、話題討論、好書推薦等。目前有越來越多的家庭透過閱讀活動或專題分享討論的方式共同成長學習，而這樣的轉變讓家庭原本以養育為主的過時概念有了重大的變革。家庭可以是一個快樂成長的場域，而彼此不斷地想法激盪、分享和學習的結果，也讓家庭氣氛變得更加歡樂。戲劇是一種孩童的遊戲，因此第八章我將嘗試將莊子寓言讀者劇場化的理論，以「娛樂」的定位方式走進家庭之中，並且和原本家庭聚會中經常實施的方式相結合，讓家庭場域裡的成員都在創意中找到樂趣，也融洽了彼此感情。

第三節　聚會娛樂的搭配模式

常態性或有計畫性的家庭聚會的施行並非一蹴可幾的，剛開始的聚會在實施前，家庭成員通常會先彼此溝通協調出一個大家都適合的時間。家庭聚會在實施的初期，可能會因為孩子天生的個性害羞、對家庭聚會目的認識不清，或者平常親子間的關係較為緊張或拘謹，而讓天真的孩子怯於表現或對聚會活動興趣缺缺。因此，平日和孩子間保持良好的互動關係，建立良好的溝通管道是成功營造歡樂家庭聚會氣氛的關鍵。家庭聚會的組成可以是小型、單純家中的成員，也可以是邀請親戚朋友等多個家庭一同參加的形式，如果各個家庭間有年紀相仿的小朋友最好，因為一群小朋友在相處時很容易找到樂趣，而且感情熱絡的很快。小朋友之間從陌生到熟識、從東西私有保管到願意一同分享，都可以算是一種人際間的生活美學。小朋友也可以從相互遊戲的過程中，學習正確人際互動應有的態度，過程中小朋友難免會發生的小爭執，此時更是一種情緒管理學習的好機會，因此運作得當的家庭聚會可為家庭成員帶來的正面效益是相當高的。

家庭會議也是一種常見的家庭聚會方式，通常是全家人共同約定每周的某一時段，透過輕鬆的或者是議題討論的方式加以實施。當每週有固定的時間喝下午茶、吃點心、談論生活中大小事時，平日各自忙碌的家人們就有了共同分享的機會，遇到問題或困境時，也多了共商決策的對象。倘若當週沒有重要的家務事宜需要討論，則可進行一些娛樂活動來拉近家人間因為平日繁忙而缺乏交流的情感，接龍遊戲、說故事比賽、共同烹煮一頓飯等活動，任何家人共同完成的事物都可以為家中營造較為融洽溫馨的氣氛。正因為家庭聚會讓全家人有共同的時間進行對談，孩子也有和平常因工作忙碌而無法多相處的父母增加相處的機會，所以一旦安排了固定的家庭聚會時間，就不要任意更動時間，而妨礙讓它成為一個家庭情感定期聯繫的管道。如果任何家中成員有事情而必須要變動家庭聚會時間，也建議要徵詢孩子的意見，畢竟不論大人、小孩都需要被尊重。連家庭聚會時間更換都會徵求孩子同意時，孩子會認知到自己也是家庭聚會中重要的角色，進而對家庭聚會的參與更熱衷。（余佩玲，1997：88～89）

一個全家人有定期聚會的家庭，在一次次的參與討論或分享的過程中，語言表達和溝通協調的能力都會有明顯的進步。分享彼此生活、感受、發表對家中的意見和問題，解決家中成員的衝突、分派家事或者計畫全家人的休閒活動都可以利用家庭聚會時間決定；而家庭會議後的娛樂活動可以舒暢身心，凝聚全家人的情感。（吳之儀，2001：99）因此，本論述便期望將理論架構能影響的層面，從一般刻板印象中的學校也延伸到家庭之中。因為家庭教育和學校教育完美結合才可能教出一個個無論品德態度或學科知能都優秀的孩童。當然，「家庭」場域的理論實施重點並不是補足學校教育的不足，反而是藉學校和家庭兩個場域的共同合作，讓學習的時間長度和內容深度更完整、更具有整體的連貫性。因此，我相信莊子寓言讀者劇場化在家庭聚會的實施中，可以提供家庭聚會一種休閒娛樂兼學習的新體驗。為了讓一般家庭有更高的接受度，我在設計上採取融入一般家庭聚會娛樂活動的模式來進行，以降低家庭對理論架構的陌生與排斥感。而我試著將結合的方向分為三方面論述：音樂性的活動配合、語文性的活動配合、科技性的活動配合。

一、音樂性的活動配合

相信大家都有見識過國小孩童、甚至是更小的孩子在看完電視新的廣告後沒幾天，就對其中的廣告歌曲琅琅上口的實力，可見喜愛表演、模仿其實是孩童的天性。一般家庭生活中，音樂是常常出現的元素，不論是聽音樂、看電視跟著哼唱，或者是拿著麥克風唱個家庭式卡拉 OK，都是一種音樂娛樂。另外，孩童也會隨著音樂擺動身體，年幼的孩童或許沒有節奏概念，卻也能跟著扭腰擺臀。國小的孩童可能開始會學唱流行歌、跳著名歌手的舞步等。不過，很少有家庭會想到把音樂性的活動和劇本表演結合。

> 「家庭劇場」應該是讓兒童充分發揮想像力、創造力，並以親身的體驗去滿足其願望及夢想的活動。而其過程應該使孩子具有自演、自導的自由。（游乾桂，1988：17）

從生活中的種種跡象裡發現，孩童其實是具有高度想像力與創造力的。如果家庭和學校懂得善用這些特性，孩童的創造力和巧思將能源源不絕被激發。游乾桂肯定孩子能夠自導自演，所以莊子寓言讀者劇場要在家庭中實施絕非難事。重點是如何和音樂性的活動搭配，才會有相得益彰的效果？我認為一開始在挑選莊子寓言時，就可以從角色挑選做起。一般而言，兒歌中出現的動物或動作較多，以致於比較明顯的動物、表情為主的內容，都是不錯的選擇。例如：《莊子‧至樂》中提到魯王養鳥的寓言，其主旨是說人要順應萬物的天性，不要用人的觀點予以限制，和大自然間的萬物和平共處、互不侵犯，才是順應自然的方式。寓言中的鳥最後是因為魯王用了錯誤的方法而將牠活活養死了。我們在寓言改編上或許可以改成魯王終於知道用自然的方式對待自然萬物，才是大道，所以將牠放了。此時，年幼的孩子可以接唱〈我是隻小小鳥〉、國小孩子可以用直笛伴奏、或者表演鳥兒終於獲得自由的模樣。

又或者以《莊子‧至樂》的另一篇故事莊子鼓盆來舉例。莊子的妻子死了，莊子非但不傷心，反而還拿著瓦盆一邊敲敲打打，一邊唱著歌，讓弔喪的人都覺得匪夷所思。透過音樂性活動加入後，可以在演到敲打鼓盆時，由孩童選取物品自由敲打並且學莊子開懷唱歌。當孩童在敲打歌唱的過程中，會對這樣的活動感到相當有趣，所以除了能夠達到娛樂的目的外，也可以在活動後告訴孩童，莊子所以不像一般人感到難過，是因為人本來就是由精氣化生而成，因此死亡不過是回到原來的精氣狀態，人的生老病死就像是春夏秋冬一樣的自然的文化特徵。

> 閱讀群間的彼此關係，可以從陌生、忽視、不了解中，經過了群體的互動，「演」的歷程和參與其中的影響，不僅快樂的學習，還發現新的動能、認知與自信，完成經驗學習的目的，進而延展、開發經驗、展現創造力潛能。（林秀兒，2006：175～177）

跟家庭聚會中音樂活動相結合呈現戲劇的成員，不一定限於單個家庭，多個家庭孩童一起實施有另一種趣味。各家庭的家長可以在活動前告訴每個小朋友當天各準備一個自己負責的項目，說故事、唱歌、樂器表演等都可以。為了讓當天聚會的表演有一定的效果，在聚會來臨前家長可在家中事先陪伴孩子準備，並隨時提供援助。聚會當天可以邀請活潑大方的孩子負責臺詞較多或者動作、表情需求較大的孩童，幾次下來內向害羞的孩子因為有同伴的示範作為借鏡，會比較容易卸下心防，跟著進行表演活動。（余佩玲，1997：74）有意願想將本論述應用在家庭聚會中的人，不妨從類似的題材著手，讓孩童有可以搭配歌唱、跳舞或者是樂器演奏的機會。這樣的呈現方式，必定能為家庭聚會帶來歡樂和學習的雙重效果。

二、語文性的活動配合

美國老布希總統的夫人芭芭拉‧布希經常在家中朗讀書中內容給孩子聽，因為她深信在家時常聽父母唸書的孩子，比沒有聽書的孩子有更高的閱讀力。呂宗昕等人認為家庭朗讀以有故事性又帶點啟發性寓意的書籍最適合共讀。他也建議家長與孩子共讀時，要邊唸邊問問題，以增進孩子的好奇心和刺激孩子的思考能力。現在有不少孩子自我中心強，搶著講話卻無法尊重別人說話；也有一些孩子是問了半天卻沒有任何回應，這些都需要透過聆聽和說話訓練來改善。聆聽是說話學習前的最重要刺激元素，因此聆聽能力好的學生，說話能力一般也都不至於太弱。語文活動是目前有計畫的家庭聚會中最常被應用的領域。一方面是因為語言是人類日常生活交際的基本工具，它可以表情傳意、記憶、思考、解決問題，是人類一切行為的基礎。而科技時代的到來，讓人與人之間的互動更頻繁，運用口語的機會也越來越多。國小是學習語言的最好時機，此時培養良好的聽說能力與習慣，不但為作文打下了基礎，對將來學習或工作也都有極大的助益。（呂宗昕，2007：204～208；黃瑞枝，1997：249；臺北市教師研習中心出版品編審小組，1990：2～3）

另一方面則是因為近幾年來，國內對於閱讀推廣非常重視，閱讀能力的提升也被教育部列為重要的教學方向，於是親子共讀、師生共讀、讀書會、圖書館利用教育……使閱讀相關的活動變的非常火紅，連帶著家庭聚會的活動裡，也有不少家庭以假日共讀的方式，分享或學習新知。說話是從聆聽能力開始學起的，國小孩童已經接受在聆聽父母口語表達、平日交談或學校語文教育中學會說話。尤其是孩子倘若能從父母閱讀的過程中，受到足夠的語言刺激，那麼他對口語表達的興趣和基礎能力都會比其他孩子高。

有鑒於目前很多學習型家庭的活動都是透過共同聚會的時間與孩子分享或討論課外讀書的內容與心得，因而有莊子寓言讀者劇場化加入家庭讀書會來實施的構想。因為純閱讀的學習分享模式對於作者想傳達的知識性內容或許有辦法消化吸收，也可以透過分享討論獲得共識或習得新知，但是情意上、文化上這種和生活緊密結合卻又無法透過紙筆、口頭描繪的部分，就一定要藉由其他方式來學習。因為口頭分享或紙筆紀錄的方式倘若無法和作者的生活經驗結合而產生共鳴，則閱讀者不容易感同身受。尤其是影響我們數千年儒道思想和傳統文化思維，可說是無所不在卻無從唸起。這種非得透過親身體驗不可的學習內容就得借助戲劇，讓孩童進入角色之中感受、體驗才能有所了解。

> 做戲劇中，理解文本、探索文本、再構文本，展現自己與文本的故事過程，思考著如何將身體、遊戲、故事、空間、語言、書寫、思維和他人，作一個關聯性的連結，讓自己可以建構知識的內涵，進而表現自我、發現自我和呈現自我的詮釋。（林秀兒，2006：175）

莊子寓言讀者劇場化的實施，可以幫助一般學習型家庭在閱讀之餘作為情意與文化、藝術欣賞等內容學習時的最佳搭配方式。沒有具體形象或知識，戲劇表演很難增加孩童對文本內容主旨或情感傳遞的體驗機會。做法上建議可以利用家庭親子共讀的時間舉辦一場「書香發表會」，透過短劇表演的形式將書中的情節、甚至發送邀請卡給親朋好友，請他們一起來共襄盛舉。表演當下，還可以搭配和故事情節相關的音樂或菜單。結束時邀請成員一人用一句話分享從書中獲得的東西。以莊子寓言為內容，以讀者劇場為手段，進行親朋好友間孩子們的學習遊戲。當然，父母倘若願意和子女一起朗讀劇本、甚至擔任演出時，會使父母更清楚子女的學習情況，也可以增加和別的家庭的合作機會。（王淑芬，2002：134；張文龍譯，2007：137）

> 孩子在「說書」的時候，等於是再次回憶書中的情節，經過自己大腦的思考整理後，將原書的風貌重現出來。「說書」也是訓練孩子口語表達能力的有效方式，可以使孩子的語言變得更為清晰、更有條理。（呂宗昕，2007：213）

莊子寓言讀者劇場化在實施時，孩童的劇本唸讀其實就是說書。倘若孩童還有參與改編劇本的工作，那麼他對於情節的發展、甚至是莊子的心境都會有更深一層的感知。為了讓觀眾清楚表演的內容，孩童也會在不斷地練習中提升自己的發表能力。對個性害羞的孩童而言，在自家人面前說話比在教師或同學面前容易的多。所以能夠和家庭中的語文活動結合，也是促進孩童文化認知與強化表達能力的好方法。

> 討論問題，就像是玩投接球遊戲。我們把球（問題）投給孩子，看孩子接到球之後，會如何把球（問題）再投回來給我們。透過這樣的意見交換，問題的衍生越來越多，層面越來

越廣，孩子的意見會更有創意，更加的多元化。（余佩玲，1997：87）

對孩童來說，莊子寓言讀者劇場化是一個有趣的活動（遊戲），只要家長引導得宜，孩童通常都可以獲取高度歡樂的學習經驗。所有參與者（孩童、家長）都必須不斷地討論，家長可以利用這樣的機會不斷丟開放性的問題給孩童，促使他必須不斷思考，讓問題討論的面向更廣、更深入。而在不斷思考、討論的過程中，文化對生活的影響也能夠在潛移默化之中進到孩童的內心。莊子寓言篇目的選擇上，聚會成員可以在共同實施讀者劇場活動之前，由大人與孩童們先透過多篇莊子寓言來進行閱讀；並在篇目閱讀完畢後由孩童選定喜愛的莊子寓言內容（因為孩童自己選擇的寓言，一定是對他們較具吸引力的部分，而且讓孩童決定後能讓孩童有種自己也是決策者的感覺，所以要更用心的感受）。

決定寓言篇目後，家長需要扮演引導者，和孩童一起決定劇本設計及寓言最後所欲呈現的寓意為何。討論之後的寓意可以多元，只要是對情意、文化或品格態度修養有幫助的都是可行的內容。唯獨對於文化色彩濃厚的部分，家長還是可以技巧性的透過引導，讓文化主軸進入到與孩童共作的劇本設計中。讀者劇場的實施時父母和子女分別擔任不同角色共同朗讀劇本，建議家長可以擔任文化意涵澄清的角色，藉由劇本中的臺詞強化孩童對文化的認識。莊子寓言讀者劇場化的實施需要一段滿長的時間執行，當孩童有一段長時間與父母共做或共同分享時，親子間的感情自然會越來越融洽。

三、科技性的活動配合

處於科技發達的現代，大部分的家庭視聽設備可說是一應俱全，電視、電腦、伴唱機、投影機、DV 等已經是許多家庭中必備的電子產品。而現在的孩童們在沒有家長引導或陪伴下，休閒活動也從早期玩扮家家酒、捉迷藏、捉魚蝦等戶外活動，轉變為看電視、打電動、玩線上遊戲、打電話和朋友談天、聽 mp4 等足不出戶的科技娛樂。科技發展是必然的趨勢，倘若家長只是一味的禁止卻不懂得轉變心態予以利用，那就真是太可惜了。科技產品的使用對孩童並非都只有缺點而沒有助益，像是欣賞優質的電視節目可以讓孩童習得新知；善用電腦功能可以作文字、圖畫的數位創作；聽音樂可以抒發情緒、激發創意。所以科技產品並非都不好，用對了方法，一樣可以成為家庭場域中學習和娛樂的最佳利器。我們不難發現孩子對於廣告中的臺詞或歌曲學習力都很強，一個新廣告出現後的幾天內，孩子已經能具體模仿內容中的對話或哼出廣告主題曲的調子。我們可以將孩子對新奇事物的好奇心和學習力與家中現有的科技產品相搭配，創作出一部精采絕倫、獨一無二的廣播劇。

讀劇，在西方已有悠久的傳統，不論是家庭、社區、學校、教會等場合都會安排戲劇演出。許多國外電影情節中，常可看到幼稚園或小學的學校年度盛事都是一齣話劇，小朋友等著分配角色，媽媽們忙著製作戲服，爸爸們一定要排除所有工作行程到場觀賞和攝影……。（薛秀芳，2005）在家中，我們也可以透過科技完成這項有意義且創意十足的活動。莊子寓言讀者劇場化和科技產品配合後，可以呈現動態的聲音或影像檔，這樣的過程會讓孩童覺得新奇有趣，更會覺得自己像是明星一般而更投入活動之中。DV 可以錄下全家人共同演出莊子寓言改編劇的模樣，也可以一同觀看演練時的表情、動作，從中找出表現精采的部分共同喝采，在劇本唸讀表演時的 NG 部分相信是家人覺得最有趣也印象最深刻部分；如果沒有攝影機，電腦的錄音功能也是很棒的工具。找個人擔任主持人，引出表演節目名稱（寓言改編的篇目或自創題目），接著全家人以讀者劇場的方式共同唸讀莊子寓言改變後的劇本，共同完成一個兼具趣味和知識性的廣播劇。

當科技遇上莊子寓言讀者劇場化的實施模式，又是一種全新的創意發想！對於家庭成員間的共同學習成長、增進家人情誼和娛樂上都有顯著的效果。其中，最難能可貴的是莊子寓言讀者劇場化在家庭聚會中運用時，還會多了最重要的文化學習。從小就有朗讀書本給孩童聽的的家庭，孩子會具有較佳的語文敏感度，也會產生對傳統文化的崇敬感。（王淑芬，2002：8）本論述在家庭中的實施，強化了家人間的感情聯繫、提供文化學習的機會，讓彼此的想法思維透過劇本改寫和表演的過程中清楚表現，也減少因為個性想法上的不了解所而產生的摩擦。

第四節　教材的選用與教學活動設計舉隅

一、教材單元設計理念

在第五章中已經提過莊子寓言讀者劇場化的應用在「家庭」場域的重點是增加家庭間的「娛樂」性，在核心價值——「文化」認識不變的前提下，透過娛樂休閒的過程中達到「情感聯繫」的目的。莊子寓言讀者劇場化能提升家庭教育上增進家人情誼聯繫的功能。本活動設計的表格有幾個部分和其他場域明顯不同，主要是因為家庭場域實施的最終目的是希望能夠在娛樂休閒的氛圍下相互學習、彼此成長，透過活動的共同參與，拉近家人間的情誼，而不像學校或表演場域的活動重視教學成效。以下是針對家庭場域活動設計的理念所作的說明：

表 8-4-1　莊子寓言讀者劇場化在「家庭場域」的單元設計理念表

角色數量安排	我選擇的以這個只有三個角色的劇本為範例的原因，目前社會中的小家庭比例較高，一般單一小家庭的人數不多，因此角色人數少的寓言設計很適合剛入門的家庭使用。如果家庭人數較多，或者是孩童個性活潑敢表現者，則可以改選人物較多的內容，體驗一人分飾多角的樂趣。
實施的時間	時間的安排上也相對自由，由家庭成員訂定每週一小時的時間連續三次來實施。需要特別強調的是家庭的共學時間比學校或表演場域彈性，因此容易因為缺乏計畫而使活動失敗的情況，因此事前的計畫表設定是非常重要的部分。

活動設計表格變更	將學校場域中需要的十大能力、分段能力指標和評量方式均移除。一方面是為了方便一般不具有教案設計概念的家長或引導者也能夠輕易操作；一方面則是因為在家庭場域的應用上我將其定位在「娛樂」，既然是娛樂就不該有能力或者活動評量的部分來限制活動的實施，避免家庭成員因為操作過程繁瑣而放棄。因此，在表格上我將這三項取消，供家庭場域修改或運用。
實施時機	以單一家庭來說，家庭聚會的方式有很多種，而每週一次的家庭會議時間是最好的利用時機，可以像學校場域或表演場域一樣，進行有系統的安排學習內容，長期培養孩童對文學、戲劇、文化的知能和素養。如果是多個家庭共同聚會，就可以利用連續假期或國定假日等大家有共同休閒時間的機會進行活動。
角色唸讀分配	在劇本唸讀的角色分配上，單一家庭聚會的家長可以先擔任比較重要或臺詞較多的角色，當孩童逐漸了解整個實施過程後，便可以鼓勵孩童挑戰主角演出的工作。一方面可以增加孩童自信心；一方面則可以提升孩童的語言能力。如果是多個家庭共同聚會，建議將表演任務交由孩童們共同創作演出。由於家庭聚會中實施莊子寓言讀者劇場化的目的，主要目的是經由娛樂達到情感聯繫的功能，而不是指導孩童「學習」。所以家長應避免過多的指正或要求，儘量多給鼓勵和支持，才不會降低孩童對活動的參與興趣或讓孩童有種做功課的錯覺。
不同家庭間的聚會	如果不只一個家庭，而是多個家庭組成的家庭聚會，可以考慮選擇故事角色多或者是適合創作多個角色的莊子寓言來表演，並且將表演的機會留給孩童。但是因為涉及到參與的家庭數多，要能常態性聚會的時間或機率較低，因此在劇本撰寫設計上，則可以儘量簡化。因為一般來說聚會的活動項目很多，戲劇可以增加娛樂價值，但是要求整場家庭聚會都以讀者劇場的實施為主恐怕有難度。因此，簡單明瞭的讀者劇場表演，會讓整個家族聚會的活動有畫龍點睛的效果。
加入科技、音樂	加入攝影器材、RAP 唸讀、歌曲伴唱、舞蹈表演……等元素，讓整體戲劇表現更豐富。

二、娛樂活動設計

表 8-4-2　莊子寓言讀者劇場化在家庭聚會場域的「娛樂」應用設計範例

單元名稱	井底之蛙	參與成員	同一家庭或不同家庭的成員
設計者	林桂楨	時間	40 分鐘
實施目標	（一）透過讀者劇場的演出，提高家庭娛樂的價值。 （二）培養家庭成員樂於溝通分享的習慣。 （三）提昇家庭成員或不同家族間的情誼，並增激凝聚力。 （四）經由每一次劇本內容的分享，內化氣化觀型文化的意涵。		
教學活動名稱	教學活動內容		
	（一）準備活動 1. 影印欲表演的白話本《莊子》寓言一篇，人手一份。倘若參與的孩童為國小低年級，篇目可由家長選定並事先改編為劇本形式（劇本可參酌本教學設計後方的〈井底之蛙〉劇本改編設計單）。倘若是中高年級學孩則可以利用幾次家庭聚會的時間先和他們共同閱讀莊子寓言，在從中選定想要表演的篇目，並改編為劇本。引導閱讀的過程中，建議每次選擇不同文化的寓言搭配莊子寓言呈現，如：緣起觀型文化的〈猴子撈月〉、創造觀型文化中《伊索寓言》的作品進行文化差異的討論，三者間的內容和文化差異請參閱第五章第一節。藉以凸顯莊子氣化觀型文化的特質。 2. 錄影或錄音設備事先在聚會的表演場地中架設與測試完畢。 3. 需要用到的樂器也一起放到表演場中。 （二）教學活動 1. 引起動機 引導者（家長）：經過大家幾次的討論，我們終於將劇本設計出來了，今天是我們大家要共同表演的日子，等一下我們表演的全程都會錄影（或錄音），為了讓大家不要過度興奮或緊張，我們先來各錄一段話好了。（接著由引導者開始，說出一句話一小段		

	這次表演的祝福或期待。倘若家中有內向或不知要發表什麼孩童，只要他報上名字或在鏡頭前微笑一下即可） 2. 發展活動 【活動一】 引導者：正式錄影之前，由我（或請比較活潑具領導力的孩童練習擔任）擔任導演，先看著大家彩排一次。（所有參與表演的成員，在鏡頭前或錄音設備前排成一列，手持〈井底之蛙〉劇本進行第一次彩排。引導者要負責記下需要改進的部分，並在彩排結束之後，和成員們共同討論。彩排的次數可以自由決定，只要成員們都覺得差不多了，就可以正式錄影或錄音了） 【活動二】正式開拍（錄音） （所有表演者在影片或聲音檔錄製過程中，如果真的笑場或說話打結，只要不嚴重都不需要重來，因為過程中帶一點笑料其實也是一種家庭成員以後回憶的樂趣。因此，錄製的成果不一定要和專業表演一樣達到盡善盡美的程度，只要彼此享受那樣的過程就是最完美的莊子寓言讀者劇場化應用了。） 3.綜合活動 引導者：我們一起來看看表演的結果吧！ （透過影片成果或錄音成果的分享，大家一起分享心得，如：表演時的心情、最好笑的片段，最難表演的部分、最有趣的畫面……透過這樣的一個活動，讓家庭聚會中的成員有了一個共同討論的話題，在對話的過程中不但可以針對內容在討論，也可以增加彼此互動的樂趣，更多了將來茶餘飯後可以分享的話題）

《莊子・秋水》原文：

子獨不聞夫埳井之蛙乎？謂東海之鱉曰：「吾樂與！吾跳梁乎井幹之上，入休乎缺甃之崖；赴水則接腋持頤，蹶泥則沒足滅跗。還虷、蟹與科斗，莫吾能若也。且夫擅一壑之水，而跨跱埳井之樂，此亦至矣。夫子奚不時來入觀乎？」東海之鱉左足未入，而右膝已縶矣。於是逡巡而卻，告之海曰：「夫千里之遠，不足以舉其大；千仞之高，不足以極其深。禹之時十年九潦，而水弗為加益；湯之時八年七旱，而崖不為加損。夫不為頃久推移，不以多少進退者，此亦東海之大樂也。」於是埳井之蛙聞之，適適然驚，規規然自失也。（張松輝注譯，2007：283）

《莊子‧山木》語譯：

你難道沒有聽說過淺井裡的青蛙嗎？牠曾對東海裡的鱉說：「我真是快樂呀！我時而在外邊的井欄上跳來跳去，時而在井內的破磚壁旁休息休息；游泳時，井水架著我的腋窩，拖著我的下巴；跳入泥中，泥水埋住我的腳掌，漫過我的腳背。回頭看看那些小蟲子、小螃蟹和小蝌蚪，沒有一個能夠比的上我！再說我把持住整個井水，獨佔了井水生活的所有快樂，這也是生活中的最高境界了。先生您何不時常來參觀參觀、長長見識？」接受邀請的海鱉左腳還沒有伸進去，而右膝已經被井口卡住了，於是東海之鱉只好退了出來。接著東海之鱉就把大海的情形告訴了井蛙：「用一千里那麼遠，也無法形容大海的遼闊；用八千尺那麼高，也無法形容大海的深邃。大禹的時候，十年之中有九年發生水災，而海水卻沒有因此而上漲；商湯王的時候，八年之中有七年發生旱災，而海水也沒有因此而下落。大海不會因為時間的長短而發生變化，也不會因為旱澇而有所漲落。這大概算是

生活在大海中快樂吧！」淺井之蛙聽了這番話之後，大吃一驚，茫茫然若有所失。（張松輝注譯，2007：285）

《莊子・山木》章旨：

由於一些人受所學內容的侷限，根本無法領悟大道。（張松輝注譯，2007：284）

附件一：〈井底之蛙〉劇本改編設計單

戲劇名稱：井底之蛙
一、場景列表：青蛙井旁。 二、角色列表：青蛙、鱉、旁白。 三、道具列表：劇本（人手一份）、電腦錄音設備（或 DV 錄影機）、演奏旋律的樂器（鋼琴、口琴、直笛都可以）。 四、戲本內容： 【第一幕】 場景：青蛙井旁。 角色：青蛙、鱉、旁白。 道具：劇本（人手一份）、音譜架（可有可無）。 旁白：在一片土地上，有一個淺淺的水井，裡頭住著一隻快樂的小青蛙。 青蛙：（用樂器進行旋律伴奏）我是隻小青蛙，跳呀跳、叫呀叫，自由逍遙～～ 旁白：小青蛙住在井底，每天都很快樂，這一天大海的鱉剛好經過他的井。 鱉　：（好奇的表情）小青蛙，這是你的家嗎？幫我介紹一下吧！ 青蛙：（得意又開心）我的世界大又大，井欄上頭做 SPA，二三四五六七八，動動身體也不差，累了回家睡破瓦，這種生活羨慕吧！（用 RAP 唸讀，將節奏唸清楚會更有效果），呱呱。 鱉　：（點點頭）除了這些，還有你喜歡什麼部分嗎？ 旁白：青蛙得意的笑了，緊接著回答鱉的問題。 青蛙：當然有囉！你知道嗎，我想游泳時，井水負責撐著我的身體，扶著我的下巴，相當舒服。（仰起頭，一臉舒服的樣子）還有當我跳到泥水中時，泥水會蓋住我的腳掌，水會漫過我的腳背，喔～～～好舒服ㄋㄟ。（自由創作一段輕鬆的青蛙舞，別忘了不要跑出鏡頭外喔） 旁白：青蛙接著指了指一旁的小蟲子、小螃蟹和小蝌蚪，接著告訴鱉說。 青蛙：你看看他們，誰能比的上我？這整個水井都是我的，所有在井裡的樂趣也是我才能體會和擁有的，這就是最享受的人生啦！ 旁白：青蛙越說越興奮，忍不住跳來又跳去。 青蛙：（用 RAP 唸讀）你別只是在外頭看，快點進來我請你吃飯，親身體

驗這快感，你才會知道有多讚！
旁白：鱉聽了很心動，決定進去看看，沒想到……
鱉　：（臉上露出一絲絲痛苦）哎喲！我的右膝蓋被井口卡住了！
旁白：原來，鱉的身體太大，他的左腳都還沒伸進去，右腳膝蓋就已經卡住受了傷，只好放棄進去井裡。（接著播放救護車的聲音。倘若沒有音效檔也可以透過人聲揣摩。）
鱉　：（不好意思的表情）真不好意思，我太大了進不去。不然換我跟你分享大海的樣子，好不好呀？
青蛙：（張大的眼睛，充滿好奇）好呀，我想知道你的生活是不是和我一樣享受呀？
鱉　：（慢條斯理的唸）大海好大，大到比千里的寬度還要大；海洋好深，深到比八千呎的長度還要深！
旁白：青蛙懷疑的看著鱉，總覺得怎麼可能有比自己的井還大的海洋。
鱉　：我問你，如果這裡下了一場大雨，你的井會有什麼變化嗎？
青蛙：（理所當然的表情）當然有呀！連小蟲子都知道，當大雨一來，井裡的水就會變多，甚至快要滿出井口呢！
鱉　：恩，我相信你說的話，可是你知道嗎，以前有個人叫大禹，當時他的的國家十年裡就有九年會發生大水災，可是大海從來沒有因為那些洪水流到大海而使東海的水變多。
青蛙：（不可思議的瞪大眼睛）你說的是真的嗎？該不會是騙我的吧？
鱉　：還有一個叫做商湯的帝王，當時他的國家八年裡有七年都缺水鬧旱災，可是大海的水也沒有因為這樣變少。
旁白：青蛙越聽越新奇，忍不住跳到鱉的身旁請他繼續說。
鱉　：大海的河水不會因為時間的長短而不一樣，也不會因為淹水或乾旱而變多或變少，這大概就是我生活在大海中的快樂吧！
青蛙：（兩眼發直，喃喃的說）我一直以為這口井就是全世界了，沒想到……
旁白：住在淺井裡的青蛙聽完之後，才知道原來井外面的世界是那麼的大，如果不多去看多去學習，就會以為世界就這麼大，永遠沒辦法了解世界更多的奧妙。

第九章　結論

第一節　主要內容的回顧

個人對於教學工作的喜愛和投入是自小的夢想，但是成為真正的教師之後才深刻體認到任重道遠的意涵。因為從小的說話訓練使然，所以在任教的歲月中年年都參與不少口語表達的選手訓練或負責校內外演說的相關競賽的業務。尤其從去年度（2008 年度）起我幸運的獲選為臺北縣國語演說組全國語文競賽的指導教師，更讓自己有更多機會接觸說話教學、也習得不少訓練的知能。

這些年裡我在集訓的場合中發現，每次語文競賽能夠從區賽、縣賽一路到參加全國語文訓練培訓的選手，多半是語文基礎已經紮的夠深，且落落大方能與人侃侃而談的孩子，只要在語調、肢體動作上稍加調整都會有不錯的表現。我也發現這些孩子也多半具有先天資質聰穎、後天家庭教育落實、家長對此活動支持的絕對優勢。相對於這群聰慧的天之驕子，身為第一線帶班教師的我更期望能夠提升整體的能力，讓內向、害羞或者缺乏自信的每個學生也都能站上臺在需要發表內心想法時暢所欲言。

有鑒於說話教學一直是語文教育中的弱勢項目，但卻是統整各學科學習所需聽說讀寫的重要基礎，所以我想在說話教學上帶入創新的元素，以開創說話教學的新視野。我開始思索怎樣的說話教學能兼顧個別差異、不過度影響課程時數、讓師生透過簡易操作模式提升說話能力，成了我的首要的研究方向。而在研究過程中，我也想要挑戰加入學科學習中最難評量的情意學習和更高層次的文化系統教學，莊子寓言因此成了我的題材、讀者劇場則成了我利用的教學方法。

每一個理論建構都稱得上是一種創新。從概念設定、命題的建立到命題演繹都必須完備，才能草擬出一套有系統的發展進程。本論述設定了兩個概念（概念一：寓言、莊子寓言、讀者劇場、語文教學；概念二：寓言文化意涵、創造觀型文化、氣化觀型文化、緣起觀型文化、場域。）；三個命題（說話教學在語文教育中有其重要性、讀者劇場在語文教學中有其語文價值、莊子寓言引進讀者劇場可強化教學作用）；三項命題演繹（這個研究所蘊含的價值可以回饋給學校場域的教學者、可以回饋給表演場域的教學者、可以回饋給家庭場域中的使用者）來發展整體架構。

了解問題所在後，緊接著處理的就是研究目的與方法。在研究目的的決定上，我依據周慶華探索語文教學法的目的概念圖作為延伸，將內容設定為：探索語文教學方法本身的目的，其中又包含了主要目的：以莊子寓言和讀者劇場的結合建構出創新的理論架構和次要目的：透過莊子寓言讀者劇場化使學習者習得寓言中所蘊含的三大經驗（知識經驗、規範經驗、審美經驗）以及透過莊子寓言讀者劇場化的模式，帶領學習者體悟自身文化，並了解莊子寓言背後的氣化觀型文化與不同文化系統間的關係；而在探索語文教學方法者的目的上也分為兩部分：一個是設計一套合於現實社會使用的理論架構，提供學校、表演場域的教學使用，也作為家庭娛樂應用的參考；另一個則是透過莊子寓言讀者劇場化的應用，提生學習者聽說讀寫語文能力的統整。

當決定研究問題和目的都確定之後，就必須著手設定各章節的研究方法。目前研究方式中最常見的就屬量化研究，從設變項、寫問卷、跑統計、下結論等來從事研究，往往可以針對一個特定現象歸納結論。可惜的是無論質化或量化的研究都常會因為樣本數太少或研究區域太狹隘而造成研究結果無法適用於其他環境的窘境。本論述屬於理論建構，而架構的本身是希望讀者能以此作為主體，依照每個使用者個別的需求作微調而成為最適用的教學方式。基於各章節處理的問題向度不同，因此各有其合適的研究方法。從文化學、比較文化學、社會學、美學、心理學都在不同的章節中呈現。尤其是七、八、九三章因為涉及到不同場域的應用需要和社會緊密結合，而社會學方法對研究語文現象或以語文形式存在之事物所內蘊的社會背景又能闡述的最為清楚，因此成為七至九章的主要研究法。

本研究的範圍包含了莊子寓言和讀者劇場兩大面向。以莊子寓言來說，範圍主要朝向莊子寓言的現代轉化、莊子寓言文體類型的改編（寓言改為劇本）的部分來分析；而讀者劇場則以讀者劇場在語文教學中的重要性以及在說話教學上的意義和價值評估為主要範疇。除了上面的陳述外，本論述更將其價值定位在不同文化的創意結合，也就是透過創造觀型文化中的教學方法與蘊含氣化觀型文化的文學著作相搭配，並且因應不同場域需求、特性所做的中西文化相容的教學設計安排。

接著我為了確保這樣的題材具有創新的意義，於是著手進行第二章文獻探討的處理。由於莊子寓言和讀者劇場的資料眾多，因此將文獻探討作單章撰寫。從寓言、莊子寓言、讀者劇場、讀者劇場和語文教學的關係為四大部分，分別蒐集並研讀文獻，也因此確定了這二者已經有不少的專題探討，尤其是莊子寓言的相關研究更是不勝枚舉，而讀者劇場的論文或專書也在近幾年如雨後春筍般出現。但令人欣喜的是這些熱門的議題還沒人嘗試將其結合。此外，個別討論的議題也多以實證研究為主軸，未涉及理論建構的設計。所以我更確信透過莊子寓言讀者劇場化的理論建構，能為說話教學或文化傳承學習開創新局面。另外，本論述也將打破一般論及教育相關的論述容易落入只能應用在學校場域的迷思，而選擇在莊子寓言讀者劇場化完整理論架構的論述中，將運用場域從學校走入家庭或坊間的表演團體。

第三章是討論寓言和莊子寓言間的問題。從寓言的特徵和文化意涵談起，應用文化學、比較文化學、美學來分析不同文化間寓言寫作方式或意涵上的差異比較，對於三大文化系統本身的特徵與區別也有清楚論述。接著以整節來專論莊子寓言的文化性，我先就儒道二系在氣化觀型文化上的功能和差異作說明，而後再闡述莊子寓言的文化性和藝術價值。最後一節則針對莊子寓言現代轉化的目的、優勢、目標和轉化原則作一番描述。

第四章論述重點為讀者劇場和語文教學間的關聯。從讀者劇場帶給語文教育的新刺激談起，強調讀者劇場是一種能夠統整語文聽說讀寫能力且在教學中促使知識、情意、技能精進的方式，如：落實道德培養、陶冶人格性情的手段、擺脫個人獨立學習，轉為團體合作學習的機會、發展文化與藝術的薰陶，提高語文的藝術價值、激發學習者語文編寫的創造力和感受力，都可以透過讀者劇場的實施來增加語文學習的創意和效度。接著從現有的文獻或書籍中分析歸納出語文教學中說話教學的重要性，其中包含了語言學習是從口語過渡到書面語、說話可以培養自我表達的能力和膽識、說話是所有學科學習的基礎、學習者透過唸讀文章能陶冶性情並體會文章之美、提高學習者的學習動機，讓學習由單向轉為雙向等項目，另外學習者能從語音分辨中國文字意涵、體會朗讀趣味、提升閱讀的流暢度、增加思考批判與創造力、持續專注力等都充分展現出說話教學帶給語文教育的重要性與價值；最後一節論述的重點著眼於讀者劇場運用在說話教學的意義與價值，項目包含：降低學習者的心理負擔、增加發言的膽量與信心、提升說話的技巧、增加對於美感的刺激和思考、作者和讀者以至於觀眾都能碰撞出新火花、讓說話教學結構化、強化聆聽者和表演者間的互動、提升說話教學中的情意學習刺激、讀者劇場操作簡便，讓說話教學的實施更輕鬆、兼顧不同程度學童的口語學習機會、提升口語和閱讀的流暢度、提供文化學習的新工具。

第五章是針對莊子寓言與讀者劇場化的結合作深入的探討。首先從莊子寓言切入的比較文化考慮談起，論述中透過三大文化系統（創造觀型文化、緣起觀型文化和氣化觀型文化）的寓言故事的相互比較，凸顯出代表氣化觀型文化的莊子寓言特色與值得被研究的原因。緊接著說明本論述用來強化教學時可發揮的作用；再來則針對莊子寓言讀者劇場化所能創造的美感特徵，如：獲得知識、情意、技能的知性之美，學習者間共同創作探索文章內涵時的互助之美，寓言改編為劇本並透過不同表演者呈現作品的創新之美，以及透過劇場演出內容所蘊含其中的氣化觀型文化之美……都為本論述帶來了高度的藝術價值供給。本章節最後的改編應用更是論述開展的重要環節，利用結構圖詳細記載氣化觀型文化透過讀者劇場實施時的應用價值和在不同場域中的應用差異比較。

第六章到第八章的內容上以不同場域作為區分，針對學校、表演以及家庭聚會三種不同性質場域進行莊子寓言讀者劇場化的理論建構。在主要概念上，三者的論述操作都具有共通的理念與目標，那就是對氣化觀型文化的內涵與特徵有所了解並能與其他文化作區辨。但在關鍵理念相同的情形中，不同場域的實施重點卻有些細微的差異，如：學校場域在學習上強調性情陶冶，認識自身文化進而了解並欣賞其他不同的文化；表演場域則是加重表演技巧學習和應用的部分，強調藝術性的提升；而家庭聚會的施行目的則是透過論述的施行讓家族親友間的感情更為融洽，此時莊子寓言讀者劇場化成了情感聯繫的潤滑劑。

為了讓讀者感受強而有勁的說服力與實用性，本論述從基礎架構設定、場域區隔到教案設計無不用心經營，為了就是希望把文化這樣形而上的觀念用淺顯易懂的方式說明，並透過富有趣味性、創意性的教學方式讓學習者在活動中認識、了解、欣賞，甚至將來得以活用在身心靈的調和上。此外，文化傳承的工作倘若只在教育體制中執行，效果必然有所侷限。論述中跨出教育體系的藩籬，進入到表演團體和家庭之中，無非是想創造更多文化學習的機會，並從中對氣化觀型文化產生認同與肯定，畢竟站穩自己的腳步、清楚自己從何而來，才有放手與人一較高下的籌碼。也因為清楚各自文化背景上的差異，而更能認清文化沒有貴賤好壞，文化間的相互欣賞學習才能創造出更具新意且豐富的生活方式。

任何一項研究成果都不可能盡善盡美兼顧到每一個細節，因此我也預期到了幾項在理論架構實施時可能會遇到的困難和限制在此一併提出，希望能夠提供給未來的理論參考或實際操作者在操作時的注意項目。首先是評量方式的難度較高：莊子寓言讀者劇場化理論裡，最重視的是文化的學習，然而文化猶如情意一般需要時間醞釀累積，無法在短短幾堂課就看到成果，因此在評量方式上就比較難測試效度的高低。建議操作者在教學後先針對能口頭說明文化特質的部分進行評量，而在其他具體行為和思想的改變上則需要長時間的觀察後評定。

接著是課程實施的限制：學校的正式課程安排，都是在一開學就已經設定完畢，因此願意額外撥空進行莊子寓言讀者劇場化教學活動來提升學童文化素養的老師可能不多，但文化傳承與學習是社會進步和群體認同一個很重要的工作，還是希望有更多的教師願意利用語文銜接、補強課程或各校設定的親師共讀時間，加入這樣有意義的教學內容。再來是指導者的文化專業背景可能不足：三大文化體系雖然各有分野，但對於沒有涉獵文化內容的人來說，要能從作品中判斷文化性質是一件非常困難的事情，唯有靠指導者不斷的專業進修逐漸補足。最後是學習者的學習心態調整：表演戲劇對於國小學童來說就像是一場遊戲，她們喜歡且容易進入其中，但改編故事的過程中怎樣讓學習者把最重要的文化意涵改編並演出來，而不是淪為娛樂搞笑的工具，則有待指導者的智慧和努力。

第二節　未來展望

每一篇論文的完成都是研究者花費無數的心血與時間和指導教授們共同成就的！但單篇論文的完成並不代表結束，而是下一個研究的碁石。在龐大的研究體系裡，每個研究者都只是完成了階段性的任務，對於不足的部分或可以再衍生的研究議題則是下一個階段的開端。在有限的時間、空間裡，無法把所有論述所需的相關文獻全數囊括。也因為學習上的限制，讓我們在選擇題材或論述時無法做到完美無缺。所幸研究是一個永不間斷的文化事業，只要研究動力不斷，人們對於未知的世界就能夠有更多的了解。本論述因為是理論建構的模式，因此在架構上礙於個人能力有限，所能處理的範疇也就沒辦法無限擴張，例如莊子寓言的篇數極多，每篇都能從中看出氣化觀型文化的端倪，但在本論述中無法一一改編為劇本呈現，還有許多需要讀者運用智慧依照架構的設計自行改編。接著是應用的場域只有學校、表演場所和家庭三大類，但社會上存在的場域絕不僅止於此，將來有興趣者不妨思索莊子寓言讀者劇場化在其他場域實施的可行性。再來，本論述中強調的氣化觀型文化作品不僅只有莊子寓言，但為了論述不至於過度複雜而採取簡單提及傳統氣化觀型文化的寓言作品。未來若時間許可，也可以嘗試將先秦諸子的寓言故事作文化觀點內部次觀點的異同比較。

另外，任何的理論建構完成後，都需要透過實際操作才能知道成效與否，因此建議未來的研究者可用實證研究的方式檢驗成效。本論述在現有的三大文化系統中，論述最多的氣化觀型文化，其餘的緣起觀型文化和創造觀型文化僅在進行比較文化時提及，倘若能在所屬文化基礎之上，靈活整合多元文化（甚至是三大文化系統之外的少數文化特性不明確的體系）或者透過更多不同文化寓言的舉例，相信能讓整個文化架構對生活的助益更多。創新不一定能突破，但想要突破就一定要創新。從當初單純只想要研究說話教學到最後能在創意說話教學中加入文化意涵的學習與欣賞，這樣的改變是我始料未及的。但看著比原本更紮實的文章架構與內容，覺得自己在過程中也有了大幅度的成長。盼望在未來的日子裡，有更多人願意將論述架構在內容上加深、在對象上加廣，藉由更完整的研究成果使整體架構更臻完美。

本研究中論及的發展文化中的文化，也是指自己比較熟悉的文化，未來則希望以自己的文化出發，並期許未來能夠匯入世界文化之中，甚至從中找到文化融合的最佳方式。何秀煌也認為以發展中國文化（生活方式）作為一個實例，來豐富「世界文化」改良「世界文化」（何秀煌，1988：23～24），是可能實現的目標。就現階段來說，要以中國文化改良世界文化可能還有一段很長的路要走，但是卻可以先從不同文化的比較、分析了解不同的文化做起，讓文化的重要性再次為大家所重視。

參考文獻

丁芷瑤（2002），《伊索寓言伴讀書》，臺北：喜讀。

王建華（2001），〈國語文教學與情志教育〉，《中國語文》，88（1）：42～50。

王淑芬（2002），《親子共讀──客廳裡的讀書會》，臺北：幼獅。

王涵儀（2002），《教師使用戲劇技巧教學之相關因素研究的研究》，政治大學教育學系碩士學位論文，未出版，臺北。

王　瑋（2006），《教室戲劇對弱勢國小學童覺知英語使用自主權與社交功能之影響》，雲林科技大學應用外語系碩士論文，未出版，雲林。

王慧勤（1990），〈扮演遊戲:開啟國語課另一扇窗〉，《師範學院教育學術論文發表會論文集》，1541～1564，新竹：新竹師範學院。

王慧勤（2002），〈角色扮演在國語課應用之研究〉，《教育資料與研究》，45：105～111。

中國社會科學院語言研究所詞典編輯室（2005），《現代漢語詞典第五版》，北京　：商務。

中國青年反共救國團青少年輔導中心──「張老師」（1977），《我需要的好家庭──家庭教育的藝術》，臺北：日盛。

白宛仙（2003），《《莊子》主體觀探究──「復性」與「氣化」為核心的存有論詮釋》，中央大學哲學研究所碩士論文，未出版，新竹。

伊　索（2002），《伊索寓言中的生活智慧》，臺北：培育。

吳之儀（2001），《親子溝通的藝術》，南投：暨南國際大學。

呂秀姮（2004），《《莊子》人生哲學之現代運用》，中山大學中國語文學所碩士論文，未出版，高雄。

呂宗昕（2007），《教出學習力：從小打造讀書好習慣》，臺北：天下。

吳美如（2004），〈戲劇活動融入國小語文領域教學之行動研究〉，《國教學報》，16：185-212。

吳英長（1986），〈牧夢導讀〉，《中華民國兒童文學學會會訊》，5（5）：10～14。

吳英長（1989），〈閱讀教學系列探討（七）從念故事中欣賞作品〉，《兒童日報》，13 版。

吳琇玲（2005），〈語文蛻變——讀者劇場在幼稚園教室運用之探〉，《教師之友》，46（1）：56-67。

沈中堯（2008），〈寓言對話式閱讀義和策略〉，《語文教學與研究（教師版）》，1：34～35。

沈清松（1986），《現代哲學論衡》，臺北：黎明。

李玉貴（2008），〈從臺灣 PIRLS2006 評估結果談小學語文閱讀教學的現況與現象〉，《國語天地》，24（4）：4～19。

李欣頻（2007），《推翻李欣頻的創意學》，臺北：圓神。

李恆惠（2004），《由說話引導寫作之教學研究》，花蓮師範學院語文科教學碩士論文，未出版，花蓮。

李晏戎譯（2005），Lois Walker 著，《創意教學系列 10 RT 如何教——讀者劇場》，臺北：東西。

李宛蓉譯（2008），洪恩著，《行銷的語言》，臺北：商周。

李偉文（2008），《教養也可以這麼浪漫》，臺北：野人。

何三本（1995），《幼兒故事學》，臺北：五南。

何三本（1997），《說話教學研究》，臺北：五南。

何三本（1994），〈兩岸小學語文說話課程教材教法比較研究〉，《東師語文學刊》，10：1～52。

何秀煌（1998），《文化・哲學與方法》，臺北：東大。

何洵怡（2004），〈以聲音活出意象情韻:朗讀劇場在中國文學課的學習成效〉，《師大學報：人文與社會類》，49（2）：101～122。

何淑真（2005），〈要讓孩子有思想、能清楚表達：英國、法國的語文教育改革〉，《人本教育札記》，188：30～33。

佛陀跋陀羅等譯（1974），《摩訶僧祇律》，《大正藏》卷 22，臺北：新文豐。

余佩玲（1997），《讓孩子成為說話高手》，臺北：三思堂。

杜榮琛（1992），〈國小教科書寓言研究〉，《東師語文學刊》，6：86～114。

林文寶（1989），《朗誦研究》，臺北：文史哲。

林文寶（1994），《兒童文學故事體寫作論》，臺北：毛毛蟲。

林虹汶（2006），〈古典童話的重生——以英國民間故事《三隻小豬》的改寫本為例〉，《國立臺北教育大學語文集刊》，(11)：1～36。

林安德（2007），《《莊子》寓言及其譬喻概念》，臺東兒童文學研究所碩士論文，未出版，臺東。

林玫君（2000），〈幼兒戲劇遊戲與創造性戲劇之相關研究〉，《師範院校教育學術論文發表會論文集》，331～359，新竹：新竹師範學院。

林玫君（2002a），〈創造性戲劇對兒童語文發展相關研究分析〉，《臺南師院學報》，36：19-43。

林玫君（2002b），〈戲劇教學之課程統整意涵與應用〉，網址： http://www.arte.gov.tw/art-edu-study/91drama-edu-seminar/06/txt-2/06-2-11.htm，點閱日期：2008.8.10。

林秀兒（2006），《動態閱讀圖畫書：故事寫作》，臺北：陪伴者。

林芳珍（2003），《由環境倫理學的角度探討《莊子》人與自然環境的關係》，中央大學哲學研究所碩士論文，未出版，新竹。

林虹眉（2007），《教室即舞臺——讀者劇場融入低年級國語文教學之行動研究》，臺南大學幼兒教育學系碩士論文，未出版，臺南。

林淑文（2001），《《莊子》美學原理初探》，東吳大學哲學系碩士論文，未出版，臺北。

林淑貞（2006），《明清笑話型寓言論詮》，臺北：里仁。

林惠君（2009），〈臺灣列已開發市場候選名單顏慶章：好事〉，網址：http://tw.news.yahoo.com/article/url/d/a/090617/5/1lf3p.html，點閱日期：2009.7.15。

邱天助（1998）《布爾迪厄文化再製理論》，臺北：桂冠。

邱連煌（1998），《兒童、家庭、學校》，臺北：文景。

周漢光（1996），〈角色扮演法在中文教學上的應用〉，《Education Journal（教育學報）》，24（2）：121～149。

周慧菁（2006），〈認識自我、發現自我 點點滴滴回首愛默森〉，《天下雜誌》2006 年教育專刊：106～111。

周慶華（1997），《語言文化學》，臺北：生智。

周慶華（1998），《兒童文學新論》，臺北：生智。

周慶華（1999），《佛教與文學的系譜》，臺北：里仁。

周慶華 （2004），《語文研究法》，臺北：洪葉。

周慶華（2005），《身體權力學》，臺北：弘智。林

周慶華（2006），《語用符號學》，臺北：唐山。

周慶華（2007a），《語文教學方法》，臺北：里仁。

周慶華（2007b），〈詩的寫作教學──個創意跨領域的思考模式〉，《2007 第二屆語文與語文教育研究學術研究會多元讀寫與教學論文集》，1～23：臺東：大學語文教育研究所。

洪家榆（2004），〈《莊子・逍遙遊》生命境界觀析論〉，《國立高雄師範大學教育學系・教育研究學會教育研究》，12：179～188。

洪雯琦（2007），《讀者劇場對國小學童外語學習焦慮的影響之研究》，臺北教育大學兒童英語教育學系碩士班碩士論文，未出版，臺北。

柯秋桂（2003），《好戲開鑼──兒童劇場在成長》，臺北：財團法人成長文教基金會。

高君和（2004），《論《莊子》的人物系譜》，臺灣大學哲學研究所碩士論文，未出版，臺北。

高美淳（2004），〈漫談兒童戲劇在澎湖的推展〉，網址：http://www.phhg.gov.tw/chinese/news/treatise/44.htm，點閱日期：2009.7.13。

孫吉志（2000），《《莊子》的生命體驗與倫理實踐》，成功大學中國文學系碩士論文，未出版，臺南。

孫智綺譯（2002），朋尼維茲著，《布赫迪厄社會學的第一課》，臺北：麥田。

徐守濤（1990），〈兒童戲劇與兒童輔導〉，《幼教學刊》，2：127～152。

徐秀華（1995），〈立體化的作文：談指導兒童劇本的寫作〉，《中國語文》，76（1）：67～74。

徐復觀（1988），《中國藝術精神》，臺北：學生。

陸又新（1995），〈臺港及大陸小學國語科寓言教材比較研究〉，《八十四學年度師範學院教育學術論文發表會論文集》，3：85～118，屏東，屏東師範學院。

陳之華（2009），《每個孩子都是第一名：芬蘭教育給臺灣父母的 45 堂必修課》，臺北：天下。

陳仁富（2001），《即興表演家喻戶曉的故事：戲劇與語文教學的融合》，臺北：心理。

陳正治（1999），〈國語科教學的三大方向與方法〉，《國教新知》，45（3、4）：2～10。

陳玉玲（2004），《《莊子》寓言之生命價值觀研究》，玄奘大學中國語文學系碩士論文，未出版，臺北。

陳玉玲（2007），〈九年一貫課程國小國語教科書寓言教材研究〉，《屏東教育大學學報》，6，549-584。

陳永菁（2002），〈應用戲劇於國小英語教育:以高雄市福東國小、鼎金、漢民三間國小為例〉，網址：http://www.arte.gov.tw/art-edu-study/91drama-edu-seminar/06/txt-2/06-2-8.htm，點閱日期：2008.8.10。

陳江松等（1993），《多元評量》，臺北：聯經。

陳書悉（2006），Judith Ackord & Jo Boulton 著，《兒童愛演戲——如何用戲劇統整九年一貫小學課程》，臺北：遠流。

陳富容（2001），〈莊子道德教育之基點與終點〉，《全國技術及職業教育研討會論文集：一般技職及人文教育類Ⅲ》，16：119～128。

陳雅惠（2007），《讀者劇場融入國小英語低成就學童補救教學之行動研究》，臺北教育大學兒童英語教育學系碩士論文，未出版，臺北。

陳鼓應註譯（1999），《莊子今註今譯》，臺北：商務。

陳蒲清（1992），《寓言文學理論・歷史與應用》，臺北：駱駝。

陳慧嬌（2006），〈從「戲劇」中體驗是非善惡〉，《天下雜誌》2006 年教育專刊：102～104。

陳麗慧（2001），〈用戲劇營造語文能力〉，《師友》，409：85～88。

張文龍（2007），〈戲劇技巧於英語教學之運用：以讀者劇場為例〉，《英文教育電子月刊》，11，網址：http://ejee.ncu.edu.tw/teacherarticle/11-3.htm，點閱日期：2009.7.10。

張文龍（2007a），〈「讀者劇場」的英語教學策略與網路資源〉，《屏縣教育季刊》，31：5～10。

張文龍譯 （2007），Neill Dixon, Anne Davies, Colleen Politano 著，《讀者劇場；建立戲劇與學習的連線舞臺》，臺北：成長文教基金會。

張尹宣（2007），《讀者劇場與口語流暢度的影響之行動研究以花蓮市為例》，臺北教育大學兒童英語教育學系碩士論文，未出版，臺北。

張幼玫譯（2005），Joss Bennathan 著，《少年愛演戲：11～14 歲的戲劇技巧和課程示例》，臺北：遠流。

張玉玲、鄭曜忠（2001），〈經營多元智慧的學習型家庭〉，《臺灣省高級中等學校輔導通訊》，68：17-21。

張松輝注譯 （2007），《新譯莊子讀本》，臺北：三民。

張春興（1996），《教育心理學》，臺北：東華。

張淑女（2008），〈以真實性評量探究建模能力〉，《科學教育》，308：2～6。

張銀樹（1998），〈《莊子．達生》幾則寓言故事所提示的教育訊息〉，《人文及社會學科教學通訊》，9（4）：167～178。

張曉華（1999），《創作性戲劇原理與實作》，臺北：成長基金會。

張曉華（2002），〈國民中小學表演藝術戲劇課程與活動教學方法〉，網址：http://www.arte.gov.tw/art-edu-study/91drama-edu-seminar/06/txt-2/06-2-1.htm，點閱日期：2008.8.10。

張曉華（2004），〈表演學:國民中小學表演藝術的本質教學〉，《教師天地》，130：14～21。

張曉華（2008），〈臺北兒童藝術節兒童劇場演出的教育意義〉，網址：http://kids2.culture.gov.tw/2007/children5.html，點閱日期：2008.8.9。

唐淑華（2004），《說故事談情意：《西遊記》在情意教學上的應用》，臺北：心理。

畢　誠（2005），《中國古代家庭教育》，臺北：商務。

許麗雯（2005），《教你看懂莊子及其寓言故事》，臺北：高談。

教育部（1994），《重編國語辭典修訂本》，網址：http://dict.revised.moe.edu.tw/index.html，點閱日期：2009.7.12。

教育部（2004），《教育部國教專業社群網》，網址：http://teach.eje.edu.tw/9CC/，點閱日期：。2008.7.22。

教育部（2009），《國語小字典第二版》，網址：http://dict.mini.moe.edu.tw/cgi-bin/gdic/gsweb.cgi?ccd=WJHrnY&o=wframe03.htm，點閱日期：2009.7.12。

教學評量研發計畫（2009），網址：http://teach.eje.edu.tw/，點閱日期：2009.7.11。

郭靜晃（2000），〈親職教育之新趨勢：落實父母參與〉，《空大學訊》，249：45～52

國民教育社群網（2009），網址：http://140.117.11.91/9CC/temporary/temporary-all.htm，點閱日期：2009.07.12。

馮國濤編（2002），《文學中的寓言（一）──最精采的人生智慧》，臺北：達觀。

黃世杏（2006），《讀者劇場對國小學生口語流暢度及學習動機之研究》，臺北教育大學兒童英語教育學系碩士論文，未出版，臺北。

黃美序（2007），《戲劇的味道》，臺北：五南。

黃政傑（1994），《教學原理》，臺北：師大書苑。

黃素娟（2006），《啟開閱讀之窗：青少年文學讀者劇場閱讀計畫在國中英語教學上的應用》，高雄師範大學英語學系碩士論文，未出版，高雄。

黃國倫（2006），《讀者劇場融入國民小學六年級國語文課程教學之研究》，臺南大學戲劇研究所碩士論文，未出版，臺南。

黃婉菁（2007），《國中七年級學生應用英語讀者劇場之研究》，高雄師範大學英語學系碩士論文，未出版，高雄。

黃淑惠（1995），〈這節課，我們來演戲——談教材戲劇化之教學〉，《國教之友》，47（3）：44～46。

黃淑絹（2001），〈國小學生家庭氣氛與社會科創造表現之關係〉，《國民教育研究集刊》，（7）：397～433。

黃瑞枝（1997），〈邁向廿一世紀語文教育的發展與實施〉，《中國語文》，475：10～15。

黃瑞枝（1997），《說話教材教法》，臺北：五南。

黃錦鋐注譯（2007），《新譯莊子讀本》，臺北：三民。

莊凱如（2003），《國中國文科說話教學研究》，臺灣師範大學國文系在職進修碩士論文，未出版，臺北。

莊淑媛（1995），《說唱的嘉年華會——說唱表演融入低年級語文領域之行動研究》，中山大學教育研究所碩士論文，未出版，高雄。

莊萬壽（2000），《莊子史論——莊學之新方向：源流、生態、批判、語言》，臺北：萬卷樓。

莊麗娟（1996），〈莊子的齊物篇與教育〉，《教育家》，2（20）：30～32。

游乾桂（1988），《家庭劇場》，臺北：桂冠。

雲美雪（2007），《讀者劇場運用於偏遠小學低年級英語課程之行動研究》，嘉義大學幼兒教育學系研究論文，未出版，嘉義。

博客萊網路書店（2009），〈2009 年上半年博客來網路書店的 TOP100 暢銷書〉，網址：2http://www.books.com.tw/activity/2009/07/top100/，點閱日期：2009.7.8。

傅林統編譯（1999），《歡欣歲月 ： 李利安．H．史密斯的兒童文學觀》，臺北：富春。

傅佩榮（2001），《逍遙自在的人生：《莊子》賞析》，臺北：幼獅。

傅佩榮（2002），《傅佩榮解讀莊子》，臺北：立緒。

曾慧佳（1992），〈角色扮演和說故事在社會科教學的應用——以學童的人際關係為例〉，《國民教育》，33（3、4）：15～19。

楊之怡（2007），《《伊索寓言》研究》，國立臺東大學兒童文學研究所碩士論文，未出版，臺東。

楊佳純（2006），《讀者劇場在國小英語課程之實施研究》，高雄師範大學英語學系碩士論文，未出版，高雄。

楊岳龍（2005），《英文朗讀流暢度之研究：讀者劇場在國小的運用》，中正大學外國文學所碩士論文，未出版，嘉義。

楊振良（1994），〈傳統文化與國小語文教學——以民俗、笑話、寓言、清言為例〉，《國教園地》，50：81～85。

楊儒賓主編（1993），《中國古代思想中的氣論及身體觀》，臺北：巨流。

鄒文莉（2005），〈讀者劇場在臺灣英語教學環境中之應用〉，收錄於 Lois Walker 著，《Readers Theater in the Classroom 》，臺北：東西。

葉金鳳（2006），〈尊師重道〉，《師說》，194：1。

葉鑑得（1999），〈談朗讀的技巧〉，《國教新知》，45（3、4）：33-39。

廖永靜（2001），〈學習型家庭的理論基礎〉，《臺灣教育》，610：10～19。

廖杞燕（2004），《《莊子》兒童版寓言研究》，臺東大學兒童文學研究所碩士論文，未出版，臺東。

廖順約（2006），《表演藝術教材教法》，臺北：心理。

廖曉慧（2004），〈教育的源頭活水：兒童戲劇〉，《國民教育》，45（2）：29～32。

熊勤玉（2006），〈讀者劇場應用於國小中年級國語文課程之行動研究〉，臺南大學戲劇研究所碩士論文，未出版，臺南。

臺北市教師研習中心出版品編審小組（1990），《有效的說話教學策略》，臺北：臺北市教師研習中心。

蔡尚志（1990），〈一九五〇年代以來臺灣「兒童寓言讀物」寫作的衍化〉，《教師之友》，41（2）：57～64。

蔡志忠（1986），《自然的簫聲——莊子說》，臺北：時報。

劉安屯（1982），《家庭輔導室》，臺北：張老師月刊。

劉怡君改寫（2001），《伊索寓言的智慧》，臺中：好讀。

劉曉玲（2007），《讀者劇場對國小五年級學童英語字彙學習之研究》，玄奘大學外國語文學系碩士論文，未出版，臺北。

劉鎮寧（2001），〈輕鬆擁有學習型家庭〉，《社教資料雜誌》，270：5～6。

鄭文榮（2004），《活化教學的錦囊妙計》，臺北：學富。

鄭石岩（2006），《教導孩子成材，打造學習型家庭，做孩子的領航人》，臺北：遠流。

鄭芳怡、葉玉珠（2006），〈兒童解釋形態、領域知識及創意生活經驗與科技創造力之關係〉，《教育與心理研究》，29（2）：339～368。

鄭黛瓊（2003），〈游溯戲劇教育的原鄉——英國戲劇課程扎根現況〉，《美育》，135：42～47。

潘麗珠（2001），《國語文教學有創意》，臺北：幼獅。

潘麗珠（2001），《國語文教學活動設計》，臺北：萬卷樓。

鄧美君（2004），〈培養說話高手——說話教學策略之探討〉，《師友》，446：68～70。

謝春聘（2001），〈從「莊子・人間世」談問題學生的管教方式〉，《國文天地》，17（5）：98～99。

謝春聘（2002），〈從渾沌之死談子女的教育方式〉，《國文天地》，18（4）：38～40。

戴晨志（1994），《你是說話高手嗎》，臺北：時報。

顏崑陽（1985），《莊子藝術精神析論》，臺北：華正。

顏崑陽（1994），《人生是無題的寓言——莊子的寓言世界》，臺北：躍昇。

顏崑陽（2005），《莊子的寓言世界》，臺北：漢藝色研。

顏瑞芳（1997），〈在國中國文寓言教學探討〉，《人文及社會學科教學通訊》，8（3）：15～24。

譚達先（1988），《中國民間寓言研究》，臺北：商務。

羅秋昭（1995），〈寓教於樂將戲劇活動用在語文教學裡〉，《北師語文教育通訊》，3：97～104。

羅秋昭（1997），〈如何加強說話教學〉，《北師語文教育通訊》，5：33～45。

嚴北溟、嚴捷（2007），《中國哲理寓言大全》，香港：商務。

薛秀芳（2005），〈全民來讀劇文化新驚奇〉，《書香遠傳》，（17），網址：http://www.ntl.gov.tw/Publish_List.asp?CatID=868，點閱日期：2009.4. 16。

Adams,W（2003），The Institute Book of Rearders Theatre，San Diego：Institute for Readers Theatre。

社會科學類　PF0057　東大學術 19

莊子寓言在讀者劇場中的應用

作　　者 / 林桂楨
責任編輯 / 林千惠
圖文排版 / 陳佳怡
封面設計 / 陳佩蓉

發 行 人 / 宋政坤
法律顧問 / 毛國樑　律師
印製出版 / 秀威資訊科技股份有限公司
114 台北市內湖區瑞光路 76 巷 65 號 1 樓
電話：+886-2-2796-3638　傳真：+886-2-2796-1377
http://www.showwe.com.tw
劃撥帳號 / 19563868　戶名：秀威資訊科技股份有限公司
讀者服務信箱：service@showwe.com.tw
展售門市 / 國家書店（松江門市）
104 台北市中山區松江路 209 號 1 樓
電話：+886-2-2518-0207　傳真：+886-2-2518-0778
網路訂購 / 秀威網路書店：http://www.bodbooks.tw
國家網路書店：http://www.govbooks.com.tw
圖書經銷 / 紅螞蟻圖書有限公司
114 台北市內湖區舊宗路二段 121 巷 28、32 號 4 樓
電話：+886-2-2795-3656　傳真：+886-2-2795-4100

2010 年 11 月 BOD 一版
定價：380 元

國家圖書館出版品預行編目

莊子寓言在讀者劇場中的應用 / 林桂楨著. -- 一版. -- 臺北市 : 秀威資訊科技, 2010. 11
面 ; 公分. -- (社會科學類 ; PF0057)
BOD 版
參考書目 : 面
ISBN 978-986-221-597-5(平裝)

1. 莊子 2. 語文教學 3. 說話 4.寓言 5. 教育劇場

800.3 99016686

讀者回函卡

感謝您購買本書，為提升服務品質，請填妥以下資料，將讀者回函卡直接寄回或傳真本公司，收到您的寶貴意見後，我們會收藏記錄及檢討，謝謝！

如您需要了解本公司最新出版書目、購書優惠或企劃活動，歡迎您上網查詢或下載相關資料：http:// www.showwe.com.tw

您購買的書名：____

出生日期：________年________月________日

學歷：☐高中（含）以下　☐大專　☐研究所（含）以上

職業：☐製造業　☐金融業　☐資訊業　☐軍警　☐傳播業　☐自由業

　　　☐服務業　☐公務員　☐教職　☐學生　☐家管　☐其它____

購書地點：☐網路書店　☐實體書店　☐書展　☐郵購　☐贈閱　☐其他

您從何得知本書的消息？

☐網路書店　☐實體書店　☐網路搜尋　☐電子報　☐書訊　☐雜誌

☐傳播媒體　☐親友推薦　☐網站推薦　☐部落格　☐其他________

您對本書的評價：（請填代號　1.非常滿意　2.滿意　3.尚可　4.再改進）

封面設計____　版面編排____　內容____　文／譯筆____　價格____

讀完書後您覺得：

☐很有收穫　☐有收穫　☐收穫不多　☐沒收穫

對我們的建議：____

____

____

____

請貼
郵票

11466
台北市內湖區瑞光路 76 巷 65 號 1 樓
秀威資訊科技股份有限公司　收
BOD 數位出版事業部

(請沿線對折寄回，謝謝！)

姓　　名：＿＿＿＿＿＿＿＿　年齡：＿＿＿＿　性別：□女　□男

郵遞區號：□□□□□

地　　址：＿＿＿＿＿＿＿＿＿＿＿＿＿＿＿＿＿＿＿＿

聯絡電話：(日)＿＿＿＿＿＿＿＿＿＿(夜)＿＿＿＿＿＿＿＿＿＿

E-mail：＿＿＿＿＿＿＿＿＿＿＿＿＿＿＿＿＿＿＿＿